MARCOS AGUINIS
La amante del populismo

Marcos Aguinis nació en Córdoba, Argentina, y es uno de los autores más leídos y respetados tanto en su país como más allá de sus fronteras. Muchas de sus obras han sido traducidas a varias lenguas con gran éxito de crítica y público. Sus novelas, entre las que destacan *Refugiados: Crónica de un palestino*, *La conspiración de los idiotas*, *La matriz del infierno*, *Los iluminados*, *La pasión según Carmela* y *La furia de Evita*, han supuesto verdaderos hitos literarios. Entre sus ensayos destacan *¡Pobre patria mía!*, *Un país de novela* y *Elogio del placer*. Ha sido invitado como Escritor Distinguido por la American University y el Wilson International Center de Washington, y nombrado Caballero de las Artes y las Letras en Francia. En España fue el primer escritor latinoamericano en recibir el Premio Planeta, en 1970, con su novela *La cruz invertida*.

LA AMANTE DEL POPULISMO

LA AMANTE DEL POPULISMO

Marcos Aguinis

VINTAGE ESPAÑOL

Primera edición: octubre de 2022

Diseño de cubierta: Penguin Random House Grupo Editorial / Raquel Cané
Foto de Mussolini: Library of Congress / Corbis Historical / Getty Images
Foto del autor: © Verónica Visaggio

Impreso en México / Printed in Mexico

ISBN: 978-1-64473-690-6

22 23 24 25 26   10 9 8 7 6 5 4 3 2 1

A mi hijo Gerardo, impulsor literario y mejor agente

PRÓLOGO

La actual expansión del populismo y el estudio de sus manifestaciones están dejando al margen una de sus más vigorosas raíces, que derivan de Mussolini y el fascismo. Sus inicios no predecían la presente evolución, tanto hacia la derecha como hacia la izquierda.

Para hacer más visibles y atractivos sus aspectos notables, recurro al método del reportaje, centrado en los aportes de su principal fuente: Margherita Sarfatti. El reportaje permite unir historia, suspenso, futuro, crónica y mucho de novela. No me daba cuenta de que iniciaba una forma novedosa. Quizás muy cuestionable. Tiene olas líquidas, multicolores, documentos y fantasía. Personajes muy reales, históricos, pero cargados de una fuerza que impulsa frases, adjetivos y reflexiones repletos de consecuencias.

Margherita Sarfatti fue una culta y hábil escritora, amante de Mussolini durante veinte años, que redactó su biografía y compartió con él momentos decisivos del crecimiento fascio-populista. Puede que haya sido la constructora del edificio fascista, aunque desprovisto de sus perversiones. En estos jugó un papel incuestionable la personalidad de Mussolini. Pero casi todos los datos y muchas frases que reconstruyen la blanquinegra vida de ese hombre y de su trascendental movimiento se los debemos a ella.

Francamente, los textos de Margherita me sorprendieron. Reconozco que fue un descubrimiento. Me dejaba boquiabierto. También su vida, llena de pasión, lucha y contradicciones. Decidí atreverme a un extenso reportaje cargado de información, aunque ella ya no estaba. Un método peligroso por lo innovador, largo, muy criticable. Por momentos me agobiaron sus giros, confesiones, rabietas, subidas y descensos. Pero no cedí. Ella tampoco. En algunos momentos, quizá fastidiado, imaginé estar montado sobre una nube, avistar cataratas de un pasado encubierto o encandilarme con insinuaciones sobre las catástrofes del irredento populismo. No quedamos en su tiempo real, sino que aproveché su visión para extenderme cronológicamente para atrás y adelante. Ella lo hubiese aceptado, aunque falseaba muy poco algunos conceptos. Margherita contribuía de este modo a iluminar los altibajos de su propia cabalgata. Y denunciaba el veneno fascista del populismo.

Le agradezco que haya tenido la paciencia de acompañarme durante un año. Fue un privilegio. Sus ojos penetrantes, su voz cálida, su cabello que mantenía fresco el origen veneciano, algunos giros de buen humor, saltos asombrosos hacia el futuro con nudos seductores del pasado, todo eso me tenía prendido al grabador y un teclado tan tembloroso como yo mismo. Alimentó creatividad y esperanza. Deseo que su valor contribuya a desenmascarar la dañina peste del populismo, que se extiende como un alud arrasador.

UNO

Elijo una habitación luminosa, aunque provista de colores
extraños. Los sillones son confortables y tenemos cerca una
mesa con bebidas, tazas para el café, unos biscottis. Evita-
mos las fotografías por razones obvias. Acordamos navegar
por una atmósfera cómplice. Levanto mis instrumentos y la
miro con serenidad. Abro el fuego. Ella parpadea.

AGUINIS: ¿Acepta este íntimo reportaje?

SARFATTI: Con incomodidad, no le quepa duda. Recuerdo
con dolor que impulsé el nacimiento del fascismo, esa serpiente que ahora nutre los populismos de diferentes colores
y dogmas. Varios factores hacían increíble que yo pudiera
seguir semejante ruta: mi opulenta familia veneciana con antecedentes judíos, mi precoz entusiasmo por el arte, la boda
con un abogado brillante y mi adhesión a la utopía socialista
de entonces. Contribuí a fraguar la estructura y los primeros
éxitos del fascismo, aunque no sus hipocresías; tampoco sus
torturas. Me revolqué en su sopa hasta caer en el abismo.

Acepto este reportaje, además, porque me permitirá
deshacer algunos de mis propios enredos. Escribí mucho

durante toda la vida, y creo que siempre intenté ser objetiva. Ahora reconozco que la pasión me dominó en exceso. Esa pasión quizá le insufló dinamita a mis libros, que alcanzaron un éxito resonante, con reediciones y traducciones. Por uno de ellos me recibió nada menos que el presidente Roosevelt y su esposa Eleanor en la Casa Blanca para disfrutar el té de un inolvidable domingo. Es lógico que los laberintos de mi existencia sigan generando interrogantes en quienes se han asomado a ellos.

Aguinis: ¿Cuándo y cómo empezaron sus vínculos con Benito Mussolini?

Sarfatti: Escuché por primera vez su nombre allá lejos, en octubre de 1911, al estallar la guerra en Libia. Mussolini era miembro del Partido Socialista. Los líderes de ese partido hablaban y escribían en contra de la guerra. Consideraban absurdas las matanzas, porque era un conflicto colonial asqueroso. Con mi marido, Cesare Sarfatti, compartíamos ese rechazo. Y lo manifestábamos a cara descubierta, aunque irritase al gobierno, a la prensa oficial, a las fuerzas armadas y a amplios sectores de la población. Estábamos, por lo tanto, en contra de la opinión mayoritaria, que era fanática, ciega, irresponsable.

El joven Mussolini era por entonces editor del semanario marxista *La Lotta di Classe* y organizó una demostración en contra del conflicto. Encabezó una marcha que pronto se salió de control e invadió los rieles del ferrocarril para romperlos e impedir el traslado de combatientes hacia el norte de África. Intervino la policía con armas de fuego y cachiporras. Semejante medida generó congestiones en toda Italia. Mussolini fue arrestado en plena acción, con los brazos ensangrentados. Para la izquierda, su aspecto deplorable equivalía al de un héroe. Tras un juicio sumario lo condenaron a cinco meses de cárcel. Lo metieron tras las rejas, donde se entretuvo insultando a los guardianes y proponiendo sublevaciones. Era un incordio. Hubo cierto alivio cuando acabó el tiempo de la pena y lo dejaron salir. Al regresar a la calle se dedicó a reunir camaradas que lo acompañasen a un Congreso Socialista que fue convocado con mucha insistencia y produjo interés. Ingresó en un enorme galpón arrastrando docenas de gritones. Se mezcló con quienes ya ocupaban espacios y simuló ser empujado hacia la tribuna, a la que a trepó dando codazos. Saludó con las manos en alto y soltando patadas hasta conseguir ponerse junto a los que hablaban. El lugar era una obra en construcción, con tablones, ladrillos y carretillas desparramadas caóticamente. Juntó ladrillos y trepó sobre ellos hasta conseguir que lo vieran desde varios ángulos. Entonces cruzó los brazos sobre el pecho, como si los desafiase. El gesto era inusual, porque Benito se mantuvo quieto, como una estatua en el centro del temporal. Llamó la atención. Miraba con ojos desafiantes. Esa postura terminaba hacia arriba en su mentón cuadrado, decidido a explotar en diatribas, pero demoraba ese momento para generar algo parecido a una excitada curiosidad. Entonces, de pronto, lanzó frases agresivas, unas tras otras, mientras sus brazos subían y bajaban. Por momentos se cruzaban sobre el pecho, al ritmo de una honda respiración. Todos los ojos y todas las orejas se concentraron en ese sujeto potente que lanzaba frases parecidas a los acordes de una ópera. Arrancó aplausos.

Había concurrido con mi marido, más por curiosidad que por filiación. En esos días apoyábamos a los socialistas por su adhesión al pacifismo. Y él, que era visionario, admiró a ese extraño joven llamado Mussolini. Quedó tan impresionado que dijo: "Recuerda el nombre de este audaz, porque tiene futuro".

AGUINIS: Supongo que esa puesta en escena de Mussolini tuvo consecuencias.

SARFATTI: Consecuencias importantes: le propusieron hacerse cargo, como editor, del diario izquierdista *Avanti!* Pero, contra la opinión mayoritaria de los socialistas —que le era favorable—, la fogosa teórica Anna Kuliscioff acusó a Mussolini de no ser un genuino marxista. ¡Sorpresa para muchos! Ella intentó destruirlo con una de sus lapidarias frases: "Es un pequeño soñador y un poeta barato, con la mente distorsionada por sus malas lecturas de Nietzsche". Esa conclusión provenía de la tendencia de Benito, en aquellos años, a citar demasiado a Nietzsche, un filósofo que se había puesto de moda.

AGUINIS: ¿Qué pasó tras su designación en *Avanti!*? Era una posición que daba poder y visibilidad.

SARFATTI: Lo primero fue la obligación de abandonar su aldea natal y trasladarse a Milán, ciudad donde nosotros vivíamos desde hacía años. Yo trabajaba en la sección Artes de *Avanti!* y tenía ganas de renunciar por la turbulencia política que crecía alrededor.

Aguinis: En *Avanti!* empiezan sus vínculos, entonces.

Sarfatti: Sí. En diciembre fui a ver al nuevo director. El frío y la niebla anunciaban una nevada. Caminé rápido bajo las arcadas de la Plaza del Duomo. Llevaba un pesado abrigo y tenía envuelta por completo mi cabeza, excepto la nariz y los ojos. Poca gente se desplazaba por las veredas. El portero me reconoció y me acompañó hasta el despacho del nuevo director. Los pasillos y su olor a tinta me resultaban familiares, así como el ruido de las gastadas rotativas y el nerviosismo de los linotipistas absortos en su trabajo. El empleado me dejó frente a la puerta del pequeño despacho. Inspiré hondo, porque no sabía qué me esperaba. Di un par de golpes sin recibir respuesta; giré el picaporte y miré hacia el interior. Atrás de un escritorio atiborrado de papeles descubrí al joven Mussolini con los codos abiertos, sosteniendo una carpeta con ambas manos. Su lectura lo absorbía tanto que no pudo enterarse de mi ingreso. De súbito advirtió mi presencia, abandonó su material con cierto disgusto, aproximó una silla lateral al escritorio y con un repentino gesto caballeresco me invitó a tomar asiento. Por varios segundos ninguno emitió un sonido, ni siquiera "por favor" o "gracias".

Su mirada se clavó de repente en mis ojos: tenía el fuego de Savonarola. Esa primera impresión me quedó grabada para siempre. Tras un minuto abrí el diálogo diciéndole cortésmente que venía por dos razones: felicitarlo por su designación a la cabeza del periódico y presentarle mi renuncia. Aunque me agradaría —añadí— mantener esporádicas colaboraciones sobre la educación cultural y artística, porque el arte contemporáneo se vislumbraba como una categórica expresión de la modernidad, y podía ser un excelente vector de la acción política. Hablé sin interrupción con una intencionada y permanente sonrisa. Pero él me cortó en seco: "El arte no es un argumento socialista; en cuanto a los artículos políticos, yo mismo los escribo". Tras segundos de incertidumbre, agregó: "Ahora solo leo artículos políticos y filosóficos".

No le contesté. Pero mi sonrisa se diluyó.

"Soy un hombre que busca, que investiga", agregó enseguida.

Se ablandó mi garganta y conversamos otro rato. Pero nos despedimos con incomodidad.

Regresé a casa envuelta en mi pesado abrigo. Su imagen imperial seguía impresionándome en tramos de mi recuerdo, con su frente amplia y su mentón desafiante, que hablaba desde arriba. Era el mismo que había hipnotizado a la multitud del Congreso Socialista. Apenas me reencontré con mi marido necesité contarle la entrevista. No sabía cómo interpretarla. Él volvió a insistir sobre las virtudes de ese individuo, que lo habían impresionado. Repitió que era fogoso, elocuente, una especie de toro de lidia. "Dominará el partido", aseguró.

Le dije que Mussolini opinaba de una forma despectiva sobre el arte. Era un área que él navegaba con superficialidad, pese a su abundante creación de mediocres poemas, según me había enterado. Aún me repicaban sus enredadas citas de Nietzsche en aquel fervoroso discurso. En realidad, yo había quedado tan impresionada que unos días más tarde, en un concierto, sus ojos me atrajeron desde lejos como un imán. Parecían brasas en su rostro pálido. Luego, durante una recepción con artistas, volví a encontrarlo. Me acerqué. Además de su mirada, llamó mi atención su discurrir, carente de los floripondios que se gastan en italiano. En su mirada y su voz había dinamita.

AGUINIS: Pareciera que usted se enamoró enseguida, sin conocerlo casi.

SARFATTI: Es verdad. Hasta hoy me hago la misma pregunta. Recién después me enteré de algunos fragmentos de su rústico pasado, que se hicieron más evidentes cuando lo invitamos a cenar a nuestra mansión. Con Cesare cambiamos disimulados gestos de asombro al observar su prodigiosa invención de movimientos digitales para usar los cubiertos. No lograba armonizar el tenedor y el cuchillo, a los que empuñaba con las manos incorrectas y los dedos torcidos. No lo habían educado en sus años de herrero.

AGUINIS: ¿Cómo fue enterándose de ese pasado?

SARFATTI: Empezamos a vernos más seguido, cuando yo le llevaba mis artículos. Poco a poco dejamos las excusas y comenzamos a explayarnos sobre nuestras vidas tan opuestas. Necesitaba descargar las tormentas acumuladas en su pecho, sobre el que cruzaba los brazos para descansar o desafiar. Yo le servía.

AGUINIS: Pero no le abría su intimidad.

SARFATTI: No. Aunque es difícil ingresar en ese terreno. A los dos meses cerró con llave la puerta de su despacho y se aproximó sin dejar de mirarme con voracidad. Asió mis manos, las besó y rápidamente apretó mi talle, me inmovilizó los brazos y comenzó a besarme la cara, el cuello y los labios... Me cuesta narrar esta parte.

AGUINIS: No afloje, por favor. Usted dijo que deseaba convertir a este reportaje en una catarsis.

SARFATTI: Trataré... Antes de que pudiera tomar conciencia de lo que sucedía, estaba volcada en el piso, con él encima. Parecía un pulpo con eléctricos tentáculos, porque me abrió la blusa, succionó mis pezones, me levantó la falda y sacó mi ropa interior. Él no percibía mis inútiles protestas o lo excitaban más. Ignoro si llegué al orgasmo, pero él emitió un quejido intenso y se derramó en mi interior. No reproducía los cuidadosos abordajes de Cesare, sino los truenos de un huracán. A partir de esa inauguración borrascosa volvimos a repetir la hazaña, pero con mayor cuidado, para que mi marido no se enterase. Quizás lo del cuidado solo me implicaba a mí, porque a Benito no le importaba. Las mujeres que habían pasado bajo su terremoto ya sumaban decenas. Era un hombre con gula sexual.

AGUINIS: Gracias por esta confesión. Ahora describa su ascenso político.

SARFATTI: Empiezo con una anécdota. Construya en su imaginación una aldea de esa época, una extensa propiedad que en el crepúsculo es invadida por muchos campesinos que se desparraman por los corrales, los pasillos, las habitaciones. Devoran las fuentes con comida, los quesos, abren las botellas de vino. Proceden con hambre y delirio. Al cabo de una hora, antes de que descienda la noche, aparecen los *carabinieri*, decididos a restablecer el orden. Con salivazos, pedradas y tiros matan a varios hombres y hieren a muchos más. No preguntan, sino que los tratan como delincuentes. En cada asaltante ven un asesino. La noticia llegó enseguida a Milán y se extendió por las calles como una tormenta. Mucha gente interpretó el deber de las fuerzas de seguridad como una represión criminal, porque hasta habían herido a unas mujeres. Incluso varios niños fueron víctimas de los bastonazos; a uno le partieron el cráneo. Mussolini se apresuró a llegar al campo de batalla y con su credencial de periodista enfrentó con odio a los hombres armados, valoró la importancia del suceso y decidió sacarle jugo con una serie de artículos incendiarios. Acusó por el delito a la burguesía asesina, con frecuentes referencias a la jerga marxista. Enfocó el episodio desde diferentes ángulos, buscando siempre los tonos enfáticos. Incluso llamó a una protesta nacional.

AGUINIS: ¿Obtuvo tanta resonancia desde ese periódico?

SARFATTI: Mucha. Fue convocado a un juicio que se inició enseguida y, frente a los jueces, voceó párrafos contundentes. Su desempeño fue descripto en toda la prensa de la región. El juicio incrementó la difusión de su nombre. Pero Benito decidió sacar más partido aún de la situación y asombrar al público mediante un contradictorio giro diplomático: mostrarse súbitamente conciliador, aunque sin dejar de insistir en las libertades políticas. Una vuelta que derivaba de su contradictorio carácter. Criticó la tendencia de querer imponer la uniformidad y la imbecilidad, porque eso pretendía el Estado. Fue llevado otra vez a juicio y citó el lugar común de que "la idiotez constituye una enfermedad notable, porque no la sufre quien la padece". Como el tribunal pareció no entenderle, lo miró en silencio durante un largo minuto, mientras el público sonreía y los jueces comenzaban a mover sus traseros con evidente incomodidad. Ahí le brotó una autoprofecía: "Es de idiotas querer anular el disenso y someter a los treinta y seis millones de italianos a una sola cabeza".

AGUINIS: ¿Entonces?

SARFATTI: Es lo que iba a hacer con el tiempo. Ahí se expresaban los genes del fascismo y el populismo: "Someter todo a una sola cabeza". Esa conducta fue asumida por los autoritarios de antes y después. De izquierda y derecha.

¿Continúo con su ascenso político? A mediados de 1914 creció rápidamente la excitación colectiva por los inicios de una inminente guerra mundial y Benito volvió a exhibir su talento, o intenso oportunismo: dar un giro espectacular, dejar de lado el pacifismo y manifestarse en favor de la guerra. ¿Me sigue? Ese giro, tan inesperado como poderoso, no tardó en hacerle estallar un amplio rechazo por parte de los socialistas. Se reunieron los directivos de *Avanti!* quienes, tras una incendiada reunión, propusieron expulsarlo. Para Benito no parecía real lo que sucedía, porque quedaba desprovisto de ingresos y enlodado por el desdén. El puñetazo de un gigante le había partido su desafiante mandíbula y cayó abatido sobre los adoquines de la calle. Se incorporó con dolores en todos los huesos. Miraba los muros que semejaban las paredes de una mazmorra, con más ganas de destruirlos a patadas que de pedir justicia. Se arrastró durante toda la noche, sin saber adónde dirigirse. Imaginó proveerse de fósforos e incendiar la redacción de *Avanti!* Era el momento adecuado porque había poca gente a esa hora. Caminó hacia el diario, pero sus pies no obedecieron su propósito y lo llevaron hacia nuestra residencia. Las profundidades de su espíritu eran más débiles de lo que él y sus admiradores podían advertir.

AGUINIS: Imagino lo que siguió.

SARFATTI: ¿Lo imagina? Golpeó la puerta de nuestra casa. Pidió entrevistarse con Cesare. El guardián no supo qué hacer. Le rogó que esperase. Benito lo empujó. Amenazaba empezar a los puñetazos. Sus gritos nos despertaron. Cesare se envolvió con su bata y caminó presuroso hacia la puerta. Benito lo vio, salteó los rodeos y de inmediato recitó su situación con voz firme. Pidió asistencia legal como si fuese un mero cliente. Afirmó que sus actuaciones políticas impedían que los abogados comunes se la dieran, por eso acudía a él. Yo me acerqué y fui testigo del momento en que Cesare lo invitaba a ingresar. Benito seguía hablando, sin humildad, como un gladiador que acababa de ser maltratado por una caterva de imbéciles. Cesare lo contemplaba de lado, con cierta curiosidad, hasta con un asomo de sonrisa. Se peinó con los dedos para darse unos minutos y pensar qué debía hacer. Pronto decidió ayudarlo, incluso económicamente, aunque no se lo dijo. Caminaron hacia la sala y yo iba detrás. Se sentaron y Benito seguía soltando frases que Cesare dejaba pasar, como si no dijesen nada nuevo. Por fin ambos se miraron en silencio durante un tenso minuto, al cabo del cual mi marido le tendió la mano. Yo no hice comentarios, porque estaba de acuerdo, más por mis sentimientos que por mi razón.

AGUINIS: Usted ya no era la Margherita de poco tiempo atrás.

SARFATTI: Es cierto. Y vuelvo a avergonzarme.

AGUINIS: ¿Su marido pudo brindarle una eficaz ayuda?

SARFATTI: Muy eficaz. Utilizó la abultada caja de artículos que había publicado Benito. Redondeó argumentos y en el término de dos semanas lo hizo designar a la cabeza del diario izquierdista *Il Popolo d'Italia*. Benito no solo le agradeció su favor y el éxito, sino que, de inmediato, como retribución, me pidió que fuese su primera editora y le proveyera colaboraciones mías en todo lo referente al arte y la cultura. Le convenía, además, que aprovechase mis numerosas relaciones en ese terreno. Ese panorama era excitante y me puse a trabajar con entusiasmo. Envié cerca de cien esquelas a mis conocidos. Ordené diarios y revistas que llegaban a mi casa desde Londres, París, Viena y Berlín. Además, tenía la posibilidad de estar muchas horas junto a un hombre como Benito, que me había hecho abandonar fijaciones adolescentes y hacerme florecer como una crisálida bajo el sol. Me había enamorado de él sexualmente, a fondo, de manera que sus encendidas descripciones del presente y sus visiones futuras me parecieron siempre brillantes.

AGUINIS: Ahora necesito más información sobre sus respectivas familias, tan opuestas. Empecemos por la de Mussolini.

SARFATTI: Eran muy opuestas. La personalidad de Benito se explicaba en gran medida por la vulgaridad de su origen. La pobreza que espinó su infancia generó en él un gran resentimiento. Tendía a buscar la adulación en todas partes, hasta ascender a las más grotescas expresiones del autoritarismo, como fue su liderazgo.

Nació cerca de los Alpes, en la aldea de Dovia, en 1883. El paisaje era bello, pero la vida de su familia bordeaba la indigencia. Su padre, Alessandro, era un herrero que alternaba su trabajo manual con las miserias de una taberna. Los rústicos vecinos temían que se hubiera amputado una mano cuando llegaba tarde a la cantina. Por otro lado, el pequeño Benito vio cómo Alessandro expulsó más de una vez a los borrachos que pretendían arrancar botellas de los estantes. Aprendió de su padre a insultar, pegar y escupir. También sufrió los azotes de su cinturón deshebillado cuando no le obedecía en forma exacta. Pronto adhirió a los principios anarquistas, en especial su odio a Dios y al rey, que predominaba en la aldea. Su padre había bautizado a Benito en honor al mexicano Benito Juárez, que fusiló al emperador Maximiliano, noticia que se celebró sin entenderse su real significado. Pese al fanatismo anticlerical, Alessandro Mussolini consintió que bautizaran a su hijo, para no ser menos que los demás vecinos que iban a la iglesia, se santiguaban e imploraban a la Virgen, siendo al mismo tiempo gente que odiaba a los curas. Fue el inicio de las contradicciones que jalonaron su vida y que hasta hoy caracterizan al populismo.

Aguinis: ¿Contaba también otras intimidades?

Sarfatti: Sí, en especial las que podían generar asombro, no lástima. Pero ni hacía falta contarlas. Después de vernos seguido durante unas semanas, en Milán, Cesare propuso que lo invitásemos a cenar con cierta frecuencia. Sentado a nuestra mesa conseguía relajarse y le brotaban recuerdos hinchados de amargura. Se acariciaba el mentón o se restregaba los párpados hasta hacerles soltar lágrimas y, después, empezaba a narrar. Solía repetir que en su niñez faltaba comida y que, con su robusta abuela, saltaba a las huertas vecinas para robar verduras, que ella escondía en su delantal. Violaban las murallas de arbustos, los montículos de tierra o de piedra, los cercos de madera, los alambrados. Lo hacían bajo la lluvia, las nevadas o el sol. Pero no alcanzaba, por eso siempre despertaba con hambre y por eso también se unió a otros chicos de la misma condición, algunos francamente agresivos, para dedicarse al robo de alimentos, fuera donde fuese. Escribió a su madre desde la escuela para que le enviase algún dinero, de lo contrario se suicidaría. Mirándonos alternativamente a los ojos, afirmó que su estómago vacío le enseñó a odiar a los ricos y desear robarles de todas las formas posibles. Hizo una pausa y recorrió las paredes donde colgaban cuadros valiosos. Me comprimí las manos, como si estuviera frente a un inminente ladrón. Inspiré para recuperar el equilibrio.

Nos despabiló sobre injusticias que nosotros apenas conocíamos, que llenarían páginas de magníficas novelas, pero que sonaban lejanas. En su escuela reinaba mucha discriminación, porque en una mesa se sentaban los más pobres y en otra quienes recibían dinero. A varios de esos favorecidos los golpeó en la calle, a uno le quebró la pierna. A veces lo lastimaron. Una patada le dejó inmóvil una rodilla durante dos semanas. Recordó que a fin de año fotografiaban a todos los alumnos de esa escuela, pero que él fue excluido porque no podía pagar. Nunca pudo olvidar esa humillación que lo acosaba de día y de noche. Cuando veía circular fotógrafos en su aldea buscando clientes, ardía de rabia y llegó a apedrear a uno. Décadas después, cuando ascendió a Duce, se vengó haciéndose fotografiar en infinitas poses, de cerca y de lejos, de frente y de perfil, de abajo y de arriba, incluso con trajes ridículos. Algunos decían que hubiera deseado ser un payaso. Recordó a una vecina que tuvo que ayudar porque huía cargada de hijos mientras su marido la perseguía con insultos, exigiéndole comida. Nos contó que ese salvaje, además, estaba borracho y pellizcaba a su hija mayor, ignorante de la palabra "incesto".

Mussolini lo derribó de una pedrada en la nariz. Y arrastró al fotógrafo para que le fotografiase la cara ensangrentada. Después quebró la nariz del fotógrafo.

No podía soportar el clima de la aldea en la que cursó su infancia, pero se las arregló para graduarse de maestro elemental. ¡Ese fue su máximo título académico! Con ese certificado se presentó donde hacía falta alguno. Movió la mano como si nos mostrara el título. Con Cesare nos miramos unos segundos, sin saber cómo responder a esas confesiones tan penosas. Benito agregó que obtuvo semejante título con muchas maniobras ilegales. Sonrió al usar la palabra "ilegales" frente a un abogado tan prestigioso como mi marido. Ese título le sirvió para conseguir un contrato en una escuela rural cercana, sostenida por dirigentes socialistas.

AGUINIS: Leí que amaba a las aves. Pero siempre de forma contradictoria, como en general se manifestaba su conducta.

SARFATTI: Era así. Amaba a los pájaros, a los que a menudo bajaba a hondazos y luego llevaba a su abuela para enriquecer los guisos. Solo a una respetaba: la lechuza. Lo fascinaban sus ojos indagadores, hipnóticos. Decía que eran más convincentes que los de los hipócritas sacerdotes. Eran respetadas desde la antigüedad por sus dotes mágicas y su poder de adivinar el futuro. Hubiera convenido poner lechuzas en algún altar.

Completaba ese pensamiento al reiterar que no podía quedarse mucho tiempo en la iglesia, en especial durante las grandes ceremonias, a las que era llevado por su abuela. Le molestaban la luz de los cirios, el olor del incienso, la cantinela de los fieles y el sonido del órgano. Por eso también odiaba o ignoraba a Dios. Pero más adelante, cuando le convino, se alió a la Iglesia Católica mediante el Pacto de Letrán. Sobre esto hablaremos más adelante, ¿verdad?

AGUINIS: Así es. Cuénteme ahora cómo fue su desempeño en calidad de maestro.

SARFATTI: Solo pudo aguantar unos meses. Mendigó para viajar a Lausana, la gran ciudad suiza al otro lado de la frontera, a la que los vecinos describían como una metrópoli. Ese viaje tampoco le brindó alegría, aunque me conmovieron los colores de sus aventuras.

AGUINIS: ¿Colores? ¿Por qué? ¿Le fortalecieron el alma? ¿Aumentaron su rencor?

SARFATTI: Su rencor. En sucesivos episodios se multiplicaron los surtidores de ese rencor. Partió hacia Suiza en la misma fecha en que su padre fue arrestado por participar en desórdenes locales. Con poco dinero trepó al tren. Dijo que el vagón estaba repleto. Era tan grande su ansiedad que se pasó la noche pegado a la ventanilla. Cuando vio el lago rodeado por montes blancos de nieve se le ocurrieron versos. Se creía un buen poeta. Desde chico inventaba versos para calmar su angustia. Ese hábito fue compartido conmigo en los años de nuestra alianza política y erótica. Dijo que su abdomen se inflaba y desinflaba al ritmo de las palabras. Siempre exageró mucho. El San Gotardo le pareció un gigante pensativo. Esa historia la repitió mucho. Había quedado ceñida a su garganta. No intenté descifrarlo; ¿para qué, no es cierto? En Lucerna cambió de tren para Yverdon. Palpó sus bolsillos para verificar si le habían robado en un instante del sueño. Los palpó varias veces. Tras adicionales horas de viaje, atontado, se dirigió a una taberna y ensayó su elemental francés. Un inesperado compañero de viaje, cuyo nombre olvidó, lo condujo hacia la estatua del famoso Pestalozzi, que había nacido en esa localidad.

Durmió en una sucia posada sobre una alfombra maloliente, hasta que un pintor sin rumbo, más parecido a un criminal que a un artista, le propuso dirigirse a la vecina Orbi. Tras golpear algunas puertas consiguió que lo contrataran como jornalero. Le proveyeron una carretilla y transportó piedras hacia una obra en construcción durante once horas diarias por unas monedas que le adelantaban a cuenta de un pago posterior, que apenas le alcanzaban para comprar unas papas. Llegó a contar 120 viajes por día. Exageraba, por supuesto. Narraba estas historias frente a su plato, en nuestra casa, disfrutando nuestro asombro. Después, agregó, durmió sobre paja, cerca de un corral. ¿No habrían dormido de esa forma José y María en el establo donde nació Jesús? Temblaba de rabia y dijo que atacaba a los rengos, borrachos y delirantes. Hasta lo hacía en sus sueños. Ver a su tacaño jefe lo impulsaba a clavar sus uñas dentro de los puños. Decidió probar suerte en otra parte y le dijo que se marchaba, que le pagase. Su jefe le dio la espalda y entró en su gabinete mientras él esperaba en el rellano. Al reaparecer, con desprecio le volcó sobre su palma monedas y unos pocos billetes. "Ahí va tu salario. Y confórmate: es robado".

¿Qué debía hacer? ¿Patearle los testículos? ¿Matarlo? No hizo nada. Agregó que tenía hambre y estaba descalzo. Entones fue a la casa de un italiano que lo ayudó a comprar unas botas muy viejas. A la mañana siguiente tomó por fin el tren a Lausana. También en este viaje pegaba su cabeza a la ventanilla, como si anhelase devorar el paisaje, o usar el paisaje para consolarse de su asqueroso destino. Había miles de italianos que no eran bien vistos. Gastó hasta la última moneda ganada con el transporte de más piedras hasta que solo le quedó una medalla niquelada con el perfil de Marx. Ese día solo había comido un pedazo de pan a la mañana y no sabía dónde dormir a la noche. Lo torturaban calambres en el estómago, dolorosos como agujas, y le costaba caminar. Se sentó junto a una estatua de Guillermo Tell. Su aspecto debía ser terrible, porque la gente que se le acercaba parecía asustarse.

AGUINIS: Sus biógrafos escriben que en esos crueles momentos tuvo ganas de suicidarse.

SARFATTI: Sí. Al llegar la noche y escuchar las campanas, decidió caminar junto al lago Leman con el propósito de ahogarse. Se preguntaba si valía la pena resistir un solo día más en ese infierno. Estaba por zambullirse cuando estalló una súbita y numerosa orquesta delante de un hotel. Con los ojos perdidos en sus recuerdos, evocó, ante el asombro de Cesare y mío, sus pasos hacia el jardín, desde donde escrutó oculto por el follaje oscuro de los abetos. Desde allí prestó oídos a la sonoridad de los instrumentos mágicos, porque lo alejaron durante un rato del dolor que le oprimía el abdomen. Benito era muy detallista al contar esas historias, seducía al hablar. Tras una hora de padecer el frío se arrastró hacia el centro. Recordó que le habían hablado de un profesor de italiano. Localizó su vivienda, pero antes de llamar se lustró los zapatos rotos con las hojas de una planta. Apareció un gigante con una nariz descomunal, de un rojizo satánico. Apenas Benito empezó descargar sus miserias, el profesor le vomitó insultos: "¿Qué quiere que haga? ¡Váyase a otra parte!". Entonces Benito también lo insultó con energía y regresó a la calle. Ese rodeo, sin embargo, tuvo el mérito de llevarlo a un sótano donde se necesitaba alguien que transportase botellas. Se trataba de un mercader de vinos que importaba de forma ilegal. Cada mañana debía empujar su carro hacia la elegante Grande Rue. Reincidía con muecas de odio en la profesión de tabernero que ejercía su padre. Cuando le abría la puerta una rica viuda, se esmeraba en bañarla con los halagos que la hacían sonrojar y multiplicar la propina. Algunas fueron objeto de más visitas que las necesarias y la invitación para comer un plato nutritivo. Pese a su aspecto conseguía empujarlas al lecho mediante su temeraria violencia.

AGUINIS: ¿Tanto? ¿No ponía algo de freno a su fantasía? Escuché que, además de robar alimentos, robaba libros. Esto se propaló mucho para mejorar la imagen que tenía de aquellos horribles momentos. Usted también lo cuenta en su biografía.

SARFATTI: Así es. Con las monedas y billetes que lograba obtener, en muchas oportunidades en las que los dueños estaban distraídos, robaba volúmenes que devoraba con hambre. Desde su más tierna edad, Benito se reveló amante de la lectura. En sus relatos también agregaba con orgullo que durante esos años sufrió prisiones en Suiza, y algunas breves en Alemania, Francia, Austria e incluso Italia. Casi todas las cárceles eran sucias, pero la mugre ya había dejado de asustarlo. La suma de sus arrestos llegó al número once. ¡Los había contado! Dijo, además, que los encarcelamientos le sirvieron para iniciar vínculos con otros presos políticos, que allí abundaban. Además, mejoró su conocimiento del alemán y el francés. Pero, sobre todo, le fueron útiles para fortalecer la paciencia.

Tenía buen oído y le gustaba la música. Consiguió que un maestro pobre le enseñara algo de violín. Era un autodidacta decidido a comerse el mundo. Yo estaba embelesada con la potencia de semejante personaje y esos relatos determinaron que me mantuviese ciega ante las perversiones que empezó a protagonizar.

AGUINIS: En el deambular caótico de esos años, ¿llegó a Zurich? Allí hervían las tendencias revolucionarias.

SARFATTI: ¡Claro que sí! En la populosa Zurich, junto con Angélica Balabanoff, pudo ganar algo de dinero por la traducción al italiano de Marx y Engels, con la ayuda de un voluminoso diccionario de alemán-italiano sobre la mesa. Con este trabajo, Angélica se prendió a Benito durante mucho tiempo, le mejoró el alemán y se divirtieron con fantásticas tormentas eróticas. Así, con esos vocablos se expresaba Benito para asombrar a mi marido. Cuando hablaba abría grandes los ojos y adelantaba el mentón para convencernos de que siempre había sido un joven atractivo y talentoso, sorprendente y desprovisto de culpa, con una potencia increíble. La rusa Angélica lo recibía en su primoroso departamento, donde gozaban de los debates y del sexo con idéntico fuego. Confieso que me ponía mal semejante descripción, me herían los celos, quería dejar de escuchar, pero de a poco me iba acostumbrando a su poligamia. Angélica provenía de una familia judía aristocrática, entre las muy escasas que quedaban en Rusia, y pudo educarse en la universidad. Llegó a Suiza para reclutar intelectuales y trabajadores que adherían al socialismo.

No obstante ese clima, Angélica Balabanoff fue desbancada por una tal Helen, también rusa, pero mejor provista de pechos, nalgas y carnosos labios, como repetían las vanidosas palabras de Benito. El samovar se convirtió en un acompañante muy familiar para él. En ese tiempo, misteriosas circunstancias determinaron su acercamiento a personajes que tendrían relevancia en la Revolución Rusa de Octubre. Durante años pensé en esa casualidad que parecía tener muy poco de casualidad.

AGUINIS: ¿Mussolini consiguió acercarse a los más importantes revolucionarios de su tiempo?

SARFATTI: ¡Claro! Y lo narró con orgullo. Mantuvo un encuentro con el fascinante Lenin en Zurich. Ese episodio lo empujó a conocer mejor su pensamiento y estrategia. Lo recordaba muy bien: dijo que tenía párpados orientales, un cuidadoso recorte de la barba, luz en su calvicie, un movimiento solemne de las manos. Le pareció que tenía las cualidades del jefe que trastornaría al mundo entero. En otra reunión, mucho más adelante, y esta vez en un café de París, conoció a León Trotski y a Josef Stalin. No sospechaba que ambos jóvenes serían los coautores de la gran Revolución, pero intuyó que se trataba de personalidades avasallantes, que con disimulo rivalizaban entre ellos. Les estudió los ojos y las uñas, que tenían voracidad de tigres. Los anteojos de Trotski temblaban sobre su nariz y el bigote de Stalin prometía convertirse en guillotina.

Según las descripciones que Benito me confió de a poco, Angélica Balabanoff no era bella ni tenía sentido del humor. De haber sido más autocrítica, se habría arrojado a un pozo. Terminó odiándola, porque ella pidió su expulsión del Partido Socialista. Además, argumentó que sin ella no hubiera podido ser otra cosa que un maestro elemental.

Tras esas palabras, Margherita se mantuvo en silencio. Bebió agua. Contemplé su castaña y hermosa cabellera. Se recostó en su sillón para relajarse. Esta mujer fue testigo de una etapa trascendental del mundo. Su fabulosa memoria le permitía navegar por años decisivos. Además, recibía de las lechuzas una rara capacidad para entrever el porvenir. Después de unos minutos, reanudamos el reportaje.

DOS

SARFATTI: Tras el estallido de la soñada Revolución bolchevique, su excolaboradora Angélica Balabanoff viajó a
Moscú, donde pudo sentarse en las butacas forradas con
terciopelo que habían pertenecido al zar. Benito contó que
ella vivió de cerca la guerra revolucionaria y registró el
incendiado desarrollo de la puja por el poder absoluto. En
1921 ya consideró suficientes los testimonios de los nuevos
tiempos, que se hundían en una sanguinaria dictadura, y
regresó a Italia, donde se reencontró con Benito. Le contó
lo vivido y ardieron nuevamente en polémicas y frotes de
todo el cuerpo. Pero ella se cansó de la megalomanía que
predominaba en Benito, ¡la descubrió al fin!, y decidió viajar a los Estados Unidos, desde donde combatió al distor-
sionado comunismo en que se hundía el ideal de Lenin y
después se ocupó de luchar contra el fascismo. ¡Las vueltas
de la historia! Pero Benito y yo estábamos aún lejos de
darnos cuenta.

AGUINIS: A partir de entonces, ¿cómo evolucionó el pensamiento de Mussolini?

SARFATTI: Hubo muchas vueltas y contradicciones, como se caracterizan los fascistas y su principal derivado, que es el populismo. Una tarde, mucho más adelante, Benito confesó en mi hogar de Milán que sus lecturas le habían demostrado que los escritores alemanes predominantes no eran tan grandes como se pretendía. Solo se destacaba el poeta Heinrich Heine, a quien recitaba emocionado. Pero Heine era judío, dato que más adelante lo forzó a patearlo.

AGUINIS: ¿Lo asocia con algo más de esa época?

SARFATTI: Cuando era más joven, a los diecinueve años, con su flamante título de maestro, enseñó por poco tiempo en una escuela miserable. Debía lidiar con cuarenta niños, algunos verdaderos monstruos. Era un sitio desconocido hasta por Dios. Como magra compensación obtenía vino y hediondas mujeres. Cerca, una cascada proveía sonidos en los que intentaba concentrarse antes de dormir. Una vez, pasada la medianoche, puertas y ventanas se abrieron con estruendo. El viento barrió todos los rincones y apareció un hombre vestido de negro con una lámpara en la mano. "Escucha bien esto, parece una ilusión", me dijo. Me contó que ese hombre le sonrió con una extraña mueca. "Te conozco, Mussolini. Serás llamado para hacer grandes cosas. Soy el Diablo y hago esta visita para ofrecerte mi mano. Todas las riquezas del mundo serán tuyas. Lo único que debes hacer es elegir". "Yo permanecí paralizado", continuó Benito; él sabía en el fondo de su corazón que expresaba la verdad, que obtendría las riquezas del mundo. Entonces el Diablo lo apuró: "¿Qué deseas? Dímelo sin hesitar. ¿Quieres ser rico?". "No

—respondí—, quiero algo más que el dinero; odio a los ricos y todas sus fortunas". "Bien —contestó el Diablo—, ahora tienes cinco minutos para elegir. ¿Deseas gloria, amor o poder?". Benito me miró con intensidad y continuó: "*Signor Diavolo* —contesté—, no puedo responder de inmediato, déjame pensar un poco". "Entonces piensa, pero rápido", le dijo el Diablo. Poco después, con su mirada de fuego, cerró el diálogo: "Mussolini, tu tiempo se acabó". "Entonces grité: '¡Poder! ¡Necesito poder! El poder trae lo demás'". "Lo tendrás —contestó el Diablo—. Sabía que esa sería tu elección; pero recuerda que a partir de este momento tu alma me pertenece". "Salió volando, dejándome sumergido en una oscuridad espesa, como el fondo del océano. Mi cuerpo temblaba desde los cabellos hasta las uñas de los pies".

Luego, Benito giró hacia el sofá más próximo de nuestra sala y se derrumbó. Sus labios repetían la palabra "poder". En ese instante le tuve miedo, y el amor que me mantenía enceguecida quedó adherido a la figura siniestra de esa alucinación.

Cesare me contemplaba, perplejo. Lo ayudamos a levantarse. Benito se secó la frente, cruzada por nuevas arrugas. Nos miró despavorido, como si no hubiera conseguido alejarse de semejante recuerdo. Era evidente que en su espíritu se agitaban tormentas que brotaban de súbito. Me pregunté si respondían a las dotes de un genio, o de un psicópata cercano a la locura, o de un actor que pretendía asustarnos. Bebimos unos sorbos de whisky, mirándonos. Al cabo de media hora pidió su abrigo. Tras su partida, mi marido se dirigió a la biblioteca y buscó un libro sin hacer comentarios. Yo lo imité. Fue un episodio extraño.

AGUINIS: Aún no contó nada sobre su madre.

SARFATTI: Es cierto. Su sufrida madre murió a los cuarenta y seis años de edad. No le dejó muchos recuerdos. Pero fue muy importante para la formación de su carácter, como lo repitió en su madurez. Atendía con resignado silencio a todo el mundo, cosía la ropa, la lavaba, impartía consejos dulces, calmaba al marido borracho, buscaba comida para su hijo hasta debajo del piso. A veces le brotaba una sonrisa, en especial cuando Benito se le acercaba. Su partida generó un vacío enorme que urgía llenar. Las lágrimas no eran falsas. Tampoco los gritos de dolor. Al velatorio concurrió el cura del pueblo, muy encorvado y cubierto de una larga melena y abundante barba, todo muy blanco y sucio, parecía una nariz que sostenía ojos tristes. Quizás al cura lo llamó el anarquista Alessandro, porque mantenía un zigzagueante vínculo con la fe. Le pidió a su hijo que lo acompañase en el velatorio, pero Benito se negó hasta a santiguarse, porque si Dios existía, era un ente maligno que había matado a su madre sin pedirle permiso. ¡Pedirle permiso! Así nos contó. No obstante, se le ocurrió que el invisible Ser Supremo trazaba laberintos que no eran clementes, pero tenían salida. Su padre Alessandro, mitad herrero y mitad tabernero, como dije, no soportó la soledad y se unió a una viuda. Lo hizo por razones nada románticas: necesitaba que alguien lavase la vajilla. Lo proclamó en voz alta y baja hasta conseguir una mujer que aceptó, a condición de incluir en su legión a cinco hijas. Repito: cinco hijas, nada menos.

AGUINIS: Es obvio que esto generó repercusiones importantes en su vida y en su evolución política.

SARFATTI: Muchas repercusiones. Esa legión de hijas era demasiado para una sola vivienda; no obstante, el deprimido Alessandro no se atrevió a formular objeciones. Una de esas hijas era la hermosa Rachele, que terminó en la cama de Benito y luego llegaría a mucho más, con lo cual se comprobaron los irónicos tejidos que urdía el cielo. Recuerde ese nombre: Rachele.

La historia no fue simple, porque antes de que Benito la violase, su lugar había sido ocupado por su hermana mayor, más fuerte, con mejores nalgas y abundantes tetas, según solía repetir. La pequeña Rachele, en cambio, lucía rasgos más finos, de dama renacentista, como la juzgó más adelante. Poco a poco la fue convirtiendo en su compañera permanente. Rachele nunca fue a la escuela y hasta avanzada edad no supo leer ni escribir. Era una mujer fértil y le proveyó cinco hijos, entre varones y mujeres. La hija mayor fue Edda, que influyó de modo notable en el gobierno fascista; así lo confirman todas las historias. Más adelante la hizo casar con el rico e inteligente Galeazzo Ciano, a quien designó su canciller. ¿Qué tal? Yo le sugerí a Benito el nombre "Edda".

AGUINIS: ¿Usted lo sugirió?

SARFATTI: Con argumentos. A Rachele le encantó enterarse de que esa palabra se refería a leyendas mitológicas de Islandia. Aceptó enseguida, porque no sabía dónde quedaba Islandia y menos qué significaba una leyenda mitológica.

Para aumentar los mezquinos ingresos de la familia, al principio Rachele se empleó como sirvienta en la casa de un oficial de carabineros. En una ocasión rompió una bandeja y tuvo que añadir muchas horas a su jornada para indemnizar la pérdida. En Benito aumentaron las llamas de su odio al poder, previo a su control absoluto. No se sabe qué torturas ordenó aplicarle después a ese desubicado oficial, pero sugirió que fueron ejemplares.

AGUINIS: Ya me contará sobre esa tendencia sádica.

SARFATTI: Fue muy ondulante. Al padre de Benito se le deformó la espalda y solía quejarse de su nueva compañera, que le había llenado la casa de mujeres. Decía que ella, en lugar de agradecer los favores que él le prodigaba, vivía llorando. Quería echarla, pero volvería el problema de la vajilla. Mientras, Benito se había enredado con una judía rusa llamada Fernanda Ostrovski, de ardiente militancia socialista. Ocurrió mientras nacía su hija Edda. Rachele, al regresar una tarde con datos precisos sobre el engaño al que era sometida por su marido, estalló. Saltó sobre la cabeza de Fernanda, esa inesperada amante, para arrancarle los pelos, las orejas, romperle la nariz. Benito no tardó en reaccionar y propinó bofetadas a su propia mujer hasta dejarla tendida sobre el piso, desmayada y con moretones en toda la cabeza. No sobre su amante. Curioso, ¿verdad? Dudó sobre la conveniencia de llamar a un médico. La situación se volvió complicada y más tarde se produjo una extraña reconciliación entre todos ellos cuando supieron que la rusa iba a tener un hijo de Benito. Y aquí viene lo notable. Rachele fue muy dulce frente a los avatares de la biología, porque aceptó sin quejas al niño por venir. Benito se alegró, aunque sin importarle quién se haría cargo del apellido ni de los gastos. El nuevo niño era como otra ciruela de un ciruelo. Nada extraordinario.

Mientras, Benito había quedado desprovisto de trabajo y de salario. El caos de su familia le hizo olvidar por muchos días las obligaciones de sus funciones; el periódico se fue al derrumbe. Yo misma dejaba de entenderlo, algunas veces aparecía borracho en nuestra casa de Milán. Lo despidieron de *Avanti!* usando la excusa de una pelea con dos colaboradores, a quienes devolvió sus escritos con insultos y trompadas que acabaron con la destrucción de un escritorio, el vuelo de una silla por la ventana y el desparramo de sus vidrios en la calle. Sin despedirse de Fernanda Ostrovski ni de su abdomen, Benito decidió probar suerte en Trento, por entonces ciudad del vasto Imperio austrohúngaro. "Vasto", porque estamos hablando del tiempo anterior a la Primera Guerra Mundial. Allí vivían centenares de familias italianas que convenía orientar hacia el socialismo. Sus camaradas del partido lo convencieron con rapidez porque el sueldo parecía tentador. Benito quería vengarse de la ingrata Milán y ordenó a su mujer que empacase todo lo necesario para una mudanza. La sorpresa, la negativa y los llantos solo aumentaron la firmeza de su plan. Quería partir cuanto antes, con urgencia, como si hubiese estallado la guerra. Ni su padre ni las demás mujeres que atestaban el hogar lo disuadieron. Pidió la colaboración de tres camaradas para guardar sus bienes hasta que consiguiese un domicilio firme. A Fernanda Ostrovski no le dejó dinero ni la invitó a conversar sobre su futuro. Ella se enteró a último momento y no tuvo tiempo de contestarle ni de escupir sobre su cara.

Benito y su pequeña familia se arrastraron durante la noche hasta la estación, treparon al tren y llegaron a Trento con hambre y angustia. Fueron a lo del personaje que se iba a ocupar de su salario, vivienda y demás rubros de su estadía. Benito se dedicaría a componer, imprimir y difundir el periódico socialista. Ese contrato, que había sido epistolar, no tenía precisiones, de modo que hubo gritos, ruegos, escenas de dolor hasta que se les permitió instalarse en uno de sus galpones, donde se superponían tabloides a distribuir en diversas esquinas de la ciudad. Les tendieron unos colchones y frazadas. Horrible. El dueño del galpón era mezquino y hablaba casi siempre en alemán. Le hizo crecer su odio. Su rencor se hinchó tanto que deseaba matar a diestra y siniestra. Pasaban los días. ¿Seguir allí?

Su propósito de dirigir un periódico y el incipiente bloque partidario socialista no levantaban vuelo, pese a disponer de una imprenta rudimentaria y algunos colaboradores. Organizaba reuniones a partir de antiguos líderes y los duchaba con discursos en los que alternaba la seducción con puñetazos sobre la mesa. Comparaba los méritos de su producto con otros periódicos locales en alemán e italiano que se distribuían en Trento. Condujo a varios de sus nuevos contactos hasta la plaza central, frente al Duomo, donde se exhibían algunos ejemplares suyos y los de otras tendencias. Incluso los convenció de caminar por algunos pasillos medievales donde había conseguido instalar vendedores. Su tarea lucía méritos, pero faltaba más entusiasmo por parte de los dirigentes. Solo pudo obtener movimientos aprobatorios.

Trento no era un mal destino, sino sus habitantes. Por lo menos mejoraba el alemán, cuya disciplina en las declinaciones era irritante pero, al final, serviría. Benito tenía buen oído, tanto para la música como para los idiomas. Con el escaso dinero que le entregaban podía alimentar a los suyos.

Mientras, relajaba su furia contemplando, siguiendo y acariciando el trasero de las hermosas muchachas que se le cruzaban. Voy a contarle algo que me desagradó, pero corresponde mencionar en este reportaje, como acordamos. A una de ellas consiguió seducir con versos y acompañar durante algunos días hasta amurallarla en un corredor y penetrarla. Esa hazaña pudo repetirla varias veces debido al repentino enamoramiento de la joven. Su relato me pareció delirante y lo forcé a cambiar de tema. Entonces se concentró en la decisión contraria a la de meses atrás; o sea, abandonar Trento.

AGUINIS: ¿Abandonar Trento?

SARFATTI: Exacto. Sintió que debía regresar a Milán, pero tras vengarse del dueño del galpón. Imaginó un mortífero plan. Sonrió con placer anticipado. Su rabia daba para mucho y en una noche armó la pequeña hoguera. Con un cartón apantalló las llamas, que se resistían a levantarse. Murmuró insultos contra el húmedo clima, su enemigo de circunstancias. Cuando por fin parecía estar logrando su propósito, la perpleja Rachele cayó sobre su espalda, le arrebató el cartón y sopló desesperada sobre la hoguera. La tapó con abrigos. Benito la derribó a trompadas como lo

43

hacía cada vez con mayor frecuencia. Después la ayudó a levantarse. Caminaron hacia donde parecía dormir su hija, que miraba con espanto la pelea de los padres. Alzaron sus bolsos y caminaron en esa oscura madrugada hacia la estación. Desde unas cuadras de distancia pudieron ver que se enroscaban hacia el cielo unas llamas y comenzaron a escuchar gritos. Aceleraron el paso. Los cruzaron hombres y mujeres a la carrera. De Trento no se llevaban nada importante, ni dinero ni una mínima alegría. Solo su odio a los alemanes, sin sospechar que en unos años Trento se volvería italiana. En 1915, Benito urgió entrar en la guerra mundial contra Alemania.

AGUINIS: ¿Y su voceado pacifismo?

SARFATTI: Quedaba en ruinas, como ya conté. En ruinas, para siempre.

En Milán, gracias a maniobras tramposas, y sin mencionar Trento, reasumió la dirección de *Avanti!* ¿Se da cuenta? Tardó en verme de nuevo con algo de vergüenza, supongo. Ahora no sé... En su carácter no calzaba la culpa ni la vergüenza. Ingresó al diario de anteriores conflictos, y cuando lo hizo inspiró sus olores y ruidos, como si nada hubiera ocurrido en el medio. Allí nos habíamos conocido, allí había conseguido sus primeras victorias políticas. Renovó su actoral simpatía, hablaba con un lenguaje conciliador, escribía inspirado, se esmeraba en gustar. Con su modesto sueldo reorganizó su vida y consiguió que la bella Rachele y su madre desubicada por fin aprendieran a leer. Benito, lejos de admirarlas, me dijo una tarde, luego de hacer el amor, que ese avance tuvo malas consecuencias. Lo miré asombrada. Pidió que observase cómo le había crecido la barba. Pasó los dedos de modo cómico por su ancho mentón y lamentó tener que perder tiempo en una barbería porque su esposa había olvidado comprar afeitadoras. ¿La causa? Ella aprendía a leer y se distraía de sus deberes caseros. Antes funcionaba mejor.

Dejó *Avanti!* y asumió en *Il Popolo d'Italia*. Era más importante y pagaba generosamente.

Una mañana llegó tarde al periódico porque su nuevo hijo sufría alta fiebre y Rachele había partido a sus trabajos de doméstica sin darle medicina alguna. Benito le había rogado que tomara un taxi y volase en busca de un médico para que le aplicase una inyección; esa fiebre podía ser difteria. Pero ella no lo hizo.

Trataré de recordar qué contó: "¡Desde que lee anda demasiado distraída! La cultura no es un asunto de mujeres. ¡Se lo dije a la cara! ¿No me veía? Al final me obedeció. Cargó al pequeño y fue al hospital. Supimos que era difteria. Sin esa intervención el niño hubiera muerto y habríamos sido menos en la familia. La irresponsable no me agradeció lo del taxi, dijo que en realidad era culpa de su propia madre, que vivía con nosotros y que también quería aprender a leer. Tampoco se le ocurrió ir al hospital, sino seguir dibujando letras".

Sigo. Pese a lo contado por Benito, siempre me quedó oscuridad sobre numerosos aspectos de la lista de mujeres que había seducido y luego abandonado. Demasiadas. Cuando mucho más adelante conoció a Claretta Petacci, afirmó que había llegado a unas quinientas. Quizá se guardó referencias para no decepcionarme, porque pudor en materia de hembras no tenía. De muchas no conservaba el menor recuerdo. Solo mencionaba los casos vinculados con su actividad política, aunque la mayoría solo servía a sus genitales, no a su corazón ni a su cerebro. Ante mis preguntas no siempre respondía. Muchas veces le pellizcaba el disgusto y yo decidía dejarlo tranquilo con otro tema.

Un asunto muy complicado fue su sífilis.

AGUINIS: ¿Sífilis?

SARFATTI: ¿No lo sabía? La contrajo antes de conocerme. Pero antes que la sífilis, se había contagiado de gonorrea. Su irresponsabilidad en el campo del deseo no le daba tiempo para cuidarse. En ese entonces, contra la sífilis no había un tratamiento eficaz. La penicilina recién apareció en 1940, a poco de empezar la Segunda Guerra Mundial. Décadas antes, Paul Ehrlich había descubierto la famosa "bala del Salvarsán". Insuficiente, desde luego, pero eficaz en muchos casos. Los tratamientos, durante años y años, consistían en la administración de diversas formas de mercurio, potasio iodado, cauterizaciones, sales de cobre iodado, lavajes. A Benito lo curó el Salvarsán. Tras su alianza con el nazismo, prohibió que se atribuyese a Ehrlich su descubrimiento porque era judío.

AGUINIS: Paso al otro tema, que nos quedó trunco. ¿Cuál fue su posición política en los inicios de la Primera Guerra Mundial? Mussolini había olvidado su estridente pacifismo.

SARFATTI: Se tornó evidente que Italia no podría esquivar el destino que se le presentaba. Pese al vértigo de los sucesos, Benito advirtió que se había terminado el tiempo de la neutralidad. Era inteligente y oportunista.

AGUINIS: ¿Conversó con usted sobre ese engorroso asunto?

SARFATTI: Lo evitaba. Pero en la histórica noche del 14 de septiembre de 1914 dio un público vuelco y explicó su abandono del anterior pacifismo socialista ante escritores, periodistas y empleados, yo incluida. Nos habló con su habitual elocuencia, cálida voz y gestos precisos. Nos mantenía perplejos. A menudo cruzaba los brazos en el pecho y levantaba el mentón, ofreciéndose como un gran personaje, seguro, desafiante. Lanzó anécdotas, citas. Con entusiasmo creciente mantuvo alerta nuestra atención durante dos horas, que pasaron veloces. Primero explicó las dudas que generaba la tradicional ideología antibélica del Partido. ¡Eso era el pasado conservador! Y en esos momentos era necesario mantener una interpretación viva de los acontecimientos, para no quedar marginados en el rodar de la historia. Señaló la ceguera de muchos artículos periodísticos. Hasta que al final, como una bomba, concluyó con un vibrante llamado a las armas. Gritó que debía lucharse junto a las potencias que defendían la libertad y la democracia. "¡La libertad y la democracia! ¡Ante todo, la libertad y la democracia! ¡Esa es la revolución!", repetía.

La sorpresa produjo parálisis, pero al cabo de muchas frases desencadenó un aplauso ascendente que contagió a casi toda la audiencia. Benito permaneció enhiesto en la tribuna, con los brazos cruzados sobre su pecho y el mentón levantado. Era una posición reiterada, majestuosa, la que adoptaría en todos los actos públicos. Las exclamaciones de júbilo también asombraron a Cesare, con quien yo había concurrido al acto y que me hacía gestos de interrogación. ¿Empezaba a dudar?

Benito convirtió a *Il Popolo d'Italia* en un diario patriótico. Impuso su giro nacionalista de forma incendiaria. El nacionalismo sería una bandera imprescindible de todos los populismos, tanto de derecha como de izquierda, en Europa occidental y oriental, en América y en Asia, en el que caían inevitablemente, pese a no considerarlo defendible al principio. Manifestaba su decisión de apoyar la intervención de nuestro país junto a las verdaderas democracias, porque beneficiaba a Italia. Nunca negó que, además de la ayuda que recibía de mi marido, su publicación pudo crecer gracias a los fondos que le deslizaron algunos bancos que antes calificaba de "satánicos". Así se había referido a ellos desde sus entrañas marxistas. El dinero le llegaba por oscuros arroyos. Parece que era mucho dinero, más de lo que era capaz de otorgarle mi esposo y otros amigos del norte de Italia. ¿Me sigue escuchando?

AGUINIS: Con mucha atención.

SARFATTI: Surgieron voces que condenaron con megáfonos semejante traición a los ideales socialistas. Pero, en lugar de dedicarse a refutarlas, respondió burlón: "Creen que me odian porque aún me aman". Frente a los íntimos confesó su desagrado: "Pagarán por esto". Abrí grandes los ojos al enterarme de que el embajador alemán Bernhard von Bülow le hizo saber por medio de un mensajero que podía enviarle más dinero que los franceses si cambiaba de bando. En ese momento, Benito ya estaba lejos de los alemanes, aunque en unos años los vería como sus aliados. Olfateaba de qué lado terminaría la victoria y hacia allí se dirigía. Confiaba más en su instinto que en la razón. Es la posición que adoptan quienes empiezan a sentirse elegidos por la historia. En nuestras acaloradas discusiones me asombraba su fuerza de voluntad para unir socialismo con el amor a la patria. Era algo novedoso, y me ganaba siempre. Con sus argumentos no imaginaba que estaba sentando con precocidad las bases de una ideología horrible que se llamaría "nacionalsocialismo". Repetía que una guerra internacional serviría para acelerar la revolución, que imaginaba socialista, superadora, justiciera.

AGUINIS: Me parece que estamos llegando a un momento decisivo.

SARFATTI: ¿Le parece? ¡Está acertando! Primero empezó a coincidir con pequeños grupos incendiarios, entre los cuales figuraban, desde luego, marginales como Lenin y León Trotski. Y aquí viene el plato fuerte. Esos pensamientos hornearon la idea de crear los *Fasci Autonomi d'Azione Rivoluzionaria*. Una frase escasa en pretensiones, pero que dio lugar a la popularización de una palabra: *fascio*. En aquellos días, Benito no sospechaba el extraordinario florecimiento que pronto llegaría a tener ese término. El *fasces* es un manojo de varas de olmo atadas a un hacha que en la antigüedad simbolizaba el poder de los cónsules romanos. Benito daba lugar, inconscientemente, a un movimiento imperceptible que luego se llamó *fascismo*. La lengua italiana, y todas las lenguas, se enriquecieron de pronto con esa mágica palabra. *Fasci* significa "haz". Una sola rama es quebradiza, en cambio un conjunto es más resistente y hasta inquebrantable. Era una ocurrencia original y poderosa.

AGUINIS: ¿Cómo fue creciendo esa nueva ideología?

SARFATTI: Con sus discursos. Sus improvisados y atractivos discursos empezaron a referirse con más frecuencia a los recién creados *fasci*. Los *fasci* eran por entonces neblinosas organizaciones que se apoyaban en esas ideas. Varios camaradas lo imitaron, repitiendo la palabra mágica. La martillaban como un oculto tambor y la mezclaban con imágenes contradictorias. Evocaban un conjunto firme, sin importar demasiado la coherencia. Tenían el encanto de la novedad. Usaban los brazos, las manos y los dedos para ejemplificar la unión de varas. Los artículos de Benito apuntaban hacia ese objetivo, pese a los diversos colores. La unión sobre todo. Por ejemplo: unirse en la guerra por el socialismo que pronto se impondría, por el triunfo de la patria, por la felicidad, por la democracia, por la paz. Por todo. Su oratoria se había tornado más sonora y más convincente. Mareante. Invitaba a la acción. El músculo, el nervio, el grito y el canto triunfal. Imponerse y convencer por cualquier medio. Por eso muchos de sus seguidores, con creciente desprolijidad, se deslizaban hacia tareas violentas, aunque no fuera la violencia lo que Mussolini entonces auspiciaba. Pronto los *fasci* serían mejor reconocidos por estas acciones que por sus argumentos. Comenzaron los choques callejeros y también algo que excitaba como referencia: los muertos y heridos. Ascendía un clima feroz, al que Benito se negaba a condenar en ese tiempo inaugural porque dañaría la sonoridad de su liderazgo. Me asustaba la violencia, pero yo comprendía que esa violencia no era exactamente lo que deseaba Benito. ¿No la deseaba? Dudo. Esto, repito, me avergüenza ahora.

Benito proponía el abrazo de todos los italianos: empresarios, estudiantes, obreros, soldados. Alejarse de los políticos corruptos, de los capitalistas que los explotaban, de los socialistas que mentían, de quienes hablaban y hablaban sin conseguir cambios verdaderos.

AGUINIS: ¿Se percibía la inexplicable unión de la derecha con la izquierda?

SARFATTI: Ambos campos son útiles al populismo y, en ese momento, al naciente fascismo. Se califican de izquierda y desarrollan políticas que suelen llamarse de derecha. ¡Hasta la actualidad! Una prueba fue simbolizada por Gabriele D'Annunzio. Se lo conocía como el *principe di Montenevoso.* Además de poeta, era novelista, militar y político. A D'Annunzio se lo admiraba como héroe de guerra. Su jupiteriana personalidad se asociaba con los futuristas Filippo Marinetti y otros semejantes. Estaba a favor de una mezcla rara: la república, el sindicalismo revolucionario, los nacionalistas, los anticlericales, los francmasones, los fabricantes de armas, los financistas y los más poderosos diarios de

Italia. Una suma multicolor que después heredaron los populismos, más interesados en el poder que en uno solo de esos componentes. Benito me confesó que no se sentía feliz con una compañía tan barroca, pero juzgó que en aquellos días favorecía sus ambiciones. En el fondo, Benito nunca dejó de ser un oportunista. Y el oportunismo no se cierra en la izquierda o en la derecha. Está siempre dispuesto a la conveniencia del momento. Primo Levi escribió que cada época tiene su fascismo.

AGUINIS: Correcta cita.

SARFATTI: Cuando estallaron las hostilidades de forma explícita y comenzaba la Primera Guerra Mundial, cuando se empezó a destruir edificios y hubo sangre en las calles y mucho en las trincheras, Benito se ofreció como voluntario. Ansiaba llegar al frente. Quería exponer su cuerpo a las balas y usar sus brazos para el manejo del fusil. La fiebre idealista que quemaba los cerebros en el comienzo de la conflagración lo empujó a tomar esa decisión con firmeza y presentarse, bajo una irrefrenable taquicardia, en un cuartel. No pensaba en los riesgos. Sus inconscientes rencores encontrarían en la guerra una venganza. Se presentó con orgullo. No obstante, fue inesperadamente frustrado cuando el ministerio de Guerra le hizo saber que no quería a un agitador político entre los soldados. Se tenían sobradas referencias sobre sus tareas como editor de publicaciones socialistas y la furia de sus discursos. Le dijeron que esperase hasta el llamado de gente con mayor edad. Quiso golpear al soldado que le trasmitió semejante informe, pero se contuvo clavándose las uñas dentro de los puños, como lo hacía con mayor frecuencia.

Sus enemigos políticos, enterados del revés, aprovecharon para burlarse de su presunta cobardía. Lo criticaban por permanecer en su redacción mientras otros sacrificaban la vida. Benito se sintió agraviado y prometió trasladarse a Francia para ingresar en la Legión Extranjera. Me lo explicó sin aire, como si tuviese un ataque de asma. Yo le advertí que semejante paso lo convertiría en un traidor de las leyes italianas. Dio vueltas en torno a su escritorio como un tigre enjaulado, sin encontrar el camino a seguir. Finalmente, gracias a las gestiones de un diputado, fue incorporado al regimiento de los *Bersaglieri*.

Aguinis: ¿Qué eran los *Bersaglieri*?

Sarfatti: Los *Bersaglieri* eran un cuerpo de infantería del Ejército italiano, creado a principios del siglo XIX. El término *bersagliere* significa "tirador certero". Se desplazaban en bicicleta y eran reconocidos por su sombrero de ala ancha decorado con plumas de urogallo. Ya entonces reveló Benito su simpatía por los uniformes pintorescos. Esa noticia le deparó un trozo de felicidad: marcharía hacia el frente como un temible soldado. Me confesó, casi en estado de delirio, que su sola presencia ahuyentaría a los enemigos. Pero antes de partir confesó su deseo de pasar conmigo unos días de placer físico y espiritual. Me excusé ante Cesare, agobiado de trabajo. Le dije que haría un viaje para informarme sobre el curso de la conflagración. Escribiría varios artículos, lo cual fue parcialmente así. Entre las colinas, Benito y yo nos comentábamos lecturas y recitábamos poemas, mientras rumiábamos las noticias de los diarios. Me dediqué a asperjarle datos sobre el arte que nació a fines del siglo XIX y que continuaba floreciendo, a pesar del tembladeral que generaba la guerra. Sus neuronas procuraban aprehender todo lo que le decía para dejar de pensar en las armas. Era la compañera que necesitaba, y lo digo sin arrogancia. Me acariciaba los cabellos, con los que hacía rizos y repetía sus halagos a mi color. La respuesta de mis ojos no le satisfacía e improvisaba un verso.

Cuando llegó la fecha regresamos a Milán, donde me reuní con Cesare. Con algo de vergüenza hablamos en contra de la guerra, pero sin poder quitarnos la sensación de que vendrían tiempos borrascosos. En realidad, ¿qué sabíamos de una guerra enorme? Discutimos sobre el pasado y el presente. Con mi marido no perdíamos nuestras convicciones pacifistas. En esos días predominaban noticias sobre las revueltas que desde comienzos del siglo empezaron a conmover las estructuras del Imperio otomano. Todavía no imaginábamos una guerra mundial. ¿Se acuerda? Cambiaban los mapas con velocidad. Primero Argelia y Túnez pasaron a manos francesas. Gran Bretaña ocupó Egipto. Del Imperio otomano quedaban las desérticas provincias de Bengasi y Trípoli, un territorio que empezó a llamarse Libia. Libia le había hecho soñar a Benito con la delirante reconstrucción del antiguo Imperio de los Césares.

AGUINIS: Finalmente logró participar en la Gran Guerra.

TRES

SARFATTI: Logró hacerlo de una forma rara y mediante un curioso recorrido.

AGUINIS: ¿Cómo es eso?

SARFATTI: Se lo voy a explicar. Se despidió de su familia y fue a la agencia de reclutamiento, donde ya necesitaban más soldados. Dejaron atrás las exclusividades. Le anticiparon que sería sometido a un entrenamiento de dos semanas. Se abstuvo de plantear objeciones, no fuera a ocurrir que volviesen a rechazarlo. Consideraba que sus músculos tenían sobradas fuerzas para cumplir cualquier tarea. Con entusiasmo partió hacia donde lo habían destinado: Monte Nero. ¿Dónde quedaba? "Qué importa", nos dijimos. Cargó su bolso y partió. Estaba contagiado por la embriaguez que se propagaba por casi toda Europa. Los atávicos instintos de agresión, las ganas absurdas de inmolarse, la magia de las banderas levantaban una espuma arrebatadora. Espuma y fuego. Así me lo contó, en forma poética, arrebatada. En su equipaje puso una resma de papel y lápices. Escribió un poema sobre las ventajas de los hombres bravíos. Citó a los antiguos romanos, que se extendieron por Europa y todo el Mediterráneo. Unían los territorios y las poblaciones, avanzaron hacia el progreso. Cruzaban ríos y abismos, construían puentes, trepaban las montañas, se acercaban al sol. Soñaba en el camión donde se amontonaban varios jóvenes. Los miraba como si fuesen parte de su propia tropa. Uno lo impresionó, porque tenía el perfil de una escultura que lo había atrapado hacía poco, pero sin darse tiempo para mirarla en detalle ni averiguar quién la había hecho. Otro individuo tenía la cara del Judas que pintó Leonardo en *La Última Cena*. Le surgían ideas para sus inmediatos artículos. Así me lo contó en su primera carta de esa aventura. Miró con curiosidad cada detalle, el aspecto de los soldados que hacían guardia frente al hospital, la bandera que flameaba con una sábana quitada a la primera camilla, dos médicos que corrían en una dirección desconocida, precedidos por un enfermero sin gorro. Todos hablaban al mismo tiempo y no eran claras las órdenes. Lo empujaron hacia la segunda sala, que era un galpón con techo de zinc. Estaba lleno de enfermos. No obstante, mantuvo su buen humor. Suponía que en pocas semanas estaría de regreso, con paso marcial e himnos triunfales.

Pero la realidad fue diferente. El paso de los días fue convirtiendo la realidad en un masivo transporte de gente hacia el matadero.

AGUINIS: ¿Y las voces racionales?

SARFATTI: ¿Racionales? Eran débiles, porque predominaba una fantasía épica. La frustrante y agotada guerra de Libia ya parecía vieja, borrosa, pobre en acontecimientos. Se olvidaban sus aspectos horribles, los sitios insalubres cubiertos de piojos, los muertos de sed, con heridas que tardaban en cicatrizar. La mayoría de los escritores y periodistas se sentían obligados a ensalzar el nuevo tiempo. Debían alimentar a las masas con las míticas bellezas de la lucha. Sus llamamientos debían multiplicar el fervor patriótico, la importancia de la fuerza y el heroísmo. Era una época que exigía hacer hervir la sangre del guerrero y convertir su muerte en un objetivo sublime. No se hablaba del baño de sangre, sino del bienhechor "baño de acero". Seres bonachones habían extraviado la piedad y redactaban cartas, poemas y canciones cargadas de odio contra el enemigo. No se tenía claro quién era el enemigo, solo un fantástico asesino que pretendía barrer a Italia del mapa.

AGUINIS: En esos días, ¿usted se mantuvo en contacto con Benito?

SARFATTI: Él me escribía con frecuencia. Redactaba cartas en pocos segundos. Al llegar al cuartel le diagnosticaron tifoidea. Lo puso furioso, aunque sirvió para salvarlo, porque esa infección demoró su ingreso en las sanguinarias batallas, en las que empezaban a caer más soldados de lo previsto. Los cuarteles se revelaron elementales. En su galpón ya se acostaban heridos sobre el piso, con una frazada como colchón. Los médicos reclamaban enojados por la falta de higiene en los espacios sanitarios, así como por la abundancia de ratas y de excrementos. Gritaban que esto no ocurría entre los alemanes ni entre los ingleses. Benito consiguió, merced a su credencial de periodista, que le facilitaran los pocos diarios que llegaban. Recortó los artículos que denunciaban los escándalos. Escribía con inspiración febril, sus renglones eran rayos. Y confesó haber destruido varias cuartillas antes de mandarlas, para que no lo expulsasen. La enfermedad le obligó a guardar cama. "Cama —escribió— es una palabra generosa para describir el duro lecho de madera con escasas cubiertas para el frío". Ni hablar de la escasez de comida. Esos problemas le salvaron la vida en su etapa inicial. Lo conversé con Cesare, que ya no mantenía su original admiración por Benito: le molestaban las llamaradas fanáticas de sus escritos.

AGUINIS: ¿Fue visitado por el rey como se cuenta? ¿O se trató de una leyenda?

SARFATTI: Fue cierto. El rey Vittorio Emanuele III llegó al cuartel con una cohorte de soldados. Se sentía obligado a encabezar la nación en esos tiempos duros. Tampoco se imaginaba el desastre, porque le endulzaban los informes antes de entregárselos. Los burócratas creían que de esa forma beneficiaban al país y a su majestad. Al enterarse de la augusta visita, los médicos, los enfermeros y las pocas monjas buscaron con apuro los mejores uniformes, en especial aquellos que habían sido limpiados de las manchas producidas por la sangre y los excrementos. Benito recurrió a sus menguadas fuerzas para sentarse en el lecho. Se restregó la cara para borrar los signos de su anemia. Se peinó con los dedos. De pronto se abrieron las puertas de par en par e ingresó una enorme nube fresca, que contrastaba con la hediondez que despedían los muros y el piso del galpón. El rey estaba rodeado por soldados vestidos con uniformes de guerra. Avanzó con paso lento y mirada serena. Su minúscula estatura sorprendía. Trataba de disimularla con botas altas y sombrero emplumado. Se decía que su altura apenas llegaba al metro y medio. Se detuvo junto a un indeterminable número de soldados, carente de programa o preferencias. Era un rey sensible. Benito escribió que al verlo, en ese momento, le disminuyó su odio a la monarquía. Lo sorprendió muchísimo cuando frenó a su lado. ¡A su lado! O quizás alguien le había insinuado que Benito era un agitador socialista. Conversaron unos minutos, que parecieron eternos. Tampoco pudo registrar las palabras usadas, que tal vez ni fueron palabras. Pero fue uno de los pocos soldados con quienes Vittorio Emanuele III mantuvo un breve, tal vez gestual, diálogo en ese hospital deplorable.

AGUINIS: También cuentan que usted visitó ese cuartel.

SARFATTI: Pedí a Cesare que me consiguiese un permiso para visitarlo. Si por allí paseó el rey, también podía hacerlo yo, como una rara mujer periodista. Era una locura. Al principio mi marido se resistió, por miedo a que me alcanzara algún operativo bélico o fuese contagiada por las infecciones que allí abundaban. Pero accedió al tener referencias confiables sobre la distancia que separaba ese cuartel de los campos de batalla. Con cierto disgusto, en pocos días me entregó el permiso, con membrete y burocráticos sellos. Mantenía intactas sus relaciones, sus influencias. Reuní algo de ropa, me despedí de Cesare con un fuerte abrazo y amorosos besos. Nos queríamos de verdad. Partí hacia Monte Nero en un tren militar, en el que se amontonaban civiles y soldados, cajas con comida, libros, periódicos, medicinas. Me impulsaban un espíritu aventurero, una alta cuota de irresponsabilidad y el deseo de ver a quien extrañaba demasiado.

AGUINIS: ¿Cómo fue el viaje?

SARFATTI: Por suerte no fue largo. Al llegar, un médico y un enfermero, tras verificar los documentos, me condujeron con desgano hacia Benito. Vi de lejos el pabellón, la bandera y otros detalles que había descripto en sus cartas. Primero fui saludada por los olores. Antes de entrar en la sala llena de enfermos me asaltaron las inmundicias y los desinfectantes. Al ver a Benito desde lejos sobre su lecho mezquino, con la barba crecida y los ojos apagados, estuve tentada a prodigarle caricias. Pero me contuve, porque era la esposa del doctor Cesare Sarfatti y estaba siendo observada con curiosidad. Decenas de ojos me contemplaban, quizá esperando algún acontecimiento que quebrase la rutina.

Al advertir mi presencia, se sobresaltó. No entiendo por qué no le habían anunciado mi visita. Apoyó los codos y se esforzó por sentarse. Respiraba con dificultad, que tal vez era la dificultad de su patología. Me contemplaba con ojos sorprendidos, casi enojados, porque no había sido él quien exigiera mi presencia. Me acerqué a paso lento, con miedo de tropezar. Nos miramos con curiosidad, yo como una mujer que descendía del cielo, él como una inmundicia que subía del infierno. No debíamos tocarnos. No debíamos estar cerca. Un médico había recibido la instrucción de suspender por unos minutos sus tareas para guiarme y controlarme, tal como lo exigía una orden superior. Casi todas las órdenes se violaban, pero esa fue obedecida. Tras las trabas iniciales se ablandó nuestra silenciosa conversación y rodamos hacia un cariño que no podía usar nada del cuerpo, ni siquiera la voz. Al cabo de unos minutos se notó el giro de nuestro ánimo. Le hacía bien reconocerme en ese lugar inhóspito, aunque no funcionaban con energía sus cuerdas vocales. Tuvo, sin embargo, el coraje de confesar con sonidos roncos que necesitaba mostrar a los testigos su temple. Era el hombre de siempre, el temperamento invencible, el arrogante. Entre frase y frase le entregué los pocos regalos que había comprado. Anoté sus necesidades, que se reducían a papel, lápices, diarios, unos libros. Seguía siendo un individuo que anhelaba compensar su incultura de origen. Dijo que mi visita le calmaba la furia de permanecer en cama, de no empuñar las armas, de no encabezar una tropa. Se acercó otro médico para señalar que terminaba mi tiempo y no debía cansar al enfermo. Benito lo miró con odio y acordamos que regresaría pronto.

AGUINIS: Usted fue valiente en visitarlo. Le brindó una muestra de su amor. ¿Y las otras mujeres? ¿Aceptaban perderlo? ¿Eran superficiales los demás lazos?

SARFATTI: Durante mucho tiempo él y yo intentamos negarlos, porque esos lazos no siempre fueron superficiales.

Benito generaba un fuerte atractivo, aunque ahora se lo desprecie por haber creado el fascismo. Hipnotizaba en las reuniones personales y colectivas. Es el poder que exhiben los populismos de todos los tiempos, con variados colores, pero idéntico fondo. En esos años, la bonita Ida Dalser, por ejemplo, radicada en Trento, y a quien yo no conocía, se embarazó de un niño cuyo indiscutible padre era Benito. Él seguía produciendo bebés con gran irresponsabilidad. Después supe que ella solía visitarlo en Milán con cierta frecuencia. Para sostenerse, había arrancado dinero de sus familiares y luego consiguió la suficiente cantidad para abrir un salón de belleza cercano a la redacción del periódico, en Milán. Le fue tan bien que hasta pudo deslizar muchas liras en el bolsillo de Benito. Pero cuando las finanzas de Benito llegaron a un punto muy crítico debido a los gastos de su familia y de sus actividades, ella, impulsada por su espíritu magnánimo bastante suicida, se arriesgó a fondo. Puso en venta el salón de belleza y le entregó la totalidad del dinero. A cambio no le exigió devolución alguna, sino matrimonio. ¡Matrimonio! La sorpresa fue enorme. Benito ya estaba ligado firmemente con Rachele y conmigo. Pero ante esa emergencia se imponía demostrarle gratitud, lo cual no era fácil de expresar de un modo objetivo. Matrimonio era un vínculo que excedía sus posibilidades, una cadena que frenaría su libertad. Tras debates, cavilaciones, incluso cachetadas, decidió proponerle algo insólito: una boda religiosa. Él era un manifiesto ateo y la boda religiosa solo lo comprometía ante un tribunal inexistente. Prefería la boda religiosa, no civil, para preservarse de futuras demandas. Tras una larga esgrima de argumentos, ella se resignó. Prefería esa boda a quedarse desprovista de toda retribución. Y Benito seguiría teniendo la posibilidad de continuar sus descuidados asaltos sexuales.

Después me enteré de que la ceremonia matrimonial fue escuálida, secreta, en una pequeña iglesia de las afueras de Milán. La celebró un cura anciano que a duras penas podía ver a los contrayentes y los testigos. Cuando concluyó, sin asomo de parafernalia, fueron a celebrar en un bodegón vecino con cerveza y pizza. Algo había que hacer para darle forma al simulacro. Ambos estaban felices por diferentes razones: ella obtuvo su certificado de boda, y él un certificado que no lo comprometía ante la ley civil.

Pero Ida Dalser estaba embarazada de verdad. Era una socialista fanática y defendía el amor libre, lo cual explicaba su resistencia inicial a casarse por iglesia. A medida que se redondeaba su abdomen crecía su empeño por difundir con megáfonos que el periodista y agitador Benito Mussolini le pertenecía a ella y solo a ella, junto con el hijo de ambos. Fui la primera de las mujeres que Ida reconoció de frente, incluso antes que Rachele. Cuando se dio cuenta de los lazos que me unían a su esposo, no se privó de vomitarme groserías, junto con amenazas de asesinato.

AGUINIS: En su biografía del Duce usted no acentúa la relación de Mussolini con Ida Dalser.

SARFATTI: Más o menos. Si quiere, se la contaré mejor.

AGUINIS: Adelante.

SARFATTI: Tras el nacimiento del hijo, Ida se tornó más violenta. Rachele, por su lado, averiguó más sobre los zigzagueos de Benito. Golpeó muchas puertas hasta conseguir el asesoramiento de un abogado y, sin pérdida de tiempo, elevó demandas al gobierno y a la Unión de Periodistas de Milán. Ida Dalser hizo lo mismo. Ambas reclamaron derechos exclusivos por los subsidios que se entregaban a los familiares de los soldados instalados en el frente de batalla, aunque el frente se mantuviese bastante alejado. Benito, que había sostenido el amor libre y era enemigo del matrimonio, no distinguía en esa época los niños llamados legítimos y aquellos productos de una fugaz aventura. Por lo tanto, en ningún momento le había preocupado la ruta de los subsidios. Pero en el caso de su nudo con Ida y Rachele, marchó hacia sus contradictorios caminos. En otras palabras, puso fin a la disputa entre la *Signorina* Dalser y la *Signorina* Rachele Guidi casándose con esta última de otra forma: con una austera ceremonia, pero civil. Nunca confesó las razones de esta preferencia, porque quizás no hubo razones.

Esta ceremonia había sido precedida por circunstancias especiales: Mussolini recibió la noticia del nacimiento del hijo que tuvo con Ida Dalser mediante una carta, cuando estaba internado en el hospital militar. Decidió no contestarla. Ida, en ese crítico momento, necesitaba el subsidio que se pagaba a los familiares de quienes estaban en el frente. A una segunda carta tampoco respondió. Entonces Ida, encendida de rabia, decidió ir a verlo con el bebé en brazos. Consiguió algo parecido a la limosna y se alojó en un andrajoso hotel cercano al igualmente andrajoso hospital, para acosarlo jornada tras jornada. Cuando el gerente advirtió que no estaba en condiciones de pagar su alojamiento, tras gritos de exigencia, la expulsó. Como ella no se iba, amenazó con sacarla mediante la policía. Mientras recogía su escaso equipaje, Ida prendió fuego a las cortinas y alfombras de su habitación. Antes de que las llamas la alcanzaran corrió por la calle para alejarse lo máximo posible. Logró esconderse y tomar un tren. La fuerza pública creyó que el delito se debía a Rachele, la verdadera esposa, y fue a arrestarla. Escupiendo furia y trompadas Rachele los convenció de la confusión: ella no había pernoctado en ese hotel.

Pasados unos días, ambas mujeres fueron a visitar a Benito con sus respectivos certificados de matrimonio. La descuidada guardia no prestó atención al hecho de que visitaran al mismo soldado dos presuntas esposas. La superstición de Benito le decía que el demonio pretendió divertirse a su costa. Echarle la culpa a otro es el mejor expediente. Sus recíprocos saludos fueron una granizada de insultos, porque las dos se apostaron junto al lecho. Hubieran querido tener un gran cuchillo entre sus ropas. Empezaron a arrancarle las cobijas, las frazadas y los almohadones. Los pacientes clamaban ayuda con una sonora competencia de insultos. Antes de que los enfermeros pudieran separar a las mujeres, estas se dieron puñetazos, arañazos y se arrancaron los pelos. Fue difícil detenerlas porque en la riña consiguieron desgarrarse los vestidos hasta quedar casi desnudas, y sus uñas pudieron hacerse sangrar recíprocamente las mejillas. Al fin fueron arrastradas hacia salas distantes entre sí y el jefe de clínica se apersonó ante Benito para exigirle que definiera quién de las dos permanecería a su lado y quién debía marcharse. Benito parpadeó un minuto antes de contestar: "No debemos preocuparnos, ambas son bonitas y ambas me quieren malamente. Dejemos que una liquide a la otra y así se resuelva el problema".

El médico empezó a rascarse la cabeza. Tenía ganas de voltearlo a patadas.

Benito intuyó que tanto Rachele como Ida Dalser tratarían de vengarse de él. Podría ocurrir en la calle o en el cuartel. Estaban decididas a matarlo.

Tras un tiempo, la atmósfera pareció tranquilizarse y él cayó en la emboscada de otra aventura. Ocurrió cerca del final de la Primera Guerra Mundial. Entonces quedaron al margen sus amores conmigo, con Rachele y con Ida. No puedo decir si todos eran auténticos amores o, más bien, ligaduras vinculadas con sus necesidades de carne y poder.

AGUINIS: Dijo *"emboscada* de otra aventura".

SARFATTI: Es la expresión que ahora se me ocurre. ¿Sabe por qué la dije? Poco tiempo atrás había conocido a una joven muy bella llamada Bianca Ceccato. Aún la recuerdo. Pese a seguir gozando de ardientes momentos conmigo y Rachele, no lograba separarse de la reciente Bianca. Era así. Desprovisto de pudor, más adelante me confesó que fue arrastrado a coitos selváticos por las extrañas posturas que ella le enseñaba. Suponía que tales relatos me excitaban, por eso las describía. Para evitar una repetición de la batahola protagonizada en el hospital del cuartel por sus dos esposas, envió a la bellísima Bianca Ceccato hacia Génova con estrictas órdenes de castidad. Castidad a cargo de ella, no de él; no era feminista. Pero cada vez que Bianca regresaba para visitarlo, además de revolcarla en sofás, alfombras, el escritorio y contra la pared, se esmeraba por averiguar si no estaba embarazada, porque nunca se daba tiempo para tomar medidas profilácticas. Pese a su desprolijo control, Bianca también quedó embarazada. Benito le exigió el aborto, pero ella se negó. Tras nueve meses de angustiosa espera, dio a luz a otro hijo que creció sin el reconocimiento de su padre. Y desaparecieron. ¡Qué alivio! Para Benito, claro, aunque no creo que haya estado angustiado. Me desagrada hablar así. Deme una pausa.

AGUINIS: Entonces dejemos a la reciente Bianca Ceccato. Necesito regresar al hijo de Ida Dalser, con quien se había casado por iglesia. Ese hijo se llamó Benito Albino Mussolini, le adosaron Albino para fijar una diferencia. Muy importante. Pero se alejaron por arte de magia o por haber encontrado una ruta más cómoda. Es decir, el matrimonio bendecido por la Cruz jamás volvió a reencontrarse, aunque persistieran algunos lazos y el hijo siguiera llamándose Mussolini, lo cual sí tuvo consecuencias. ¿Pregunto bien?

SARFATTI: ¡Consecuencias muy fuertes! Más adelante, siendo ya el poderoso Duce, a una tímida pregunta mía respondió que el niño era bien cuidado. Él le pagaba hasta la escuela, por su nombre y apellido... Me contó que un día el muchacho entró en la dirección y vio su retrato colgado en una pared. Exclamó: "¡Ese... ese es mi padre! ¡Cuánto lo odio!". Y escupió el retrato. El director de la escuela no supo qué hacer. Mussolini agregó: "Debo ser prudente, intentará matarme, eso es seguro".

Aguinis: ¿Cómo siguió Ida Dalser?

Sarfatti: Era una mujer de carácter. No permaneció tranquila y pretendió sacar ventajas de la alta posición alcanzada por su antiguo marido mediante la fe católica. Recurrió a los papeles que certificaban su boda religiosa mediante incansables recorridos por iglesias, obispados y prensa, que la escucharon con miedo. Mussolini, con una crueldad que ahora me eriza la piel, ordenó encerrarla por psicótica en un hospicio. La arrastraron enfermeros y policía por calles, pasillos, hospitales. Ida no se resignó y buscó otros métodos, incluso seducir a médicos, guardias, gente de la calle, confiada en descubrir un canal de salida. Por fin se entregó con asco a un par de carceleros y pudo escapar. Cundió la alarma, incluso hasta la guardia personal del Duce, que amenazó con torturar a varios. Ida, pese a su rapidez, no logró llegar lejos; la descubrieron fuera de la ciudad, tras matorrales. Fue recapturada y su situación empeoró, porque las denuncias que pronunció a los gritos sobre los corruptos que infectaban el hospicio solo sirvieron para testificar la hondura de sus trastornos mentales. Aumentó su aislamiento y la confinaron bajo tratamientos más duros que, en teoría, pretendían curarla, pero que solo satisfacían el hambre sádica de sus torturadores. Ya funcionaba a pleno el régimen que se popularizaba con el nombre de *fascismo*. Mal alimentada y castigada ferozmente, Ida

Dalser, la antigua amante y esposa religiosa de Mussolini, murió sin que se supiera cuándo ni cómo.

AGUINIS: ¿Y qué pasó con su hijo?

SARFATTI: Recurría a su evidente parecido con el Duce: los ojos, el ancho mentón, su postura. Tras muchos trámites fue aceptado en la Marina con el propósito de mandarlo lejos de Italia. Fue firmada una resolución que lo enviaba a China. Lo subieron a un barco militar con la intención de someterlo a un riguroso entrenamiento. A veces respondía bien y a veces llegaba tarde o se hacía el torpe. Su obstinación en el parentesco que lo podría beneficiar, de día y de noche, durante las comidas y los descansos, en las maniobras y los entrenamientos, determinó que el capitán temiese tener un loco muy grave en su tripulación y comenzó a gestionar su devolución a Italia. El tema no se resolvió fácil, sino que gestores de la seguridad e inteligencia dispusieron que fuera arrestado apenas pisase tierra. Se produjo una pelea con los enfermeros que lo esperaban y el muchacho repartió patadas y escupitajos. Cayó sobre el empedrado del puerto, tan mal que perdió la conciencia. Lo subieron a una ambulancia, donde recuperó el conocimiento, pero ya tenía las muñecas atadas. De inmediato repitió el forcejeo, los insultos y su parentesco con el jefe de Italia. Los enfermeros ya estaban instruidos sobre la curiosa situación y se limitaron a sostenerle las piernas y la almohada. Con la alarma sonando con potencia atravesaron sucesivos retenes hasta llegar al hospicio. De inmediato le canalizaron una vena e inyectaron hipnóticos. El diagnóstico de la internación era psicosis grave. No quedó ahí, sino que fue derivado al mismo lugar donde se liquidó a su madre. El jefe de la sección que se hizo cargo del paciente indicó someterlo a inyecciones de insulina, hasta que finalmente murió. Sin muchos trámites, porque todo ya había sido diseñado por autoridades superiores, en 1942 lo enterraron en una tumba sin lápida. Cuando se cerró el último capítulo, Benito fue informado sobre el estricto cumplimiento de cada etapa. Entonces inspiró hondo y expiró con fuerza. Era otra exigencia que le imponía la odisea de su vida. Su secretario escuchó un susurro, que debían ser escasas frases de pena por su hijo, Benito Albino, como si el Diablo hubiera sido el autor de esa tragedia. En su pecho cabían al mismo tiempo el resentimiento, la autocompasión y la sed del poder. No sufrió tristeza por Ida ni el hijo de ambos, excepto una breve ráfaga gris. Pido otra pausa.

AGUINIS: Me llegó un informe sobre el desquite que ensayó Ida antes de su muerte. Un desquite que a Benito debió dolerle. Aunque no sé...

SARFATTI: Tampoco yo. Fue la descripción del abuso que cometió contra la hermana mayor de Rachele. Benito la llamaba Eva, no recuerdo su verdadero nombre. Según Ida, ocurrió al poco tiempo de recibir su padre a la viuda cargada con cinco hijas. Es una versión pornográfica que me cuesta repetir. Pero Ida la contaba con filosos detalles a todas las personas a las que tenía acceso, carceleros, curas, monjas. Era su venganza por las humillaciones a las que fue sometida. Narraba que la presencia de tantas mujeres alrededor de Benito que se lavaban, se peinaban, se cambiaban de ropa, orinaban, le producían tanta excitación que, estando solo con la mayor, Eva, decidió voltearla con una zancadilla. Ella cayó sobre el piso y él se abalanzó, aplastándola. Eva quedó paralizada por la sorpresa, la brutal agresión y el ingreso voraz de dos manos bajo su ropa. Le arrancó lo que estuvo a su alcance, como solía proceder siempre, le abrió las piernas, chupó sus labios, metió los dedos en el vello pubiano y dirigió su órgano sin conseguir penetrarla. Entonces, goteando sudor, corrió en busca de aceite. Eva aprovechó para saltar hacia la puerta y Mussolini le arrojó una silla que pasó a centímetros de su cabeza. De inmediato le tironeó la cabellera y volvió a derrumbarla. Rotaron en el suelo, y Eva, al quedar arriba, lo golpeó en la cara. En vez de hacerlo reflexionar o cambiar de actitud se puso más furioso, le metió la mano en la boca hasta hacerla casi vomitar. La hizo girar y, tras embadurnar sus genitales con aceite, la obligó a ponerse en cuatro patas. Me cuesta seguir...

AGUINIS: No frene su coraje. Siga.

SARFATTI: Quiso introducir un dedo en el ano y no pudo abrirlo, así que se limitó a penetrarla por la vagina. Ella no se rindió y, con gran esfuerzo, le pateó los ojos. Luchaban como gladiadores desesperados, con gritos de fieras. En ese momento ingresaron dos hermanas que no pudieron separarlos. Cada una se apropió de un palo de amasar y repartieron golpes a ciegas. Parecían dispuestas a partir las cabezas. Benito les devolvió cachetadas y puntapiés. Corría sangre por los arañazos y tardaron en conseguir restablecer un insatisfecho orden, con resoplidos, desgarros y maldiciones. Todas las mujeres, incluso Eva, abrazadas, salieron de la cocina tambaleándose.

Poco después, Benito, olvidado de aquella derrota, asaltó a Rachele en otro lugar de la casa. Y fue convirtiéndola en su mujer más frecuentada y, por último, en su esposa.

AGUINIS: Repugnante... Me doy cuenta del esfuerzo que hizo para narrar ese episodio. Hasta me alteró escucharlo. Tómese unos minutos antes de seguir. Ya tenemos bastante sobre la bulimia sexual de nuestro personaje. Regresemos a otros temas. Por ejemplo, la evolución de la sífilis y el término de la Guerra Mundial.

SARFATTI: Sí. Déjeme respirar unos minutos... Beberé agua.

Respecto a lo primero, él gozó de varios intervalos que le permitían regresar a Milán por unas semanas, continuar su tratamiento y mantener activo el periódico. Daba instrucciones al personal y a los colaboradores, como si estuviera sentado ante su escritorio en forma permanente. Junto con Cesare le pagábamos las drogas y los honorarios médicos. Agradecía ese dinero, creo que sinceramente. Yo evitaba con todas mis fuerzas el contacto físico por miedo al contagio. En el hospital, pese a su mejoría evidente, detectaron síntomas que denunciaban el avance de una sífilis terciaria. Se lo comunicaron con prudencia. Recibió la noticia apretándose la cabeza. Simuló horror, aunque el lento progreso de esa enfermedad lo venía percibiendo sin que se lo tuvieran que explicar. Era una progresiva neurosífilis que afectaba los nervios espinales, sus ojos, su hígado y su aparato digestivo. Caminaba con creciente dificultad y debió recurrir a un bastón. Le ofrecieron someterlo a un tratamiento organizado, con los recursos que entonces existían. De mala gana aceptó, porque de lo contrario solo cabía el suicidio. Además, como soldado estaba exento de los costos que, de todas formas, Cesare y yo ofrecimos pagar, y que pagábamos, como le dije.

No debería saltear un dato. Años después, cuando su hija Edda se convirtió en una dama poderosa, se ocupó en desmentir con amenazas que su padre hubiera sufrido la sífilis. Atribuyó esa calumnia a sus enemigos, a la propaganda antifascista. Ordenó a secretarias y secretarios, a periodistas y artistas vinculados con el régimen que repitiesen su versión. La excelente salud del Duce era la mejor prueba.

Respecto al final de la guerra, poco antes de su término llegó nuevamente al cuartel Vittorio Emanuele III para saludar a los soldados heridos. Eran giras que le recomendaban sus asesores para mantener alto su prestigio ante la sociedad, que ya había perdido su entusiasmo por la guerra y empezaba a reclamar su finalización. Se detuvo junto a la camilla de Mussolini, como lo había hecho hacía muchos meses. Era evidente que percibía en este joven de poderoso mentón y carácter belicoso ciertas cualidades que podrían servirle en algún momento. Esta vez conversaron unos minutos, que se grabaron en la memoria de ambos, como se revelaría tiempo después.

AGUINIS: Ambos recordaron ese momento.

SARFATTI: Con respecto a la sífilis, luego de varios y dolorosos tratamientos fue enviado al hospital de Milán para profundizarlos. El test de Wassermann, considerado el más confiable, por fin dio negativo, noticia que descendió como un ángel y fortificó sus esperanzas en una curación definitiva. Incluso lo ayudé con amigos del hospital a falsificar ciertos informes médicos, con el objeto de borrar toda mención de la vergonzosa sífilis y atribuir sus trastornos a los combates, de los que no había participado. Su conversión de socialista revolucionario en veterano herido durante falsos combates le sirvió desde entonces como propaganda patriótica. Su impúdica enfermedad, bien disimulada con mentiras, devino en heroica reputación. Por aquella época ser sifilítico equivalía a una descalificación moral. Antes de terminar la guerra, tras múltiples y ansiosamente esperados estudios, fue dado de alta. ¡Enorme alegría! Y regresó a *Il Popolo d'Italia* con todas las potestades y horario completo, más las medallas relumbrantes de su lucha.

AGUINIS: Maravilloso final.

SARFATTI: Claro que sí. Inesperadamente comenzó a recibir una mensualidad del Servicio Secreto británico. Nunca me reveló el porqué. Era riesgoso por las interpretaciones que podría generar. Tardó en confesarme la curiosa noticia, porque supuso que en esos momentos debía acentuar su postura patriótica y formar grupos que enfrentaran a los pacifistas. Benito ya no era solo un editor y redactor, sino el creciente líder de formaciones combativas, agresivas, que usaban su nueva palabra: *fascio*.

En el final de la guerra las tropas italianas iban perdiendo, y la oportuna incorporación de los Estados Unidos, hasta entonces poco valorada, logró que la situación internacional se invirtiera con rapidez. En pocos meses, los italianos pudieron frenar y luego expulsar a las poderosas tropas austrohúngaras, hasta que el 4 de noviembre de 1918 se pudo obtener la total derrota del enemigo en la célebre batalla de Veneto. Esa jornada se convirtió en fiesta nacional. Una semana después, los alemanes firmaron su humillante Armisticio con los Aliados. Se había llegado al deseado y casi imposible triunfo.

AGUINIS: Entiendo que Mussolini se apresuró a viajar a Berlín, la capital humillada.

SARFATTI: Sí, lo hizo justo al mes. Yo le pregunté: "¿A Berlín?". "Sí —contestó—, para enterarme de cerca sobre la evolución de nuestro derrotado enemigo". No tuve fuerzas ni ánimo para disuadirlo. Nos despedimos con dos días de jolgorio junto al lago. Igual que casi todos los italianos, sentíamos entonces irritación contra los alemanes, tendencia que luego se convertiría en lo contrario, como lo sabe todo el mundo. Ni lo podíamos sospechar. Antes de partir, prometió escribirme día por medio, y cumplió. Nos abrazamos con emoción, con amor, por lo menos de mi parte. Él volvió a enrular mis cabellos y a elogiar su color, me besaba el cuello, me apretaba la cintura, resbalaba sus labios sobre mis mejillas.

En sus cartas dijo que en el trayecto descubrió paisajes devastados, gente alucinada, una economía sin futuro, ambientes mucho más trágicos que los de Italia. Apenas descendió en Berlín comenzó a sentirse mal, con fiebre y temblores. Contrajo influenza, una plaga que recorría el país y se superponía al hambre que no solo recorría Alemania, sino toda Europa. Se arrastró hasta un hospital, donde le indicaron dieta exclusivamente láctea, la cual no era fácil de respetar porque faltaba la leche y la poca que se conseguía tenía precios absurdos. Golpeó numerosas puertas y, con su alemán torpe, rogaba un vaso del precioso líquido. Al mismo tiempo pedaleaba la inflación, el mercado negro, el odio. Alemania era un país sin futuro. Estaba poblado de brujos, payasos y políticos borrachos que gritaban en las cervecerías hasta terminar con vómitos, discursos raros y trompadas. Por ahí andaba un desconocido pintorzuelo llamado Hitler.

Cuando regresó a Milán, pálido, débil, trajo como recuerdo un billete de un millón de marcos. Contó que de un día al siguiente los productos elevaban sus precios de forma alucinada. Seguro que lo obtenible por un millón cuando se fue, ahora debía costar diez millones. No se entendía, nadie entendía y tampoco se vislumbraba un giro de la situación.

AGUINIS: ¿Cómo experimentó Italia ese clima de victoria?

SARFATTI: Mal. La realidad también se tornaba muy difícil. La victoria solo sirvió para una alegría efímera. La confusión respecto a nuestro porvenir oscurecía el panorama y también nublaba la memoria. La racionalidad que exige una democracia se diluía, hablábamos sin lógica, usábamos más palabras de las necesarias, sin ilación. Los italianos tendemos a discursear, constituye una virtud o una forma de ganar equilibrio emocional. No sé. Aumentaba la emoción incoherente. Crecía el rencor, la angustia. Cuando yo visitaba el taller del diario, observaba que sus operarios se agredían sin motivo, solo para descargar la ira que les intoxicaba la sangre. Muchos elogiaban la revolución leninista que había tenido lugar en Rusia y que prometía un mundo mejor.

AGUINIS: Usted fue socialista desde la adolescencia, aunque prevalecía en su cuerpo y en su mente la vida suntuosa de los palacios venecianos junto a las calles de agua surcadas por góndolas. En aquella lejana época deambulaba por castillos de mármol y se sentaba en un palco de la ópera cuya baranda estaba forrada con terciopelo.

SARFATTI: Fue así en el pasado, efectivamente. Nada de comunismo, por supuesto. Era una adolescente que gozaba semejantes privilegios, como sucedía con muchas jóvenes. Pero mi sensibilidad empujaba hacia los ideales de justicia y progreso que me proveían las lecturas. Eso me llevó al "socialista" Mussolini.

AGUINIS: Dicen que ya antes de la Primera Guerra Mundial se filtró hacia él una simpatía de Lenin y Trotski.

SARFATTI: Suena increíble, pero es verdad. Pocos se atreven a reconocer que tanto Lenin como Trotski habían simpatizado con ese joven llamado Benito Mussolini apenas comenzó a emerger con sus fogosos discursos. Y tras tomar el poder en Rusia, Lenin envió un mensaje a los socialistas y comunistas de mi país, criticándolos con dureza: "¿Por qué dejaron que Mussolini abandonara vuestras filas? Era el único capaz de liderarlos". Poco después Trotski repitió esa idea: "Mussolini era la única carta ganadora de ustedes". Ahora en Italia y en el mundo no se atreven ni a insinuar semejante aproximación. ¡Extraña es la política!

Más adelante sospeché algo absurdo: que Benito podría tomar el poder en nuestra Italia fragmentada e iba a intentar un gobierno similar al de Lenin. Ambos líderes coincidían en mucho. En especial en el estilo de gobierno: es decir, autoritario. Yo no sabía que muchos gobiernos socialistas, pese a sus ideales, terminarían deslizándose finalmente hacia el autoritarismo. Como más adelante lo demostrarían también todos los populismos. Todos. También comprendí que una revolución comunista no sería posible en Italia, pese a la gran cantidad de brillantes teóricos de lo que se llamaba "izquierda". Benito lo sintetizó con elocuentes palabras: "El comunismo no calza en nuestro país; tenemos demasiado sol para las nebulosas teorías marxistas".

Desde los últimos meses de la guerra, él ya había comenzado a pensar en la organización de una gran fuerza nacional que abarcase todo el arco político. La guerra demostró que la articulación de las clases detrás de un ideal común era preferible a la interminable lucha de clases que propugnaba el marxismo. Incluso el progreso de las clases menos favorecidas se beneficiaría con semejante unión. No se debía esperar que una larga competencia de clases terminase llevando hacia el poder a los proletarios, sino que los proletarios debían unirse a las demás clases y otros

ámbitos de la nación, para generar un progreso que beneficiaría a todos. Esta alianza no sería posible con un régimen
parlamentario, porque semejante régimen empuja hacia la
eterna polémica, que se ha revelado estéril. Pura cháchara.
Advirtió que en Italia aún no existían líderes capaces de
encabezar semejante giro. El único que podría realizarlo
era él mismo. Me lo explicó desde diversos ángulos, con
un fervor mesiánico que no se había expresado con tanta
seguridad hasta ese momento. Había recibido una iluminación. Estaba febril. Benito aseguró que necesitaba mi apro-
bación. Agitaba los brazos y las manos como si estuviese
hablando a una multitud. Lo hacía desde una montaña. En
algunos momentos de su exposición volvía a cruzar los
brazos sobre el pecho, como un rey. No podíamos dialo-
gar como antes y entonces solo me limité a escucharlo con
asombro.

Tras agrias dudas lo ayudé a organizar el Partido Fascista, el partido del futuro. ¡Lo ayudé en serio! En esa
época el fascismo no se parecía ni por asomo a eso en lo
que luego se convirtió. Como ya expliqué, se refería a
un "grupo": *fasci d'azione rivoluzionaria*. Los *Fasci di
combattimento* pronto agradaron a varios sindicalistas y
veteranos de guerra. Mussolini quería reclutar a los oficiales desmovilizados, porque traían armas y expresaban
un enérgico deleite por las peleas. Sin decirlo claramente,
se entusiasmaba con la violencia. Le interesaron en par-
ticular los *Arditi*, como se llamaba a las míticas tropas de
asalto. Estos *Arditi* introdujeron el concepto de usar la
pelea como un convincente instrumento político. Su uniforme negro pronto se convirtió en el símbolo de los fas-

cistas, al extremo que todos empezaron a ser nombrados como los *Camicie Nere,* Camisas Negras. Me disgustó esa denominación porque la asociaba con las Centurias Negras del zarismo terminal, cargado de antisemitismo. A ellas estuvo ligado el repugnante monje Rasputín. Fueron exterminadas por la revolución bolchevique.

AGUINIS: Correcta asociación literaria, no sé si ideológica.

SARFATTI: En Italia habían empezado a germinar ideas, métodos y símbolos que hasta ese momento yacían en el inconsciente. Yo misma no tenía en claro nuestro descenso al infierno. Para hacerse más visibles utilizaban con regularidad camisas negras, pantalones verdigrises y gorra oscura tipo fez provista de una borla. Este fanatismo por el lucimiento de su ropa llevó a que muchos tiñesen sus camisas. Fanatismo en serio, grave. Pero sin antisemitismo, al menos consciente.

AGUINIS: Propongo que ahora dejemos este tema, muy importante. Volveremos a él. Pero necesito darle más solidez a este reportaje con detalles sobre su laberíntica vida, Margherita. Usted jugó un papel decisivo en aquellos años.

SARFATTI: Responderé según mi memoria y esquivando algunas intimidades. Pido disculpas.

Nos llegó una brisa que se filtraba por un resquicio de la ventana que no había sido bien limpiada. Ambos cerramos los ojos, pero yo escuché su fuerte inspiración. Se sentía in-

cómoda. *Tras unos pocos segundos volvimos a mirarnos. Sonreía apenas, quizás para ocultar sus esfuerzos contradictorios. Aflojó la espalda y se acarició la mejilla izquierda, que se contraía un poco. Me levanté para cerrar del todo la ventana. Movió la cabeza, agradecida. Con su colorido pañuelo se secó la frente. No me había dado cuenta de su tenue transpiración. Volví a sentarme y aguardé en silencio la reanudación de nuestro reportaje. La pausa nos hacía falta. Ambos ingresábamos en otro territorio.*

CUATRO

Aguinis: Empecemos por sus comienzos, detallados en varios de sus escritos. Nos vendrán bien para entender mejor a Mussolini, la serpiente del fascismo, y cómo nutrió al populismo de todos los tiempos y de muchos colores.

Sarfatti: Nací en Venecia, en uno de sus legendarios palacios rojizos de estilo gótico, con ventanales defendidos por columnitas de piedra blanca. Un pequeño jardín tenía por valla uno de los brazos de agua vivaz que provenía del Gran Canal. En la próxima tierra firme mi familia poseía también amplios terrenos agrícolas. Mi padre era rico y cultivado; descendía de una larga lista de judíos notables que quizás se remontaban a muchos siglos antes, a los tiempos del Imperio Romano. Los más recientes antepasados fueron banqueros. Cada uno de ellos dejó huellas. Mi madre era hermosa y gustaba leer autores ingleses; sobre su escritorio y en los estantes de la biblioteca brillaban los lomos de Charles Dickens, Oscar Wilde, Chesterton, Jane Austen, Arthur Conan Doyle, Virginia Woolf, Emily Brontë, Thomas Hardy.

La comunidad judía era floreciente y su sinagoga se decoró con arte. Varios siglos antes se creó en Venecia un ghetto, que complacía tanto a los cristianos como a los judíos.

AGUINIS: ¿Así lo interpretaban? ¿No era discriminatorio?

SARFATTI: Gracias a su encierro, que se respetaba más o menos desde el exterior, podían desarrollar estudios y rituales. No era lo ideal, porque suscitaban sospechas, prejuicios, a veces ataques. Tampoco era un encierro completo, porque muchos personajes dotados de inquietud y cultura salían a establecer vínculos. Por cierto, se producían conflictos dentro del mismo ghetto entre quienes eran más conservadores y quienes más osados. Quedan algunos escritos que testimonian los fuertes insultos que se propinaban entre ellos. Los judíos se caracterizan por su variedad de opiniones, pese a compartir su respeto por las tradiciones antiguas. Muchos conseguían permiso para viajar a la cercana Padua y estudiar medicina. Luego sorprendían. Le asombrará enterarse que hasta escribieron discursos para demostrar que los viajes en góndola durante el Shabbat no violaban las tradiciones que prohibían todo tipo de trabajo. También funcionaba un teatro. Fueron escritas obras de matemáticas, astronomía y ciencias económicas. Algunas en hebreo bíblico y talmúdico, otras se escribieron en italiano.

Agrego que los orígenes de la población del ghetto variaron mucho a partir de las expulsiones de España. Empezaron a diferenciarse los *askenazim* de los *sefaradim*. Ya había mucha gente proveniente de Alemania. Pero predominaban los de origen muy viejo, que se consideraban descendientes de los tiempos del Imperio Romano, como

Flavio Josefo, autor de libros imprescindibles para conocer la historia judía alrededor del siglo I. Mi familia paterna aseguraba provenir de esa rama. Estaban unidos por su identidad profunda, enroscada a la Biblia y el Talmud.

Me causó placer enterarme de un extraordinario prestidigitador que realizaba muchos trucos con los naipes. Era insuperable y por eso lo convocaban a las cortes, incluso lejanas, como la de Praga. También sobresalió un creador de artefactos militares. ¡Militares! Un judío... Ideó minas, pontones, botes plegables, fuertes, explosivos, y un método de espejos para calcular distancias. Lo compararon con Leonardo da Vinci porque también sabía pintar, pero era una virtud que disimulaba por judío; solo se enteraron algunos marranos.

Judíos y cristianos colaboraron en la edición del enorme Talmud. Por primera vez lograron una edición en imprenta. ¿Qué me dice? Añado algo más notable aún: un libro de historia que encontré sobre el escritorio de papá decía que el impresor era cristiano, Daniel Bomberg. Este hombre compró en Venecia una imprenta en hebreo. Asombró tanto que los tipógrafos de prueba judíos fueron autorizados a prescindir del sombrero amarillo. En esos tiempos ya se usaba esa distinción, que después utilizaron los nazis en forma de estrella.

AGUINIS: La suya es una pintura demasiado positiva.

SARFATTI: Tiene razón. Voy a objetivarme. Por ejemplo, les estaba prohibido adoptar la ciudadanía veneciana. Shakespeare, que jamás vio un judío, lo señala. Por eso considero que en su *Mercader de Venecia* es el protagonista cristiano quien debe ser repudiado y no Shylock, como suele confundirse. El mercader es un cristiano, obviamente, y Shylock la víctima, el financista a quien estafan. Shylock no es mercader, a los judíos no les estaba permitida esa profesión. Por lo tanto, esa obra es una tragedia, no una comedia; impulsa la tristeza, no la risa.

Otro ejemplo negro: la guerra que se desencadenó entre turcos y cristianos estimuló la caza de judíos como esclavos. El prejuicio aseguraba que tenían fortunas y así elevaban el precio de cada víctima. Las diversas comunidades o ghettos que se formaban en Europa, al estilo de Venecia, se esmeraban en conseguir su rescate. La Reforma estimuló el antisemitismo. La isla de Malta fue un centro de negociaciones para rescatar a los judíos secuestrados. Durante cerca de trescientos años se quebró la tranquilidad de todos los ghettos. Ese clima llegó a su fin con Napoleón. Bajé mi pintura optimista, ¿de acuerdo?

AGUINIS: Sigamos con su familia.

SARFATTI: Mi pintoresca abuela falleció pronto y mi abuelo se casó con una hermosa católica que lo indujo a disminuir el gasto de las celebraciones judías. A cambio, le abrió salones de la aristocracia veneciana. De mi abuelo me quedó la imagen de un patriota, un hombre sabio, suavemente conservador en política. Que seguía considerándose judío, pero moderado.

Mi madre, además de la literatura, amaba las tradiciones y estimulaba su estudio, tanto por parte de los varones como de las mujeres. Hablaba con igual soltura el toscano literario y el veneciano corriente. Pero, además, memorizaba poemas en alemán y francés. Sabía algo de hebreo. También tenía muchas obras inglesas, como ya dije. De su familia surgieron médicos y escritores. Un día nos explicó su plan: quería que dominásemos varios idiomas, como ella. Para aprenderlos bien, decidió que hablásemos en un idioma diferente cada día. De ese modo nos sentiríamos seguros en inglés, francés, alemán e italiano. No pareció una exigencia, porque lo planteó como una suerte de juego. De ese modo funcionó y nos proveyó excelentes resultados. Pude llegar a escribir y hablar fluidamente en esos idiomas. A veces hasta nos peleábamos en el idioma que practicábamos ese día y saltábamos a otro con la esperanza de confundir al rival. Ese aprendizaje me fue útil cuando me dediqué a viajar por el mundo para describir el fascismo. Nunca fui al colegio. Tuve un romance fugaz con Guglielmo Marconi antes de sus descubrimientos y de ganar el premio Nobel.

AGUINIS: Desde jovencita se conectó con celebridades. También asistió a la ruidosa fundación de la Bienal de Venecia. Esto ocurrió mucho antes de su vínculo con Mussolini.

SARFATTI: Exacto.

AGUINIS: Otro asunto interesante fue que su padre, Margherita, cultivó la amistad del prelado Giuseppe Sarto, original de Treviso, un hombre ocurrente que muchas veces cenaba con ustedes y pudo convertirse en el patriarca de

Venecia. Era refinado. Luego de intensas negociaciones ascendió al trono papal con el nombre de Pío X. Me informaron que fue el único papa que simpatizó con el esfuerzo de los pioneros judíos que ya en esos años pugnaban por fertilizar los desiertos de Tierra Santa.

SARFATTI: Además de Giuseppe Sarto y otros prelados católicos, mis padres invitaban con frecuencia a artistas, intelectuales y personalidades políticas de toda Italia que llegaban a Venecia o sus alrededores. También a los que procedían de Londres, París y América. Sus diálogos me sirvieron para enriquecer más adelante mis artículos sobre arte. Estimularon mi interés por la historia, además. Para eso me ayudaba una excelente memoria.

También advertí que el movimiento anarcosindicalista ya estaba bien implantado en muchos países. Si bien un número considerable de obreros rechazaban los métodos violentos, la corriente anarquista extrema los azuzaba. Propiciaban una acción concreta muy visible mediante la bomba, el asalto sorpresivo, ruidosos levantamientos. ¿No a la violencia? ¡Contradicciones! Rechazaban cualquier compromiso con el Estado y sus instituciones, que consideraban criminales. Peor que las teologías.

AGUINIS: Vayamos a un área más íntima. ¿Cómo ingresó Cesare Sarfatti en su vida?

SARFATTI: Debo inspirar hondo, porque es un asunto que me estremece. A Cesare Sarfatti, mi futuro marido, lo amé con pasión. Amé y admiré. Tanto que decidí llevar su apellido para siempre. Hacía referencia a los judíos provenientes de Francia. Las complicaciones sentimentales que después me unieron a Benito Mussolini jamás debilitaron mi amor por Cesare. ¿Le resulta difícil entenderme? También a mí misma. Fui la amante y asesora del Duce durante muchos años, así como la esposa y madre de tres hijos que me ligaban con fuerza a Cesare. Insisto que Cesare siguió conservando mi cariño, respeto y gratitud aun después de muerto. Viví un complejo contrapunto, en el que la melodía de ambos podía y necesitaba desplegarse con plenitud, sin disonancias entre ellas. No me angustiaba serle infiel a Cesare, porque no le era infiel en mi corazón. Durante muchos años eso era un pecado irredimible, pero con la evolución del mundo dejó de serlo.

Cesare fue un prestigioso abogado, que también adquirió celebridad como orador. Era cálido, divertido y amaba la fiesta. Desde joven frecuentaba conciertos y óperas en el mítico teatro La Fenice de Venecia, donde era inevitable que nos encontrásemos. Y ahí se produjeron nuestros contactos iniciales. Lo veía caminar con aplomo por la escalinata de honor iluminada con grandes candelabros y avanzar por el hall donde se movían los espectadores en busca de sus respectivos asientos. Conocía a mi padre, desde luego, y se le aproximaba con frecuencia. No esquivaba los besamanos con mi madre, parientes y yo. Lo diferencié del resto del público cuando tuve quince años. Recuerdo que yo llevaba un elegante vestido de terciopelo azul y un corto saco color crema que elogió con poesía. Nuestras familias tenían un lejano parentesco. Los Sarfatti se habían instalado en Venecia desde hacía cinco siglos. "Zarfatti" designa en francés antiguo y en hebreo a los judíos que habían huido de las persecuciones organizadas por Felipe el Hermoso ¡y corazón sanguinario! Cesare se acercó a mi oreja y sopló un cumplido sobre el color verde de mis ojos y el tono cobrizo de mis cabellos. Pese a mi creciente seguridad, sentí que me subía el rubor a las mejillas. Su siguiente frase fue una vaga promesa de vernos pronto en un té. Cesare me dijo después, cuando tomamos más confianza, que en esa ocasión no solo quedó prendado de mis brillantes ojos verdosos y el alto cuello blanco, sino que guardó en su memoria mi mano fresca, casi infantil, apresada en la suya. De ese modo se inició la atracción entre aquella adolescente madura y este hombre jovial. Antes del matrimonio, junto a su cuerpo y su palabra, había descubierto sensaciones desconocidas.

AGUINIS: Regresemos por unos minutos a la crítica posguerra. ¿Disculpa este salto?

SARFATTI: Salta demasiado, pero usted dirige.

AGUINIS: ¿Qué opinaba su marido acerca de las ambiciones de Mussolini?

SARFATTI: Cesare también advertía ese hervor, pero no pudo hincarle los frenos. Además, la muerte de nuestro hijo mayor en el final de la guerra, en un lugar desconocido, a Cesare le había quitado entusiasmo por la política. Benito, por su parte, siguió avanzando y dejó entrever que su tarea solo rendiría frutos mediante una dictadura, aunque se cuidaba de usar esa palabra. ¡Hasta que un día la dijo! Se apoyó en Marx, quien había elogiado y pronosticado la dictadura del proletariado. "Nada de estúpidas y estériles democracias —sentenció—: ¡dictadura!". Al principio nos causó espanto. Pero siguió insistiendo en que a través de un mando único, inapelable, se podría levantar la nación. Era el único camino, aunque sonase horrible. Ya lo habían probado y consagrado los antiguos griegos. Poco más adelante gritó: "¡A los demócratas hay que romperles los huesos, y cuanto antes mejor!".

AGUINIS: Por lo que cuenta es evidente que crecía la atmósfera de violencia. La violencia era el impulso más intenso después de la decepción que produjo el resultado insatisfactorio de la guerra.

SARFATTI: Así es. En febrero de 1919 muchos socialistas desfilaron por el centro de Milán vivando a Lenin y la revolución rusa. Se la idealizaba. Flotaban las banderas rojas. Inspirados en esta manifestación, al mes siguiente realizamos en la plaza del Santo Sepulcro la primera manifestación de los *Fasci di combattimento*, impulsados por la ira. Aunque pese a la intensa furia, solo se pudieron reunir menos de 150 personas; allí estaba yo con mi marido, ambos muy ansiosos. Se demostró que aún carecíamos de popularidad. Con un tono dramático, Mussolini proclamó que Italia era una nación proletaria oprimida por las grandes potencias. En base a esa realidad, propuso una política que privilegiara los intereses de la nación por encima de los de clase, si bien muchos aún no pudieron entenderlo. ¿Nación proletaria? ¿Nación sin clases? ¿Nación que absorbía las clases? Era la base del fascismo y de todos los populismos. Insisto: la bandera era la nacional, como serían las banderas de todos los populismos. Se había partido de Marx y se abandonaba a Marx, pero sin explicitarlo. Por eso siguen los fascismos marxistas y los no marxistas, aunque beben del mismo arroyo.

Nadie sentía mejor que él la necesidad de un cambio drástico que levantara los ánimos y excitara las esperanzas. Una fe. Aumentaba el desorden social y las clases medias opinaban que no era suficiente el programa del gobierno. Las huelgas eran numerosas, tanto en el campo como en la ciudad; los sindicatos saqueaban los negocios, ocupaban las granjas, asaltaban en las calles. Los socialistas, aun pacifistas, impulsaban los ataques contra los excombatientes y contra todos los uniformados, a quienes acusaban de las desgracias padecidas por doquier. Era necesario golpear a cualquier chivo expiatorio. En las calles se gritaba "la sucia burguesía". Muchas mujeres temían subir al transporte público. Las huelgas se sucedían en forma permanente, algunas parecían rotativas, como si las hubiesen programado de esa forma, pero no era tan clara la programación, sino la necesidad de expresar furia. Saboteaban los servicios públicos, que también eran cultivadas por los conductores de los ómnibus y trenes. Por cualquier motivo se suspendía el trabajo. Faltaba la comida. Se invocaba la solidaridad de oficio para generar peleas, insultos, ataques a los demás oficios. El trato recíproco estaba cargado de odio, sin que hubiera razones. En las calles, grupos que se armaban por cualquier motivo insultaban y perseguían a los oficiales, a los mutilados, a los soldados. Se los golpeaba, hería y obligaba a refugiarse en corredores o encerrarse en negocios y cafés, detrás de portones. A muchos les arrancaban las insignias militares, hacían burlas y pisoteaban sus medallas sobre el asfalto.

AGUINIS: Era un caos social.

SARFATTI: Sí. Me quedó grabado por mucho tiempo y lo describí en forma reiterada en mis escritos. La auténtica amenaza no era ni comunista ni socialista: se había desbordado la inquina, era un fenómeno interno, sociológico. Los nacionalistas insultaban los tratados de paz. En los días siguientes de la gran victoria, se decía que Italia se había convertido en súbdita de los verdaderos triunfadores. Tampoco se sabía con claridad quiénes eran los triunfadores y se elegían diversos nombres, países, tendencias.

En septiembre de 1919 el poeta Gabriele D'Annunzio, al mando de mil combatientes, ocupó la ciudad de Fiume que estaba en disputa con los futuros reinos yugoslavos, lo cual provocó una conmoción internacional. Mussolini asoció su antiguo espíritu de izquierda con las proclamas de derecha. Era su inesperada originalidad. Comenzaba una mezcla de tendencias para conseguir el apoyo irracional de las masas. A la vez glorificaba la aristocracia y prometía luchar por los trabajadores. Estaba de un lado y del otro. Impulsaba aumentar las ganancias de las grandes empresas y lograr de esa forma que hubiera más trabajo, pero subir los impuestos a los ricos, que repartiría entre los pobres; también la participación de los obreros en las ganancias.

Repudiaba la monarquía y apoyaba el saqueo de las iglesias. Aunque lo hacía en voz baja. En el día de las elecciones todo pareció haber terminado.

AGUINIS: ¿Terminado? ¿Y cómo les fue en esas elecciones?

SARFATTI: Mal. El fascismo, nuestro partido del futuro, no juntó en Milán ni siquiera cinco mil votos. Era un desastre. Los que se habían opuesto a la entrada de Italia en la guerra, en cambio, se quedaron con la mayoría de los votos. Mussolini fue aplastado y luego arrestado por posesión ilegal de armas. Parecía su fin. Aunque no estaba claro por qué se lo odiaba y elogiaba simultáneamente. El desorden crecía y Benito prefirió concentrar sus ataques contra la izquierda a la que conocía muy bien, tanto por sus virtudes como sus defectos. Este giro fue histórico: a partir de entonces se lo consideró un enemigo acérrimo de la izquierda, a tal punto que quedó borrado su pasado marxista. Desde entonces se consideró que el fascismo era el polo opuesto de la izquierda y se olvidó su origen y muchas de sus analogías. Benito empezó a criticar de forma sistemática a la revolución rusa y, al mismo tiempo, a la iglesia y la monarquía. Cosa de locos, ¿verdad? Proponía luchar por los trabajadores mediante un mayor impuesto a los ricos y mediante la expropiación de los exagerados bienes de la Iglesia. Entre sus candidatos figuraban muchos de los confundidos intelectuales que yo reunía en mi residencia y cuyas opiniones eran repetidas en diversos medios de comunicación. Cesare discutía menos, también perplejo.

AGUINIS: Pero mejoró la fuerza de los fascistas.

SARFATTI: Mucho. Parece increíble, pero su elocuencia logró sumar treinta y cinco diputados y debutó en el parlamento con un discurso que volvió a producir vértigo. Contra lo que se esperaba, con voz firme, con frases bien construidas, silencios oportunos y movimientos elocuentes de las manos, ponderó al capitalismo y también a la Iglesia. ¡Nueva sorpresa! Los fascistas de la primera hora, enamorados del sindicalismo y del corporativismo, se sintieron traicionados. Este cambio no era arbitrario: Mussolini ya había comenzado a recibir grandes aportes financieros de industriales y terratenientes, hablaba con los obispos. Lo había conseguido mediante negociaciones secretas que yo desconocía. Era parte de su estrategia dispuesta a ganar poder sin culpa ni vergüenza. Durante el discurso, Cesare apretó mi mano en signo de sorpresa o de repudio, no sé.

AGUINIS: Mussolini se elevó a un puesto muy visible en el tablero político nacional.

SARFATTI: Claro. Pero no quedó en eso, sino que continuó haciendo giros: firmó un pacto de paz con los líderes socialistas, que fue celebrado por amigos y enemigos para darle descanso al país. Cuando muchos se le opusieron amenazando rebeliones, voceó un gesto teatral de renuncia. ¡De renuncia! Fue como un terremoto, quizás no tanto, pero se le parecía. Esto le aumentó la popularidad, parecía abrirse un hueco político, que nadie podría llenar como él. Se elevó como un líder honesto, despojado de egoísmo personal. La pícara maniobra le dio resultado.

AGUINIS: ¿Fue tan importante ese gesto?

SARFATTI: Claro que sí. Pero no le alcanzó. ¡Hizo público su apoyo a los criminales Camisas Negras! ¡Yo ni me quería enterar! Buscaba la paz y apoyaba a los delincuentes. Hacia mediados de 1922, esa organización cargada de odio, irresponsabilidad y creciente violencia ya controlaba casi todo el norte de Italia. Algunos denunciaban con orgullo que habían producido más de dos mil muertos. ¡Dos mil! Muchos habían caído en la calle, en sus viviendas, en galerías. Manchaban con sangre no solo paredes y mosaicos, sino la atmósfera de todo el país.

Recuerdo que el famoso director de orquesta Arturo Toscanini también tuvo al principio gestos de simpatía por Mussolini. Creyó que era una corriente nueva, se ilusionó con sus propuestas de cambio, paz y progreso. Llegó a permitir que se incluyese su nombre en la lista de candidatos al parlamento. Ahora nos causa asombro. El mismo Benito me confesó que quizás marchaba demasiado rápido. Pero se tranquilizó diciendo que en esa boleta figuraban tres personas muy destacadas: "Toscanini, Marinetti y yo". Eso duró poco: Toscanini, con los bigotes que se doblaban con soberbia sobre sus mejillas, pronto manifestó su repudio al fascismo y quebró su batuta cuando le pidieron que dirigiese el himno partidario. Luego fue un luchador encarnizado contra el fascismo y tuvo que soportar la ira de sus adherentes. En ese momento el mar estaba revuelto y bajo semejantes condiciones la pesca suele funcionar. Así se manifestaba a menudo Benito.

AGUINIS: Lanzó propuestas de mucho vigor, que servían a su popularidad, por encima de los enredos ideológicos.

SARFATTI: Nuestra plataforma causaba perplejidad, claro que sí. Es propio del fascismo y fue adoptada por todos los populismos que se inspiraron en él. Muchas propuestas eran muy razonables, modernas y justas. Las habíamos discutido largos días e insomnes noches. Al final Benito estuvo muy agradecido por los puntos que yo exigí agregar. Algunos, sin embargo, lo asustaron, como el voto femenino. En ellos pude volcar mis ideales de juventud. Lo hice con gran entusiasmo, aunque algunos estaban lejos de poder cumplirse. ¡Y no se cumplieron! Algunos sí, pero muchos lo hicieron parcialmente, o a un costo exagerado, o fuera del tiempo justo, o para fines demagógicos, o con amenazas y torturas. Eran magníficos. Mis propuestas exigían bajar la edad del sufragista a dieciocho años, convocar a una amplia reforma moderna de la Constitución, reducir la jornada diaria de trabajo a solo ocho horas, exigir la participación de los trabajadores en la administración industrial. También hacer fuertes mejoras del transporte y de la educación pública, reformar el sistema de pensiones. Fui más allá al pedir que se confiscasen las tierras no cultivadas, nacionalizar la industria armamentista, distribuir los latifundios entre los campesinos. Además, que se confiscaran algunas propiedades de la Iglesia y se crease un sistema militar basado en el control civil. Yo era una abeja que zumbaba demasiado fuerte en oídos conservadores y semianalfabetos. Le dio mucha energía al fascismo.

Aguinis: En aquel tiempo era ideología.

Sarfatti: Y también una interpretación de nuestro romance. Avanzábamos hacia el paraíso, con promesas y con fe. Caminábamos por el borde de un camino arriesgado. Él sufría el peso de su matrimonio con la elemental Rachele y yo la muerte de mi hijo mayor casi al final de la guerra. A menudo, para alejarnos de esos pensamientos competíamos en la invención de ideas locas, para enamorar al pueblo. Y descansábamos con el recitado de breves poemas y muchas caricias. Ahora vuelvo a preguntarme cómo alguien con sensibilidad para la poesía pudo llegar a dirigir una organización tan siniestra como el fascismo.

Aguinis: No fue casual.

Sarfatti: Por supuesto. Fíjese: era el tiempo en que el celebrado Gabriele D'Annunzio regresó a su hogar. Los demás líderes del arco político italiano no conseguían ocultar la decadencia general. Y la fuerza de Benito se concentraba en sus rudas tropas de asalto, sin poesía. Esa situación, aunque chocase con ciertos ideales, inoculaba un creciente entusiasmo. Las noticias que le llegaban desde Sicilia, Cerdeña, la Toscana y también del Piamonte indicaban un rechazo creciente al proyecto de una república: se retrocedía al pasado, a las monarquías que antes tanto repudiaba Benito. No eran ideales democráticos, sino conservadores. Por lo tanto, con un oportunismo que ahora me ruboriza, decidimos apoyar al diminuto rey para que Benito alcanzara el más alto rango.

AGUINIS: Disculpe que ahora sea áspero en mi observación, pero usted, la culta y refinada Margherita Sarfatti del principio, pasó a ser otra Margherita, la que dejó a un lado sus ideales de origen.

SARFATTI: ¡Es lo que vengo confesando! Usted repite mis palabras. Ya confesé, dolorida, que ayudé a edificar el fascismo, primero en su versión positiva y luego en su versión horrible. Me da una puntada en el corazón reconocerlo. Y me cuesta seguir hablando sobre ese asunto. Tenía mucha influencia sobre el joven Benito Mussolini y hubiera podido bloquearle el camino del espanto que después siguió. Me encargaba de darle significado a cada jornada, de acuerdo con el curso que pretendíamos imponer a la ideología que elaborábamos. Había una ansiosa agitación en la izquierda y, en el otro extremo, miedo a la expansión bolchevique sobre Europa. La expansión bolchevique no era pacífica, ni por dentro ni por fuera. En Italia se repetían las huelgas, rudas manifestaciones callejeras y toma de fábricas, inspiradas en discursos leninistas que habían dejado la paz entre sus objetivos. Empezó una subterránea colaboración entre los policías y exsoldados con los Camisas Negras, que Benito no había ordenado, pero que lo beneficiaba. La tentación de reprimir acercó a esas fuerzas. En el corazón de los dirigentes ardía el afán por el poder. Es un defecto humano universal.

Vuelvo a la política. En 1921, el Partido Fascista se había expandido. En las nuevas elecciones obtuvimos treinta y cinco bancas, como ya dije. Era mucho. A la cabeza de ellas figuraba Mussolini, por supuesto, y sus colaboradores más cercanos. Con rapidez avasallante los Camisas Negras se trasformaron en una fuerza paramilitar visible, asunto que me inquietaba y hacía que me preguntara si no terminarían perjudicándonos. Sembraban de muertos el país. Nefasto. Los disturbios se acrecentaban y los primeros ministros del enclenque oficialismo se sucedían unos a otros con piernas de algodón.

AGUINIS: Piernas de algodón... Hermosa metáfora.

SARFATTI: Sí, piernas de algodón. ¿La habré pensado entonces? Benito decidió visitar Alemania por segunda vez. Ya no era un exudado de la guerra, sino un político en ascenso. Viajó con su inseparable resma de papel y tres o cuatro lápices. Por la ventanilla del tren observaba los paisajes que había conocido años antes, con menos dinero y mucha depresión. Cruzó las montañas que diferenciaban las dos culturas: Italia y Alemania. Habían sido el escenario de sanguinarios combates. Bajo la tierra o bajo la nieve quedaron muchos cadáveres que no se había alcanzado a homenajear ni darles honrosa sepultura. Se le cruzaban recuerdos de sus arcaicas luchas en favor del pacifismo. ¿Estuvo equivocado? ¿Esa matanza produjo beneficios? Parece que ni a los vencidos ni a los vencedores. Me escribió en ese tono trágico; ¿esperaba mi consuelo? Apenas cruzó la frontera se le produjo una mezcla de asombro y envidia. El país que parecía condenado al abismo enderezaba sus vértebras con la inesperada recuperación económica que lograba el denodado esfuerzo de sus habitantes. Me escribió nuevamente desde Berlín, ciudad aún fea, pero que superaba a Milán en prosperidad económica y en el volumen de su tráfico automotor. También advirtió numerosas inscripciones antisemitas que culpaban a los judíos por la derrota bélica. Esas informaciones eran reproducidas en sus artículos: no solo era periodista, sino un político que cuidaba la atracción que debía aumentar frente a las masas.

A su regreso dedicó muchas horas para redactar notas potentes. Expresaba su asombro por lo que ocurría al otro lado de los Alpes. Su estilo vibrante, informado y persuasivo le aumentó la popularidad. Benito crecía en las clases altas, medianas y bajas. Era lo que ambicionaba. El diario ganaba prestigio y él votos. Cuidaba de no ofender el honor italiano, sino hacerlo flamear como garantía de los éxitos que vendrían si se ponían en marcha sus propuestas. En uno de sus artículos apareció una frase que representa algo que tenía fijado en su mente desde la juventud hasta la muerte y que decía: "Las masas no deben saber, sino creer".

AGUINIS: Su apuro por ganar el gobierno lo llevó a convertirse claramente en el mayor enemigo de la izquierda. ¿Fue así?

SARFATTI: Exacto. Ya había empezado a caminar por ahí, como dije. No le importaban las contradicciones ni su pasado. Mientras, el rey enano prefería mantenerse al margen. Temía que una represión excesiva contra los disturbios aumentase la violencia. Pero la violencia aumentaba sola o por los incentivos que en voz baja soplaba Mussolini. Esto no se lo perdonaré nunca. En Milán, una cadena de asaltos generó la impresión de que los fascistas, como se los llamaba con creciente frecuencia, se adueñarían de la ciudad. La Milicia no quedaba atrás en su furia demoledora. Se hacía evidente que la armada y la policía simpatizaban con los Camisas Negras, porque se movilizaban como la nueva y más prometedora fuerza de esa época. Benito también decidió diferenciarse de quienes habían sido sus antiguos aliados, los socialistas, y concentrar los ataques contra ellos. Otra maniobra fue predicar apoyo a sus dos viejas enemigas: la Iglesia y la monarquía. Ya no eran sus enemigas, sino sus aliadas. El fascismo no pretendía la coherencia, sino el poder. Con impudicia empezó a llamar a los socialistas "el ejército ruso de ocupación". ¿Se da cuenta del nacionalismo que vibraba en esa palabra? En consecuencia, las verdaderas "ocupaciones" de fábricas que realizaban los socialistas, anarquistas y comunistas empezaron a ser replicadas por los fascistas con lemas nacionalistas-libertadoras. Estas ruidosas acciones punitivas determinaron que se empezara a llamar Duce a Benito, una suerte de emperador. Un gran patriota.

Mussolini enamoraba gente de todas las tendencias. Fue notable. Para Thomas Edison ya era "el mayor genio de la era moderna". Gandhi, nada menos, lo calificó de "superhombre". ¿No es increíble? Ese antiguo campesino, hijo de un herrero borracho y protagonista de aventuras poco virtuosas, se convirtió en un personaje que daba clase a los otros líderes del mundo. Yo misma bloqueaba mi pensamiento crítico y lo admiraba sin límites. Winston Churchill prometió apoyarlo en su "lucha contra el apetito bestial del leninismo". Solo Cesare, mi lúcido marido, mantenía distancia.

Benito seguía creyendo en el infalible poder de su olfato. Era más infalible que el papa. Creía que no se equivocaba nunca. Lo mismo se pensaba en su entorno, hipnotizado por la dinamita de sus frases y la majestad de su postura. Prometía convertir a Italia en un país muy rico y se debían seguir sus indicaciones en todos los temas, desde el arte hasta la cocina. Creía que un país grande necesitaba una moneda fuerte, así que fijó la cotización de la lira respecto al dólar, lo cual provocó un brusco incremento de la deuda pública, un problema que se vio agravado por la incapacidad de Mussolini en lo que respecta a las tasas de interés, cuyo conocimiento ignoraba. No olvidemos que su máximo título académico era el de maestro elemental. Promovió la idea de la autarquía nacional sin tener conciencia de lo impracticable de semejante meta. Esta es una ideología que después adoptaron muchos gobiernos populistas, tan imbéciles como el del fascismo de esa época. Propuso juntar trabajadores y empresarios, pero acabó creando un Estado corporativo ineficaz. Por ejemplo, favoreció la producción de trigo cuando se hallaba a bajo precio, al tiempo que descuidaba la producción de otros cereales que podían haber generado mayores ingresos. Todo esto se pudo haber evitado si hubiera escuchado a los asesores de mejor nivel que su "indiscutible instinto". Insistía que en Italia solo había una persona de precisión marmórea: él. Afirmó en el gabinete: "A veces me gustaría no estar en lo cierto, pero hasta el momento esto no ha sucedido jamás". Su percepción era omnipotente.

CINCO

Aguinis: Cuénteme ahora la mítica Marcha sobre Roma.

Sarfatti: Ah... fue muy importante. Dio lugar a una musculosa idealización. Yo estuve muy involucrada.

Semanas antes, para ganar de una buena vez el poder, empecé a insistir sobre la conveniencia de efectuar una marcha simbólica sobre Roma. Consideraba que tendría un poderoso efecto. Fue así. Pero él hesitó, porque consideraba que faltaba maduración para semejante golpe. También se negaba a contestar los mensajes que le llegaban desde el gobierno para frenar la violencia de sus acólitos, aunque le daban publicidad a la energía de sus golpes en diversos sitios del país. Los fascistas sorprendían hasta a la Cámara del Trabajo o la Cooperativa Roja o el Círculo Socialista, donde quebraban los muebles, quemaban los registros, aplicaban garrotazos y amenazaban con suplantar al alcalde. La bandera roja era rajada, ensuciada, y en su lugar se pintaban los colores tricolores de Italia. ¡Nacionalismo! Imponían el ridículo pintando la ropa y hasta los cráneos rasurados de los socialistas. Benito mentía diciendo que esto ocurría al margen de su voluntad y hasta de su conocimiento. El naciente fascismo, al tiempo que desarrollaba semejante conducta, basaba su poder en la fuerza bruta, estimulada de forma encubierta por el mismo Benito. Aumentaba su presencia y sus gritos en el Parlamento, encabezados siempre por la figura desafiante de su mentón cuadrado y sus brazos sobre el pecho.

El Duce pronunciaba sonoros discursos que dejaban alelados a seguidores y opositores, porque ahora elogiaba de forma sistemática al capitalismo y a la Iglesia. Capitalismo e Iglesia. No quedaba en pie ni un gramo de marxismo o socialismo o leninismo. Los fascistas de la primera hora, enamorados del sindicalismo, ya ni lo mencionaban; tampoco sabían hacia dónde los llevaba su jefe. Más grande fue el asombro general cuando Benito firmó un acuerdo de pacificación con los socialistas. ¡No se lograba entender su conducta! Y así era, en efecto. Para colmo, recurrió al gesto teatral de anunciar su salida del fascismo porque a él no lo entendían... Este gesto me lo había anunciado, dejándome muda al principio. Le advertí que era peligroso, podía ser negativo, sus rivales aprovecharían. Pero el resultado fue espectacular, porque consiguió un gigantesco reclamo que pedía su retorno. En pocos días ascendió a la cima mediante este recurso teatral. En el futuro nadie discutiría sus decisiones. ¡Debían entenderlo! ¿Se da cuenta? Era admirable en el manejo de los sentimientos. Mareaba, hipnotizaba y empujaba hacia direcciones insólitas que aumentaba la necesidad de obedecerle, porque él sabía, él era visionario, él era infalible, él llevaba con una brújula extraordinaria hacia el bienestar y la alegría.

Entre tanto, aumentaba la agitación a lo ancho y largo de Italia.

Por otra parte, Benito siguió mi consejo de iniciar una maniobra de pinzas. O sea: la Milicia realizaría acciones de intimidación al gobierno con la amenaza de una guerra civil, mientras Benito y sus lugartenientes iniciarían negociaciones con varios políticos para que lo ayudasen a tomar el poder con fines pacificadores. Le exigí que me mantuviese informada, día tras día, para que pudiera sugerirle los ajustes necesarios. Que frenase la violencia. Esto determinó que durante los siguientes dos meses y medio, muy decisivos, pasáramos largos momentos en Il Soldo, mi residencia de verano junto al lago de Como. Allí recibía mensajes y desde allí partían sus respuestas. Fue un lapso decisivo. El lago de Como es un paraíso de verdad. Fue un sitio de inspiración y relajamiento para mucha gente, numerosos famosos.

AGUINIS: Así escuché.

SARFATTI: ¿Le cito algunos nombres?

AGUINIS: Vendría bien.

SARFATTI: Franz Liszt. Un nombre muy célebre, aunque ignoro si se reunió con Liszt, fue Gioacchino Rossini, que compuso con su habitual rapidez, frente a las aguas azules, su inmortal *Tancredi*. Eso para nombrar músicos. Se conserva un piano donde ejecutaron ambos en distintos momentos. También me acuerdo de científicos como Volta,

Ghezzi. Entre los escritores se citan las estadías de Stendhal y Byron. Me contaron que aún está en buen estado una mesa de billar donde jugó Napoleón. Después le enumeraré parejas célebres.

AGUINIS: Queda en deuda.

SARFATTI: Acepto. Hágamelo recordar.

AGUINIS: ¿Retornamos a la Italia posterior a la guerra? Creo que hará comprender mejor la Marcha sobre Roma.

SARFATTI: Así es. Después de la guerra la crisis económica y política siguió aumentando, lo cual era propicio para nuestra estrategia. A mediados de septiembre, previa intensa propaganda, el Duce pronunció un discurso en la norteña Udine con el propósito de afirmar su lealtad a la nación y al rey. A esas alturas no solo era importante que de su rotunda posición tomaran nota sus acólitos, sino los miembros de las fuerzas armadas. Poco tiempo después concentró a los líderes de la Milicia en Milán y constituyó un cuadro de dirigentes que incluía militares, que ya eran sus nuevos y entusiastas aliados. Días después me pidió que organizara en mi residencia junto al lago reuniones con los más relevantes. Separé dinero para homenajearlos con tres cenas en Il Soldo. Puse en actividad a mi personal en pleno y contraté varios ayudantes extras. Tenía la certeza de que estábamos ante una auténtica revolución, aunque no usábamos esa palabra, porque se asociaba con la izquierda.

La llegada de los invitados generaba entusiasmo. Entre ellos se producía la satisfacción de verse unidos por una posible alianza que cambiaría la situación del país. Se saludaban con sonrisas los militares y los políticos, los artistas y los sindicalistas, los conservadores y los presuntos vanguardistas. Yo me sentía halagada por el hecho de ser mujer; en ese tiempo no era frecuente la presencia femenina en el campo político. Me aceptaban por ser la dueña de la residencia y el hecho de que Mussolini me empujaba de modo tácito hacia los sitios de mayor importancia. Mi entrenamiento desde Venecia en adelante facilitaba mi relajada conducta ante cada personaje, por más que estuviese atado a los prejuicios antifemeninos de la época. Hablábamos sobre temas triviales y especialmente sobre las consecuencias de la guerra mundial y los complicados problemas de nuestro país. Pronto comenzaron a tratarme como uno de ellos. Mi cuantioso servicio doméstico se ocupó de distribuirlos en los dormitorios, salones y demás lugares donde podrían alojarse durante los tres días de su estancia. Hubo que estudiar la jerarquía de cada personaje, aunque todos sabían que eran numerosos y debían aceptar algunas incomodidades. Las explicaciones y disculpas ayudaron. Además, los paseos en torno a los maravillosos paisajes del lago tuvieron un efecto adicional.

Con Benito, durante los escasos minutos que pudimos compartir en secreto, nos felicitábamos por el éxito de esta concentración. Una noche le susurré la leyenda sobre la existencia de fantasmas que aleteaban por la noche sobre las olas. Una pareja desnuda, apenas envuelta por una sábana, caminaba entre los arbustos floridos y cayó al agua. Esos fantasmas eran benignos, hasta perfumados, y salvaron a quienes habían caído. Benito me abrazó, encantado, como si imitase los movimientos de un fantasma. Gruñó, abrió y cerró los ojos, lamió con suavidad mi oreja hasta que lo aparté molesta, improvisó un verso mediocre y se relajó hundiéndose en la almohada.

¿Visitó el lago de Como y sus alrededores? ¿No? Las terrazas ofrecen embriagadores panoramas, con la sorpresa de muchas fincas inspiradas en modelos renacentistas, franceses, ingleses. Se cultivan árboles, setos, arbustos y tallos exóticos. Durante las pausas de los discursos yo guiaba a quienes aceptasen ser llevados a disfrutar de las azaleas. ¿Por qué? Hay cerca de ciento cincuenta variedades, según los botánicos. Ni hablar de las palmeras, cedros, secuoyas, bambúes, alcanfores y otros árboles que crecen gracias al clima, los gustos y caprichos de quienes aman este lugar excepcional. ¿Lo aburro? Esos visitantes quedaban encantados. Mi propósito funcionaba, porque se repetía el nombre de Mussolini. Con frases empalagosas agradecían mi empeño.

Entre los brindis y platos, las caminatas y los jardines, se fue planificando la toma de control en varias ciudades y la invasión de Roma. Así lo dijimos con aire de victoria, como si ya hubiésemos cruzado el Rubicón. Se había llegado a un punto en el cual se asumía que el Duce debía ser respetado como el jefe de la mayor fuerza organizada del país.

Descubro con horror el creciente elogio a la dictadura que allí correteaba, como las inocentes aguas de un arroyo: "No más libertad sino, por el contrario, más orden, jerarquía y disciplina. Esos deben ser los lemas que ejercen embrujo de vida en las juventudes rudas, inquietas e intrépidas", dijo Benito en una ocasión. Yo lo apoyé. Un militar agregó: "El fascismo enseña que la violencia es legítima cuando es necesaria y quirúrgica".

La despedida fue muy cordial. Se conocieron personajes habituados a luchar entre ellos, y que ahora se unían tras un líder común. Se elevaba el orgullo nacional, la esperanza de una victoria.

AGUINIS: Y esto facilitó la Marcha sobre Roma. Fue convertida en una epopeya. Incluso se fabricaron pinturas y afiches donde aparecía Benito Mussolini a la cabeza de las multitudes. Parecía un ejército romano que avanzaba sobre el universo. Lo seguían enjambres de hombres, mujeres y hasta niños. El sol derramaba luz sobre cabezas. En los rostros resplandecía el fulgor de la victoria. Y mucha alegría.

SARFATTI: Pero falso. Como ya conté, el nuevo líder había permanecido en Milán, tras aquel encuentro en Il Soldo. Así lo pueden demostrar muchos testimonios.

AGUINIS: ¿Enseguida empezó la movilización de masas?

SARFATTI: Aclaremos. Ya se usaba la palabra "masas", aunque aún no había gruesas masas bajo nuestro mando. Pero a Mussolini le fue necesaria esa movilización. O imposible de detener. Grupos de fascistas se lanzaban hacia las carreteras y los trenes para dirigirse a Roma. Eran mareas oscuras de variado volumen que agitaban pistolas y armas caseras en nombre del Duce. Amenazaban con provocar muchas víctimas si les obstaculizaban el paso. Energizaban el clima que con el tiempo se asociaría con todo tipo de fascismo, dictadura y populismo. Viajaban en camiones, trenes, automóviles y los que estaban cerca lo hacían de a pie. Comenzó un ingreso arrollador hacia la capital. Provenían de diferentes orígenes. Se encolumnaban pescadores de Nápoles con tenderos y empleados. Campesinos de la Toscana vestían chaquetas de caza. Un hombre lucía muchas insignias con la hoz y el martillo y gritaba que se las había arrancado a los comunistas. Un anciano en silla de ruedas afirmaba haber luchado junto a Giuseppe Garibaldi. Algunos alzaban mosquetes antiguos, rifles de caza, palos de golf, guadañas, puñales, patas de mesa. Un grupo marchaba sobre caballos percherones. Entre otros, apareció un conjunto de judíos que exhibían sábanas con la estrella de David. Varias muchachas revoloteaban bufandas.

Benito, por mi insistente consejo, había regresado al norte, a Il Soldo. Así daba la sensación de permanecer ajeno a los impulsos violentos de la gente. Era un gesto mentiroso destinado a tranquilizar a los sectores moderados. Al mismo tiempo, Vittorio Emanuele III regresó a la capital, tras interrumpir sus vacaciones en la campiña y ordenar a sus ayudantes que redactasen el estado de sitio. Estaba asustado. A la mañana siguiente, empero, cuando le depositaron sobre el escritorio un decreto para la esperada firma, se llenó de gotitas su frente y devolvió la pluma al tintero. Rechazó rubricarlo con un movimiento de cabeza, pero sin mover los labios. Se reunió con sus comandantes, que le aseguraron lealtad y también el deseo de evitar una guerra civil. Llegaron a la conclusión de que el monarca debía mantenerse neutral. Había que impedir ríos de sangre: Mussolini contaba con más adherentes que enemigos, no convenía enfrentarlo.

Además, Benito hizo saber por conductos subterráneos que deseaba el apoyo de las Fuerzas Armadas y de la Iglesia católica. Era otro hecho llamativo, por hacerlo público y comprometerse. Penetró en las orejas del rey. Mientras, seguían produciéndose asaltos de los Camisas Negras y de la Milicia Fascista. Era una contradicción muy llamativa, pero típica del fascismo. El Duce deseaba que esa presión tuviera un carácter festivo, no guerrero, algo difícil de explicar, pero que sus hombres debían tener presente mediante cánticos y consignas. Ahora puedo confesar que en semejante táctica contradictoria estuvieron presentes mis consejos. Yo no quería sangre. Y ese componente festivo fue adoptado por muchos populismos. Es un ingrediente que seduce, hipnotiza.

AGUINIS: ¿Benito fue a ocultarse otra vez en Il Soldo?

SARFATTI: Apenas tres días. Se los pasó leyendo, caminando, hablando solo como si ensayara los discursos que le brotaban fácilmente. En víspera de los temblorosos acontecimientos que se avecinaban, ingresó con estudiado paso lento en el palco del teatro Manzoni de Milán, reservado a nuestra familia. Yo estaba allí con mis hijos. Nos saludó con sobriedad y se esmeró en permanecer atento a la música, aunque era evidente su vendaval interior. Con la mano derecha se acariciaba las mejillas cuidadosamente afeitadas. Por momentos se pasaba la lengua por los labios, como si se le secaran tras sus silenciosos discursos. Mantenía quieta la cabeza, aunque de a ratos la movía para observar los palcos llenos de gente. Una media hora después de haber empezado el concierto ingresó el acomodador en puntas de pie y le susurró algo en la oreja. Se incorporó despacio y salió, también en puntas de pie. Lo llamaban por teléfono. Yo lo miraba de forma constante, porque estaba tan ansiosa como él por lo que estaba por ocurrir. Sabía que por doquier crecía el mito de la Marcha sobre Roma. Aún no estaba claro en qué consistiría, quiénes la engrosarían, qué consecuencias podría tener. Yo estaba segura de que respetaría mi consejo de no participar físicamente. Mi imaginación sabía que en muchos sitios del país ya se hablaba de ese tema, que se lo consideraba un acontecimiento, algo que provocaría cambios radicales. Su presencia o su palabra aumentarían el fuego que se estaba expandiendo en torno a ese novedoso fenómeno político. Superaba las concepciones marxistas de las clases, porque involucraba a los pobres y a los ricos, a la clase media, a los campesinos, las barriadas marginales, muchos artistas, profesionales. Se suponía que Mussolini encabezaría las columnas de italianos decididos a superar los conflictos del viejo país para construir uno nuevo, mejor. Su cuerpo de tórax inflado y mentón desafiante ya era caricaturizado en escuelas, universidades, laboratorios.

AGUINIS: ¿Afirma que Benito Mussolini no participó en la tan exaltada Marcha sobre Roma?

SARFATTI: Lo hago con todas mis fuerzas. ¡No participó! Soy testigo. Durante la tarde siguiente recibió en Milán el mensaje de un expremier que le ofrecía constituir juntos un nuevo gobierno. Me mostró el telegrama con rostro triunfal. La hoja tiritaba entre sus dedos nerviosos. En pocos años había llegado a la cumbre de su carrera política. Nada menos que un primer ministro se dirigía a él en tono amistoso, para proponerle la asociación. Su mirada esperaba mi respuesta, que suponía infalible. Lo abracé y le dije que no aceptase, era suficiente por ahora con instalarse en una posición de privilegio, desde la cual saltaría al Olimpo. Benito también pegó sus ojos a los míos y se negó de forma rotunda. Su orgullo ya había subido al estrellato y no aceptaba asociaciones incómodas. Depositó el telegrama sobre una mesita y le dijo a su asistente: "Responda que no acepto". Se produjo un intercambio de mensajes, porque el exprimer ministro retiró su oferta. Benito, en lugar de arrepentirse, insistió en su postura. El definitivo silencio de su interlocutor significaba la retirada. "¡Es un cobarde!", gritó Benito. Y tuvo razón. Esto fue confirmado a los pocos minutos, cuando llegó otro telegrama. ¡Era asombroso! Lo firmaba el ayudante de campo del rey. Le solicitaba en nombre de Su Majestad que formase gobierno. ¡Que él formase gobierno! ¡Había triunfado! Nos abrazamos enloquecidos y empezamos a girar en una danza cuyo ritmo provenía del corazón a punto de estallar.

Empezaba la tragedia de Italia y su zambullida en los pozos del infierno.

Aguinis: Pero los enceguecía el júbilo.

SARFATTI: ¡Obvio! Fuimos a dormir. Sobre nuestras mesas de luz ordenamos los libros que estaban cerca. También necesitábamos cubrir los ojos con paños sedantes. Pero en lugar de esos paños que pronto arrojamos al piso vivimos una inquieta noche de amor, con caricias y susurros. Hasta que mis uñas se clavaron en su espalda y sus dientes me mordieron el hombro. Rayos del amanecer y sonidos de un despertador amante de Mozart nos hizo rodar con torpeza. Alcancé a detener a Benito cuando estuvo a punto de caer sobre la alfombra. Nos lavamos con apuro y bebimos el café que llegó en una bandeja de plata. En ella bailoteaban flores junto a galletitas, tostadas, dulces y bombones. Pretendía ser un desayuno de celebración confuso, apresurado, que compartían todos los miembros del servicio. Con ayuda de unos mucamos alegres acomodó en un maletín separado su traje de gala, por las dudas lo necesitase. Hablábamos de forma acelerada, a él lo agitaba una respiración inusual, tenía encendidas las mejillas como pocas veces antes, se le cayó la libreta que solía tener a mano en el bolsillo de su saco. A mi pregunta, negó con movimientos de cabeza que lo acompañase. No dijo no, sino que movió la cabeza. Me decepcionó, pero lo interpreté como un gesto que impedía críticas inevitables de una sociedad que consideraba inferior a la mujer. ¿Para qué poner piedras poco importantes en su camino? Lo acompañé al tren, que ya había sido rodeado por disciplinados Camisas Negras. La novedad del encuentro con el rey dejaba de ser secreta. En la estación mucha gente le abría paso, como si ya fuese el nuevo jefe de gobierno. Pese a mis ruegos, volvió a negar que yo lo acompañase.

AGUINIS: ¿Confesó por qué?

SARFATTI: Nunca. También me hice la misma pregunta. ¿Presentía que más adelante me iba a expulsar de las agrupaciones fascistas? Mi amor y nuestro vínculo en la construcción del partido nuevo que traería progreso, paz y felicidad bloqueaban cualquier sospecha sobre ese eventual divorcio. Se negaba a llevarme por razones de etiqueta.

AGUINIS: ¿Cómo fue su viaje? ¿Contó si asociaba ese trayecto triunfal con viajes anteriores ensopados por la angustia?

SARFATTI: No. Solo que no podía relajarse. Tampoco pudo probar bocado. Por la ventanilla corrían los paisajes, como si anticiparan los pizarrones donde se escribirían grandes acontecimientos. Después recordó con frases poéticas el contraste de sus años jóvenes con la soberbia actualidad, el descubrimiento de su destino de grandeza, los parecidos de su carrera con la de Julio César. Llegó a decirme que lo sacudieron recuerdos de su madre y su abuela, la caza de pájaros y sus peleas en la escuela. También se reprodujo la cara del fotógrafo al que volteó de una trompada. Se sentía fuerte, agresivo. El triunfo no lo sedaba, al contrario, lo llenaba de nueva energía, de mayor confianza en sus poderes evidentes y los ocultos. Vio el cartel que decía "Roma".

Acomodó su ropa, estiró las mangas de su chaqueta, caminó hacia el baño. Se miró al espejo y contempló su medio perfil derecho e izquierdo. Volvió a su sillón mullido. Apenas se detuvo el tren con chillidos de los rieles, bocinazos de la locomotora e iniciales saludos de las trompetas, Benito de incorporó nuevamente, pero con movimientos más lentos, casi majestuosos y avanzó hacia el extremo del vagón. Los guardianes lo contemplaron con mucho respeto y abrieron la puerta. Aguardó hasta que cesara el sonido de las trompetas, y Mussolini, con mayor lentitud aún, fue descendiendo la breve escalinata. Se renovó el saludo de las trompetas. Una guardia de honor más decorada que cualquier otra guardia conocida hasta entonces se formó delante de él. Avanzó con paso solemne, como había aprendido de las grandes autoridades. Dibujó un rostro serio, como si fuese a entrevistarse con un enemigo. De inmediato se acercó alguien con aspecto de edecán, que pronunció protocolares frases de bienvenida. Le indicó el camino que se fue abriendo entre la gente como las aguas del mar Rojo ante la vara de Moisés. El edecán lo guió sin pronunciar palabra. Varios automóviles lo esperaban con brillo de carrocerías recién lustradas, puertas abiertas y conductores enhiestos. Lo trataban como si fuese el dueño de Italia. Se sentó en un acolchado sofá posterior, arrancaron los motores y la fila se dirigió con bocinazos hacia el palacio real. En el camino distinguió a los agresivos Camisas Negras provistos de armas caseras y fiebre por instaurar el nuevo régimen.

AGUINIS: Supongo que al descender en el palacio también caminó por corredores de guardias uniformados. No hay duda de que en su mente se agitaban sueños.

SARFATTI: Claro que sí. Le habrán aparecido de nuevo escenas de su infancia, juventud, luchas, el socialismo abandonado. Siguió avanzando con paso muy lento. Lo iluminaban lámparas y brillos dorados. Pronto llegó a la sala principal. Lo esperaba el monarca de pie, tras su amplio escritorio de roble. Benito miró con ojos firmes al pequeño Vittorio Emanuele III, que lo contemplaba también con asombro. ¿Reconocía el rey a ese hombre de pecho amplio, vestido con traje oscuro, camisa blanca y corbata de color? ¿Era el mismo soldado enfermo al que visitó dos veces en un sucio hospital de campaña? ¿Le habrían informado con detalle antes de invitarlo a formar gobierno? No sé. Lo imagino. Pero me contó mucho y algo reproduciré.

El monarca no estaba coronado por el alto sombrero que disimulaba su baja estatura. Mussolini inclinó la cabeza, como correspondía hacerlo frente a Su Majestad. Y Su Majestad invitó a un oficial del protocolo a leer una serie de pergaminos. Benito narró luego que no podía memorizar la secuencia de trámites que se sucedieron. Giraban leyendas que había escuchado a lo largo de su vida y que siempre protagonizaban héroes lejanos. Se encontraba en un paraje encantado, rodeado por poderes que le soplaban una perfumada brisa. Vivía en una leyenda. Y él, increíblemente, era su protagonista. Movía sus dedos sobre el pantalón como un pianista en el teclado y trataba de mantenerse muy erguido. Respondió a una olvidable caminata de asuntos burocráticos, con más silencios que sonidos de su boca. ¿Para qué recordarlos? Lo importante era ser investido con la corona del poder.

AGUINIS: ¿Enseguida lo condujeron a su despacho de primer ministro?

SARFATTI: No. Me detalló que tuvo que seguir a otra guardia de honor que lo llevaba por sucesivos corredores, de una sala a otra, siempre con un paso que parecía militar, pero no muy firme. A los lados había gente enhiesta, formal. Miraba con poca atención molduras, alfombras, lámparas, sombreros, medallas, armas, cuadros que le parecían extraños. Fue llevado a un sitio donde se extendían mesas servidas con botellas, copas, cubiertos y flores. Tuvo que saludar hasta el cansancio a personas desconocidas, entre las cuales seguro había muchas que no eran desconocidas, pero que estaban marginadas de su memoria y percepción. Lo felicitaban pronunciando palabras honestas, falsas y llenas de lugares comunes. Brindó, sonrió, dio la mano. Bebió algo de champaña. Las frases resbalaban por sus orejas como hilos de la transpiración. Tras un tiempo que no le importó registrar lo condujeron de nuevo a su automóvil, que seguía brillando bajo el sol. Fue saludado nuevamente por la primera guardia e ingresó en su vehículo. Respiró aliviado. Miraba las hermosas calles y avenidas que iban recorriendo como una caravana triunfal, con bocinazos. Suponía que era conducido hacia su provisoria residencia. En efecto, pararon en la entrada de un hotel llovido de flores, le abrieron la puerta y otra guardia de honor le despejó la ruta hacia sus aposentos.

Se dejó conducir hacia una suite donde pudo quitarse la ropa. Lo hizo con desgano, casi arrancándose los botones. Dejó caer los zapatos, ni tuvo deseo de darse una ducha, ni de vestir el pijama. Se arrojó sobre la cama, aunque le costó dormirse. Masticó ideas, recuerdos, proyectos, lista de gente confiable y lista de enemigos visibles o presuntos, la conducta que debía mantener frente a Su Majestad. Me dijo que también pensó en su familia y en mí. Yo estuve al final de la lista, pero lo consideré lógico. Era un momento excepcional y mi compañía al hombre que se estaba transformando en el más poderoso de Italia también era excepcional.

Recién tras dos semanas de haber tomado posesión, pronunció su primer discurso en la Cámara de Diputados. Pensó las frases mientras se afeitaba. Yo asistí, muy emocionada. Entró en la sala dando zancadas sonoras. No era el paso lento de su llegada, sino de quien ya se sentía iluminado por el Olimpo. Ese amor propio que termina por evidenciarse caracteriza a todos los sujetos de temperamento autoritario. Lucía el brazo levantado con firmeza, como lo haría un cónsul de la Antigua Roma. Su tendencia actoral le impregnaba las neuronas. Con eléctrico silencio pasó revista a los márgenes del semicírculo donde guardias lujosamente ataviados como había ordenado permanecían erguidos con una mano sobre el arma. Al rato de una expectativa que deseaba alargar, se llevó los brazos a las caderas y declaró con voz potente: "Podría haber convertido esta sala gris en un lugar donde acampasen mis Camisas Negras y haber terminado con el Parlamento. Tengo poder para hacerlo, pero no es mi deseo... *por ahora*". Fue un desafío. Pintó de entrada la mentalidad fascista. Me dio vértigo, yo no entendía. O me esforzaba en no entender.

AGUINIS: Impresionante, hasta el día de hoy.

SARFATTI: Después se presentaron asistentes con trajes suntuosos. ¡Era Italia! Repetían que estaban a su disposición, atentos a sus órdenes y pronunciaban frases serviles. ¡Teatro! El teatro que tanto le gustaba, porque en el fondo era un actor. Después, con más serenidad, armó el gabinete de ministros que venía urdiendo desde que le habían ofrecido el cargo mediante aquel histórico telegrama, que siguió perfeccionando en su viaje a Roma y durante cada día y cada noche. Necesitaba una orquesta de instrumentistas obedientes. Sus más cercanos ayudantes organizaron el acto donde juraría el 31 de octubre de 1922 ante Vittorio Emanuele III y enviaron telegramas de invitación. Por ahora se respetaban la monarquía, las instituciones tradicionales y la Iglesia, que era exhibida por numerosos purpurados.

Sin pérdida de tiempo, esa misma tarde, al aire libre y bajo un sol benigno, pasó revista a los Camisas Negras que lo miraban embelesados. Los duchó con un discurso potente y finalmente les regaló otra sorpresa: "Regresen a sus hogares; allí deben esperar hasta que los llame".

AGUINIS: ¿No hubo malestar?

SARFATTI: En absoluto. El fascismo ya había comenzado a funcionar hasta en esos detalles. Benito quería asumir la totalidad del poder. ¡La totalidad! Sin demora, Mussolini ambicionaba ponerse los laureles de un emperador romano. De esto me fui enterando por sus abundantes comunicaciones telefónicas, en las que vertía ese propósito. Y me lo decía porque era evidente que me necesitaba, que aún confiaba en mis consejos.

Asistí a las ceremonias que conmemoraban el Armisticio de la que ya se llamaba Primera Guerra Mundial. Me instalaron en la tribuna de los principales invitados. Vestí mis mejores pieles, que eran motivo de admiración. Desde allí podía ver a Benito. Algunos pasos detrás del rey, pasaba revista a los combatientes. Marchaba con orgullosa apostura frente a cada militar, pero al llegar a la compañía donde revistó mi hijo, demoró su paso y miró con intensidad a sus miembros. Sabía que yo lo contemplaba y que ese homenaje me llegaría al corazón. Luego, cuando estuvo frente al monumento al Soldado Desconocido, realizó un gesto teatral: ¡se arrodilló! Una contradictoria felicidad me calentaba la sangre. Se lucía el hombre a quien había ayudado a triunfar y que sería el reconstructor de Italia. Se me dibujaba el rostro de mi niño muerto, con sus bellos labios y oscuras cejas, frente amplia y hombros fuertes. Pero entre las ráfagas de mis pensamientos caóticos martillaban las tareas enormes que deberíamos afrontar de inmediato. La consigna ordenaba no desperdiciar un segundo de esta ocasión maravillosa. Única.

El Duce, como se lo empezó a llamar con más frecuencia, ordenó instalar sus cuarteles en todo un piso del hotel Savoia, porque allí solían alojarse los parlamentarios. Fue una prepotente usurpación. Los parlamentarios, acostumbrados a sus bellas habitaciones, salones y pasillos, fueron evacuados enseguida, sin explicaciones. Convenía que todos se enterasen de que comenzaba una nueva época, cuya cabeza se llamaba Benito Mussolini.

AGUINIS: Su temperamento le facilitaba esa tarea.

SARFATTI: Por supuesto. Rodeado por colaboradores del más variado color, ordenó convocar enseguida a los nuevos ministros, consejeros y múltiples jefes de sección, para impartir órdenes. Su celeridad sorprendía. Y esto lo siguió haciendo de manera afiebrada a toda hora del día y la noche, a menudo de forma imprevista, para acostumbrarlos a estar siempre listos. Bastaron pocas jornadas para que periodistas, choferes, mensajeros y solicitantes empezaran a circular con disciplina desde las puertas de entrada hasta la azotea. Milicianos de su guardia personal interpelaban, con dulzura o a los gritos, a quienes arribaban. Tenían un fusil colgado del hombro y mirada austera. Hasta se respiraba de un modo distinto.

"La masa no es nada por sí misma —me dijo una tarde—, sino un rebaño de ovejas, hasta que no se la organiza. Pero no por eso estoy en contra de ella. Le niego tan solo que pueda gobernarse por sí misma. Si se la guía, hay que hacerlo con dos bridas: el entusiasmo y el interés, el lado místico y el lado político".

Lo miré asombrada, era su idea permanente. Luego agregó: "¿Puedo acaso pedir a la multitud la vida incómoda y peligrosa que yo he llevado? Eso no es para todos. Cada discurso que se dirige a la multitud tiene la doble finalidad de aclarar la situación y sugerir algo. Por eso no se puede prescindir de los discursos populares".

AGUINIS: ¿Y la relación entre ustedes?

Sarfatti: Cierta tarde pretendió verme de modo secreto y se deslizó con viejas habilidades por la puerta de servicio, luego por un corredor desierto y llegó a la vecina Piazza Esedra. Solo permitió que lo acompañasen tres milicianos como imprescindible custodia. Ingresó al hotel Continental, donde yo me alojaba, también por un acceso oculto. Su desaparición del Savoia desencadenó el pánico, lo cual reveló cuán estricta era la guardia que había construido.

Semejante protección tenía el inconveniente de hacerlo sentir preso. Su secretario de mayor confianza conocía cada detalle de sus movimientos y dormía en una habitación adherida a la suya. Haber escapado al Continental demostró que también necesitaba la guardia de su chofer, designado a partir de esa noche como otro observador permanente, hasta de su vida privada. La sospecha sobre presuntos sabotajes determinó que tanto él como yo debiéramos someternos a las audacias, incluso en las llamadas telefónicas. Para sobrevivir había que aceptar semejantes inconvenientes. De los servicios secretos Mussolini no solo era el jefe, sino el rehén, por lo cual sus mensajes debían aceptar una periódica renovación de claves.

Benito me consultaba sin cesar. Lo intuía antes de que su voz sonara, quizá por el ritmo de su respiración. Por esa causa empezó a reclamar que abandonase mis domicilios en Milán y el lago de Como, para instalarme por largos períodos en Roma. Yo estaba muy apegada al norte para educar a mis dos hijos y prestar atención a los artistas y amigos que allí me rodeaban. Roma era otra cosa: la ciudad del papa y se la consideraba provincia, lejos de sus antiguas glorias. Aunque en sus alcobas las potencias celestiales y terrestres pululaban con intrigas y pecados. Milán, en cambio, era moderna, la capital donde había nacido el prometedor fascismo, y del cual me sentía vigía. Es cierto que yo deseaba más visibilidad, confieso, para que se exteriorizase mi poder. Pero, aunque era la más escuchada consejera del jefe, mi destino se reducía a las sombras.

AGUINIS: Reina sin corona.

SARFATTI: Una desconfiable eminencia gris. Mi proyecto no se entendía aún. Creo que ni lo entendía Benito. Él tenía otro.

AGUINIS: ¿Otro?

SARFATTI: El mío derivaba de mi juvenil utopía: la regeneración ética del país. Y esto no fascinaba a todos los fascistas. Yo debía formar un cenáculo o quizás una especie de laboratorio que siguiese nutriendo la nueva ideología, que aún no estaba del todo clara.

En Milán convertí mi casa en un centro de reuniones artísticas. Todos los jueves concurrían pintores, músicos, poetas, críticos, filósofos y hasta humoristas. Puede encontrar muchos testimonios en notas periodísticas o cartas de ese tiempo. Quizás le interese alguna del pintor argentino Emilio Pettoruti. Me describía como una anfitriona alegre que animaba las reuniones hasta la medianoche y luego invitaba a cenar. En una de ellas decía que yo era tan audaz que la presencia de un vigoroso industrial me inspiró la idea de comunicar que ese hombre ofrecía una beca por todo un año a dos pintores y que luego organizaría un banquete para presentar sus obras. El industrial me miró perplejo, pero no se atrevió a desmentirla y el proyecto se hizo realidad. Casi nadie se iba antes de las tres de la madrugada. Hasta Cesare se cansaba. Lancé la revista *Gerarchia*, que pronto se convirtió en la más importante de Italia. Lo digo sin vanidad, porque años después, cuando empezó la discriminación racial, esa revista fue un instrumento contra mi vida. También impulsé la iniciativa del Novecento Italiano. Fue inaugurado en el Palazzo Permanente de Milán. ¿Quién habló? ¡El Duce! No repitió las palabras con las que me ofendió cuando nos conocimos en *Avanti!*, cuando exclamó que no le interesaba el arte. Por el contrario, dijo que el arte es producto de una intensa disciplina. Que requiere esfuerzo, para no ser superficial o mercenario. Debe expresar a una Italia que sufrió guerras y construyó un régimen exitoso que supera a las desprolijas democracias. ¿Qué tal? Con esto mi influencia no dejaba de crecer.

AGUINIS: Por esa época usted viajó a Túnez.

SARFATTI: Exacto. Lo hice para difundir la ideología fascista, porque en ese país vivían unos cien mil italianos bajo la influencia colonial francesa. Fue un viaje muy grato, me embebí de la historia, cultura y arte que allí se habían desarrollado. En poco tiempo escribí un libro titulado *Tunisia*, cuyo prólogo fue escrito con placer, según afirmó, por Benito. Era una época en la que viajaba por Europa como embajadora cultural del curioso fascismo. Entre los papeles que reuní para ayudar a mi memoria, le muestro este, donde afirmo que a Holanda yo la llamaba Rembrandt; a Bélgica, James Ensor; a España, Goya y Velázquez; a Suecia, Selma Lagerlöf; a Viena, Klimt. Vinieron a verme periodistas de España en nombre de Ortega y Gasset y Rafael Alberti. Recibí a muchos extranjeros. No lo quiero cansar, por ahora menciono a Bernard Shaw, Josephine Baker, André Malraux. Mi proximidad con el Duce no era una condena... todavía. Cuando me atacaron por judía, retornaba a mi cabeza la visita de Albert Einstein. Le asombraba que una judía tuviese un rango tan elevado en un gobierno nacionalista como el de Mussolini. Mayor fue mi sorpresa cuando abrió el bulto que traía, tomó su violín y tocó un fragmento de una obra de Beethoven. Disculpe... debo frenar un poco.

AGUINIS: Sí, nos concedemos un rato, hasta que usted diga.

Margherita unió sus manos para evitar el ligero temblor que las sacudía. Mientras, yo la observaba, en silencio, esperando a que estuviera lista para continuar. Fueron unos instantes en los que el silencio nos envolvió con su peso.

SARFATTI: Continúo. En *Gerarchia* pretendí extender mi influencia más allá del palacio. En sus páginas vertía mis opiniones políticas, literarias y artísticas, que eran leídas en los más diversos círculos, también por los opositores. Gracias a la impúdica propaganda fascista, su tirada pudo alcanzar números gigantescos y se repartía por todos los ministerios, las universidades y las imprentas. También por varios países de Europa y América. A las cancillerías y los medios anglosajones ávidos de noticias sobre la vida del Duce, *Gerarchia* les proveía anécdotas. Todas las entrevistas y los reportajes que le pedían en forma creciente necesitaban recorrer previamente sus páginas. Otorgaban coherencia e interpretación a cada movimiento del régimen, así como a dar brillo a la leyenda del original líder que se alzaba sobre el mundo. Era la técnica impúdica del fascismo, del que aún yo no había tomado conciencia... para mi actual vergüenza. El fascismo se presentaba con matices atractivos. Mientras, por otro lado, aumentaba su autoritarismo, su fondo dictatorial. Benito no podía ser democrático, no podía compartir opiniones diferentes a las suyas. Simulaba amar la democracia para que el mundo avanzado lo apreciara. Simulaba aceptar medidas que parecían diferentes a las que él prefería. Simulaba. Danzaba con las leyes y finalmente imponía su voluntad.

AGUINIS: Entre ustedes había dos rutas, un buen contrapunto musical.

SARFATTI: Benito no dejaba de ser el antiguo periodista que se interesaba por los chismes que la prensa local e internacional transpiraba sobre su tarea. Pero lo cansaba la burocracia que se amontonaba cerca de su despacho y que llenaba dos salones. Dije bien: dos salones cargados de papeles. La mayoría se dedicaba a la traducción y simplificación de los correos. Para saltear muchos de los reportajes que podrían ser negativos, me llamaba por teléfono y yo le ofrecía una síntesis. También confiaba en mis juicios sobre la política extranjera. Tanto que cuando en diciembre de

1922, a poco de haber asumido, tuvo que viajar a Lausana para una conferencia internacional con las autoridades de Gran Bretaña y Francia para definir las reparaciones de guerra, me pidió que le redactase las propuestas que debía formular. Quería dar la impresión de ser un hombre informado. No obstante, le aburría desempeñar el papel de un negociador y optó por ceder esa tarea a los otros dos países. Él sabía mandar, pero no tener paciencia en serenas disputas. En negociar.

Después me contó que, mientras recorría en su automóvil las calles de esa ciudad, le asaltaron los recuerdos de su juventud miserable, cuando las transitaba casi descalzo con su carretilla provista de piedras o vinos ilegales. Por momentos le costaba aceptar que se había producido un cambio enorme y que vivía la realidad, no un sueño. Tras las sesiones diplomáticas, en las que procuró hablar poco, repitió su voluntad de alejarse. De esa actitud irracional se arrepentiría, desde luego.

Dedicó mucho tiempo, en una cena que compartimos con mi esposo, para burlarse de *monsieur* Poincaré, presidente de Francia. Narraré la anécdota con detalles; es colorida.

AGUINIS: Adelante.

SARFATTI: El banquete se había servido en un suntuoso hotel con grandes ventanales. Mucha gente se amontonaba en la calle para contemplar a los líderes del mundo. Cuando se aproximó el mozo con una enorme bandeja, resbaló y su bol cargado con puré de espinacas cayó sobre Poincaré. La mayor porción le cubrió la camisa, pero otros cremosos arroyos se deslizaron sobre sus pantalones y hasta le mancharon la barba. Desapareció la Legión de Honor y también sus numerosas condecoraciones. El presidente se incorporó con insultos que no todos entendieron por su significado, pero sí por su sonoridad. Hasta en la calle la gente saltó horrorizada. Benito me miró y recordó que yo le había asegurado que en Suiza funcionaban los más refinados servicios. Sonreí por su justa crítica y también lo hizo Cesare.

Pero no terminó. Alentado por el éxito de su descripción, agregó que a la mañana siguiente golpearon con discreción la puerta de su suite. La abrió y permitió el ingreso de un elegante funcionario del hotel. En italiano preguntó si estaba satisfecho con la seguridad policial, si había sido eficiente y no había obstruido sus desplazamientos. Se aproximó a la ventana y tendió la mano hacia el Grand Pont que unía las dos montañas de esa ciudad. Entonces Benito tuvo el placer de contarle que ese paisaje le recordaba a cuando fue arrestado por la policía años atrás, mientras dormía en la calle, como un mendigo. El elegante funcionario le contestó entrecerrando los ojos: "*C'est la vie, monsieur le President*".

Poco después viajó a Londres con el mismo propósito y también se alejó por la misma causa. Aún le faltaba sentirse cómodo en calidad de líder internacional. Tuve que hablarle muchas horas para hacerle asumir su nuevo papel. Yo era algo más que su asesora, quizá la madre que había muerto sin que Dios le hubiese pedido permiso, como ya conté.

Quizá como madre le advertí que debía abrigarse mejor, recordando la influenza que contrajo en el Berlín en 1919.

Lo convencí y me pidió que le comprase la ropa adecuada. En esos primeros días, con el poder a cuestas simulaba tener vergüenza por dejar los pañales y adquirir algo ostentoso. Al mismo tiempo, odiaba el frío y buscaba más confort. Le hice llevar un sobretodo de cuero. Le gustó, pero me dejó entrever que su imagen iba a parecer poco masculina. Esto incrementó su paso marcial, la altura de sus hombros y la hinchazón de su pecho. Mientras permaneció en Londres le telegrafié a diario con una síntesis de la prensa italiana e internacional. Daba la impresión de estar más interesado en la prensa provincial italiana que en los grandes acontecimientos mundiales. No dejaba sus primeros años. Le reproché: "¡Eres un periodista! ¡Siempre un periodista de pequeños diarios! ¡No pareces un jefe de Estado!".

Sin embargo, ya no era un periodista común: era un excitador de masas. Un actor que conseguía seducir, hipnotizar. En una ocasión, más adelante, lo advertí muy sosegado, sin que le asomara la fiebre de las candilejas. Me preguntó sobre Etiopía, mucho antes de la guerra. Era obvio que ya daba vueltas ese nombre. Cuando los gritos de abajo le reclamaron que saliese al balcón, yo fui hacia la ventana vecina y contemplé su perfil. Apareció con los brazos cruzados sobre el pecho y el mentón dirigido al cielo. Hizo señas reclamando silencio, hipócritamente, porque prefería que siguiesen los gritos. Pronunció unas treinta frases que no tenían una palabra nueva. La última convocaba a más gritos. Levantó los brazos y saludó a la manera de los cónsules romanos. Entró. Dijo a su secretario que permitiese el griterío, que no ordenase silencio. Se sentó y me propuso continuar la conversación desde el mismo punto en que la habíamos interrumpido. No aludió a la multitud. Para él fue un espectáculo, un incidente, un capítulo.

Por esa época se metió una visita peligrosa. Se trataba de un personaje desconocido que pretendía ser político y pintor, llamado Adolf Hitler.

Empezó a toser. Volvió a usar su pañuelo para contener ese acceso. También lo usó para secarse la frente. Cerró los ojos y movió la cabeza inundada por una repentina pesadilla. Intenté levantarme para acudir en su ayuda, pero me pidió con la mano que no me moviese. Miró en derredor y se detuvo en un florero cercano, como si se tratara de un auxilio vital o perfumado que le prestaría la asistencia necesaria. Su cerebro incorporaba recuerdos, ideas, miedo y repudio. Frenamos con otro silencio que era necesario para ambos, antes de seguir. Al cabo de unos minutos, que no registré, volvimos al reportaje.

SEIS

AGUINIS: Me interesa su primer encuentro con Hitler.

SARFATTI: Ese agitador político tenía poco relieve y solo conseguía éxito en las cervecerías de Munich. Pudo acercarse a Benito mediante trucos. Salteó custodios y logró hablar con él unos veinte minutos. Le contó que exaltaba el entusiasmo cuando atribuía a los judíos todos los males del universo. Ignoraba que yo era judía y Benito me contaría este chisme como un dato de color. A Hitler lo refutó diciéndole que los judíos no representaban peligro alguno para Italia. Además, que miraba con simpatía a un periodista vienés, llamado Teodoro Herzl, que había puesto en marcha una organización denominada sionista, cuyo propósito era llevar adelante el sueño de reconstruir el viejo Estado judío en la tierra ancestral. Su objetivo consistía en conducir hacia allí a los judíos perseguidos, en especial a los de Europa oriental. Me agradó que Benito estuviese bien informado sobre la situación judía de esos años. No me dijo cuál fue la reacción de Hitler en ese momento, pero estaba contento de haberle dado una bofetada a ese gritón ridículo, con un bigotito eléctrico más ridículo aún.

Benito no fue un antisemita consciente, hasta transformarlo en consciente cuando así le obligaron las circunstancias. Tampoco lo son los populismos mientras la judeofobia no signifique una ganancia. Era un oportunista en el más estricto sentido de la palabra, como vengo diciendo. Este rasgo se mantuvo vigente en todas las formas del fascismo, llámense de derecha o de izquierda, de su tiempo y del futuro. Ya en 1919, antes de tomar el poder, fue sincero al describir su ideología en un acto realizado en la plaza Santo Sepolcro. Con razón los historiadores definen ese acto como el nacimiento oficial del fascismo. Proclamó en esa oportunidad: "Nos damos el lujo de ser aristocráticos y democráticos, reaccionarios y revolucionarios, legalistas e ilegalistas, de acuerdo a la circunstancia del tiempo, del lugar y del ambiente en la que estemos obligados a vivir y actuar".

AGUINIS: Varias veces me pregunté sobre su viaje a los Estados Unidos, que la alejaba por primera vez de la dominante Europa. ¿Fue importante?

SARFATTI: Mucho. ¿Me da tiempo para contarle?

AGUINIS: Claro que sí. Tómese los minutos que necesite.

SARFATTI: Bien. En 1934 visité ese país. Lo hice acompañada por mi amigo Nicholas Murray Butler, conocido pedagogo y político, que en 1931 había recibido el premio Nobel de la Paz. Habíamos sostenido largas conversaciones sobre arte, historia y pedagogía, y luego frecuente correspondencia. Cuando llegamos a New York, nos abordaron muchos periodistas, más por mí que por él. El régimen fascista suscitaba curiosidad. Roma se estaba convirtiendo en una capital muy atractiva, recuperaba el imán de los tiempos antiguos. Me alojé en el Waldorf Astoria, que era uno de los mejores hoteles y mantuvo durante mucho tiempo un enorme prestigio. Una cadena de radio me convocó enseguida a un reportaje para saber cómo Italia se sobrepuso de la Guerra. Les sorprendió mi fluido inglés con acento británico, tal como lo habíamos practicado como un juego por iniciativa de mi abuela, junto a los canales venecianos. Comenté que gracias a Mussolini se evitó el sanguinario stalinismo; nuestros programas sociales y políticos eran superiores al bolchevismo opresor. Entre las inevitables críticas preguntaron sobre el autoritarismo de Mussolini. Yo estaba preparada para justificar ciertas medidas, porque ordenaban la vida de los indisciplinados italianos y facilitaron el crecimiento económico del país. El fascismo permitió que se atendieran los intereses del pueblo en todos los órdenes. Acentué con datos el generoso apoyo de Mussolini a las artes. Me organizaron conferencias y cenas, donde pude lucir hechos concretos. Fueron horas que disfruté mucho. Mi devoción por las artes, su historia, conflictos, altibajos y secretos fueron el material inagotable que regaron las horas de mis conferencias, las páginas de mis artículos, el interés que generaban mis clases, la energía que hacían inagotable mi interés por todo lo pasado, lo actual y las sospechas que me brotaban sobre las tendencias que se abrirían camino. Quienes compraban obras de arte por especulación financiera estaban tan interesados en mis opiniones como los expertos distantes del dinero.

Hablé ante audiencias calificadas, me sentía cómoda y afirmé que el fascismo era la mejor alternativa para los problemas mundiales. Dije eso... ¿Qué le parece ahora? Repetía que era un movimiento que favorecía a todos los sectores. ¡Explícito populismo! Los italianos dejaron de amar las urnas porque los guiaba un líder que las superaba. Las elecciones eran innecesarias; Mussolini era un hombre de extraordinaria visión, coraje y nobleza. En el público, a veces sorprendido, no afloraba el franco apoyo que yo deseaba, pero tampoco un repudio. Mis frases, el tono de mi voz y el inglés con acento británico que fluía de mi boca eran atractivos.

Después de dos semanas partí hacia Washington.

AGUINIS: ¿Cómo fue su encuentro con el presidente Roosevelt?

SARFATTI: Esperaba esa invitación. Cuando llegó, no dejó de estremecerme. La recibí apenas arribé. Me acogerían en la Casa Blanca el próximo domingo, para un té.

AGUINIS: ¿Estaría su esposa?

SARFATTI: Claro. Nos sentamos en torno a una mesa circular e intercambiamos las anodinas frases de saludo. Fue Eleanor quien mantuvo la mayor dureza, por su insistencia en el autoritarismo de Benito. Hablaba con un tono cordial, pero firme. Eleanor fue siempre una ardiente defensora de la democracia. El presidente, en cambio, se esmeró en crear un clima relajado. Lo hizo refiriéndose a las bellezas de Italia, tanto sus paisajes y ciudades como sus tesoros artísticos. Los conocía bien porque los recorrió como mochilero, antes de la enfermedad que lo postró en una silla de ruedas. Después abordamos la situación internacional. Hitler llevaba un año en el gobierno y el presidente manifestó estar convencido de que extremaría sus apetitos de expansión territorial. No dudaba de su próxima invasión a Austria. Yo la negué, pero él y su esposa insistieron. Rogaron que influyera sobre Mussolini para impedir semejante paso. Italia había prometido la defensa de la independencia austríaca y ellos esperaban que semejante promesa se cumpliera. Yo les aseguré que así sería, sin sospechar mi error, porque poco después, con la excusa del "espacio vital", Austria caería bajo el peso de la bota nazi sin disparar un solo tiro. También hablamos sobre economía. Roosevelt reconoció que Estados Unidos pasaba por épocas difíciles. Pero que su país saldría adelante con el firme apoyo a la iniciativa privada, un camino diferente al del fascismo, que propugnaba una incesante hipertrofia del Estado mediante demagógicas estatizaciones. Roosevelt agregó: "Soy contrario a los subsidios para los desocupados, porque desacostumbran a trabajar". Ese concepto sigue nublando la cabeza de los populismos, porque atrapan el gusto por la molicie y consiguen la adhesión de las masas ignorantes. Hasta pretende representar la democracia, pero solo consigue pudrir la democracia y endiosar a los corruptos. Un Estado sobredimensionado termina en el autoritarismo y el aumento de la pobreza. Basta con recorrer los mapas y la historia.

Miré los ojos de mis contertulios, que se mostraban seguros y esperanzados en la democracia, el valor de la propiedad privada, la libertad y un Estado con límites en su función. La entrevista duró una hora, con los mínimos silencios que exigían los sorbos del té. Cuando se consideró terminado el encuentro, dos colaboradores levantaron al presidente, que se apoyó en sus muletas para darme la mano. Fue un gesto muy afectuoso. Era evidente que le había gustado mi persona y confiaba en mis valores, cercanos a los suyos, pese a una transitoria diferencia. Ese recuerdo me consuela. Eleanor también me saludó con simpatía, aunque la incomodaba mi defensa de Mussolini.

AGUINIS: ¿Qué pasó después?

SARFATTI: Seguí el programa que se había dibujado entre Roma y nuestras embajadas. Era denso. Primero viajé a Cuba, que pasaba por una época inestable. Gobernaba el coronel Fulgencio Batista después de varios golpes de Estado. Era un país hermoso. Batista me invitó a cenar y explicó de forma infantil que el sostén de la economía cubana era la producción de azúcar, vendida a su principal comprador, los Estados Unidos. De ahí su vínculo tan estrecho. De Cuba me desplacé a México, donde fui acompañada por el célebre muralista Diego Rivera y su esposa Frida Kahlo. Nos habíamos conocido en París, varios años atrás. Rivera se interesó por el increíble éxito del fascismo y me confesó que seguía siendo trotskista. Su mentalidad revolucionaria lo indujo a pintar un mural donde dejaba mal a los fascistas. Lo miré asombrada, pero era cierto. En ese mural aparecían Camisas Negras fusilando a quienes se oponían a Mussolini. Le expresé mi desagrado, pero continuamos conversando. Tras un intercambio de ideas, le aseguré que podría encontrar buen asilo en Italia cuando fuese expulsado del resto del mundo. Su corpulento físico rio con fuerza, me consideró una bromista. En México disfruté mi recorrido por sus museos y las ruinas del tiempo prehispánico, que había estudiado mucho y sobre el cual di varias conferencias. Las veía por primera vez y las gocé como Napoleón cuando se enfrentó con las pirámides egipcias y dijo, más o menos: "Dos mil años nos contemplan". Con Frida tuvimos un par de encuentros para hablar de la igualdad con el varón, que era urgente conseguir. Parecía una batalla que costaría mucho. El feminismo era una lucha incipiente y Benito se había convertido en un enemigo feroz. Así pensaba desde joven y la tendencia creció en lugar de disminuir. Horrible: las mujeres solo servían para el placer y la demografía. Hasta ahora me sorprende la existencia de mujeres fascistas. ¿Sigo?

AGUINIS: Por supuesto.

SARFATTI: Mi siguiente escala fue California. Estamos en la década del 30.

AGUINIS: Sí. Aunque este reportaje, como acordamos, excede su propia vida, Margherita. Va para atrás y en diferentes momentos lo llevamos hacia adelante. Es un reportaje serio, documentado, pero que salta también a su futuro, como si su futuro fuera también su pasado.

SARFATTI: Algo surrealista. O mágico. Está bien. No se me ocurre el nombre. Prosigo. Viene algo muy interesante. En California pasé un fin de semana como invitada del magnate periodístico William Randolph Hearst, en su famoso rancho San Simeon. Me recibió con todos los honores. Al descender del avión y tras un imprescindible intervalo, me guió personalmente hacia la cima de una montaña, de cara al océano Pacífico. Lo contemplé con el placer de un descubrimiento. Después recorrimos parte de su zoológico con miles de cabezas de ganado. No miré a todos los animales, por supuesto. Después contemplé las fachadas de algunos palacios para sus huéspedes, jardines profusamente decorados con estatuas de diversos estilos que reproducían las del Imperio Romano y la Europa medieval. Mientras caminábamos, su mano chocaba contra mi pierna izquierda. Parecía casual, pero entendía su insinuación. Yo simulaba ignorarlo, hasta que se volvió demasiado frecuente y apunté sus ojos. Me devolvió la mirada y enseguida entendió que se equivocaba. A partir de ese momento se limitó a enviarme el suave pétalo de un elogio a mis cabellos, que él tenía siempre en cuenta. Lo dijo también al pasar, porque un periodista no debe perder detalle alguno. Más adelante señaló que mis ojos eran tan bellos como los paisajes y objetos que yo elogiaba.

Tras beber unas copas y concedernos otro descanso fuimos a su biblioteca e hicimos una veloz recorrida por su museo con obras que había traído de diversas partes del mundo. Ese hombre era un pulpo. Se lo dije y soltó una carcajada. Me senté en un sofá para darme el tercer imprescindible respiro. Yo me preguntaba si vivía en un sueño. Eso no era Europa, sino la poco conocida América.

Después, como era de esperar, me invitó a reposar en uno de sus dormitorios y refrescarme en la piscina. Me cambié de ropa para gozar una distendida cena. Pero no fue distendida, porque dialogamos sobre las ventajas y desventajas que podría aportar el fascismo al mundo. Como buen periodista, conocía la intimidad de nuestro gobierno. Y muchos de sus pecados. Llegó a crear más de veinte diarios y dieciocho revistas. Era agudo en las conversaciones. También dictó guiones para el cine. Hasta se filmó una película sobre su vida y desempeño que se tituló *El ciudadano Kane*, con Orson Welles como director y protagonista. Tuve que realizar malabarismos para salir indemne de sus críticas, algo demasiado pretencioso a esa altura de los acontecimientos mundiales. Entre sus acrobacias figuró el himno fascista, cuyo estribillo sonaba infantil y pagano: *"Per Benito Mussolini e por la nostra Patria bella"*. La adoración del líder fue imitada por muchos regímenes. Es el verso hipnótico de casi todos los populismos.

Me ofreció su avión de tres motores para recorrer Los Angeles desde el aire. Reconozco que fue una visita muy instructiva, porque tomé conciencia del poder económico, político y social que se estaba desarrollando en el que solíamos llamar "nuevo mundo". Nos despedimos correctamente, acompañó su estrechón de manos con un guiño e intentó darme un beso en la mejilla, que yo acepté sin el falso pudor que todavía era frecuente. Luego, con el dinero de los consulados italianos, recorrí San Francisco, Salt Lake City, Chicago, Buffalo, Philadelphia, Boston y finalmente New York. Los libros y folletos que había leído sobre este país resultaban anémicos ante la transfusión de sangre que recibí en ese recorrido. El pago que yo recibía no era considerado corrupción porque trabajaba para mi régimen. Tampoco me hacía falta, mi fortuna sobraba, pero aceptaba ese dinero para afirmar el vínculo entre mi persona y el fascismo gobernante. En cada escala hablaba con la prensa, que solía esperarme ansiosa, y en algunas importantes ciudades dictaba una conferencia sobre arte o política. El fascismo generaba mucho interés y comenzaba a suscitar debates. Mussolini estaba en el punto más alto de su prestigio. Su personalidad, sus fotografías, sus poses y sus discursos atraían y generaban sospechas, si bien su creciente ligadura con Hitler caía mal. También a mí, por supuesto, pero no lo podía decir abiertamente.

Luego de dos meses intensos y felices llegó la fecha del retorno. Lo hice en el trasatlántico *Conte di Savoia*. Provista de varios cuadernos, describí la situación política, cultural y social de Estados Unidos. También la militar, por el clima bélico que ya proponía el eléctrico bigotito de Hitler. Procuré que algunas de esas páginas le llegasen a Benito antes de nuestro reencuentro personal. Lo hice porque me había enterado de la reunión que se preparaba entre él y el enloquecido canciller alemán. Ese encuentro, por rara decisión de los dioses, se iba a celebrar en mi amada Venecia. Ambos líderes se verían las caras por primera vez, caminando por la cima del poder. Ya era junio de 1934.

Hitler admiraba a Mussolini y Mussolini aún rechazaba, a medias, los delirios raciales de Hitler.

AGUINIS: Retornemos un poco. Supongo que estaba enterada de los cambios que se apoderaron de Alemania, en especial su política interior y exterior tras los años que sucedieron a la Primera Guerra Mundial.

SARFATTI: Alemania había comenzado a mejorar antes de Hitler gracias a la acción de estadistas como Walther Rathenau. Pero existía un gran resentimiento. Yo había conocido diplomáticos alemanes cultos que percibían el peligro de ese agitador paranoico llamado Hitler, al que muchos reducían al papel de un payaso. Era muy agresivo y repetía las consignas de unir nacionalismo y socialismo, como lo hacíamos en Italia. De ahí su insistencia en unir el fascismo italiano con el naciente nacionalsocialismo alemán. Pero agregaba feroces acusaciones contra los judíos que ponían al rojo el arcaico antisemitismo europeo. Esos diplomáticos asistían a mi salón en Milán, que continuó vibrando con artistas, intelectuales y políticos en esa época tan confusa. El nuestro era el rostro más atractivo del nuevo régimen. Con el avance de los años comprendí el acierto de esos diplomáticos alemanes y comencé a prevenir a Benito sobre la influencia negativa que podría representar para su ideología la adhesión de ese pintor mediocre. Asociar nacionalismo con mejoras sociales era el carozo original del fascismo, claro.

AGUINIS: ¿Se lo advirtió?

SARFATTI: Sí, muchas veces. Pero tampoco yo tenía una claridad tajante. Por el momento parecía el mejor camino. Ambos gobiernos unían las aspiraciones sociales con el orgullo nacional. Coincidíamos, aunque no en el autoritarismo y la violencia. Benito se oponía a los dos defectos. Mentira. La mentira y la ausencia de culpa residían en el fondo de su psiquismo y en el fondo del populismo. Lo atraía con ferocidad el poder. Y yo estaba demasiado enamorada para darme cuenta. Pese a ello, requería de continuo mi presencia. Lo repito porque era fuerte. No le alcanzaban nuestras largas comunicaciones telefónicas y hasta lanzaba algunas pullas sobre la mundanidad de mi salón milanés. Cuando sus tareas lo obligaban a pasar por el norte, me proponía aislarnos en Il Soldo. Allí cabalgábamos por los senderos arbolados y luego nos distendíamos en el colorido tapiz de nuestros sueños políticos. A veces rodábamos como adolescentes en el tupido pasto de las zonas más ocultas. Benito observaba lo próximo y lo lejano. Advirtió los defectos de muchos caminos y ordenó planificar la construcción de una autopista entre Milán y el lago de Como, una zona que aprendió a amar. Esa gran autopista fue la primera del mundo. Debemos reconocerlo. Mi hija Fiammetta solía acompañarnos muchas veces. Era obvio que nos cuidábamos de revelarle los desenfrenos eróticos que nos atacaban al sentirnos solos, escondidos de su obsesiva guardia. Aprovechábamos cuando se hallaba dormida. El vínculo de Fiammetta con Benito era cálido y hasta se ocupaba algunas veces de leerle por teléfono la síntesis de mis análisis sobre la prensa europea. Fue curioso que pasara más tiempo con Fiammetta que con su propia hija Edda, de la misma edad, y que llegaría a ser muy importante en las volteretas de su gestión.

En un atardecer recordó una de mis deudas. Le había prometido los nombres de parejas célebres que se deleitaban junto al lago de Como, tanto en el pasado como en el porvenir. Se burlaba de la capacidad mágica de mi memoria sobre el futuro, en la que no creía. Le cité entonces varios nombres empezando con Elizabeth Taylor y Nicky Hilton. Otra pareja muy recordada fue la de Rita Hayworth con Orson Welles. También Ava Gardner con Frank Sinatra. Ni hablar de Clark Gable con Carol Lombard. Más cerca de ellos se cita a Aristóteles Onassis con Maria Callas. Algo mareado, Benito se incorporó, hizo caricias sobre un conjunto de rododendros y propuso volver.

AGUINIS: También cabalgaban cerca de Roma. No me conforma que esos recreos se limitasen al norte.

SARFATTI: No fui precisa. Perdón. En abril del año siguiente nos regalamos también una cabalgata por la Via Appia, vigilados a cierta distancia por su guardia personal. El aire se doraba por momentos. A nuestro alrededor se elevaban los cipreses y se sucedían restos de las estatuas de mármol romano, testimonio de la grandeza que se abandonó. En una ocasión empezó a monologar sobre la eternidad. En nosotros latía la expectativa sobre el amanecer de un nuevo tiempo, tan vigoroso y duradero como el que testimoniaba ese paisaje. Decía anhelar justicia, unidad y paz, como yo. Era creciente el número de italianos que lo apreciaba como conductor. Su pecho se inflaba y su cuadrada mandíbula giraba hacia el cielo.

Me dijo que surgiría un hombre tan poderoso que nadie podría superarlo. Tras un largo tramo le pregunté quién podría ser finalmente tan superior, porque nadie vive eternamente. Lanzó una carcajada: "Mi sucesor vivirá eternamente". Después espoleó su blanco caballo árabe obsequiado por el panzón rey Fuad de Egipto, salió del camino y avanzó entre los pastizales. Nuestros custodios tuvieron que arreglárselas con fastidio.

Otro dato sobre el crecimiento de su ego: los fotógrafos debían seguirlo cuando nadaba para exaltar sus músculos y hacerlo parecer más joven. Muchos comentarios empezaron a referirse al Adonis que en esos momentos dirigía Italia. Cuando quería mostrarse junto a los trabajadores, aparecía con el torso desnudo. A menudo lo acompañaban campesinos y campesinas, felices de medirse con el líder. Pero a veces muchas de esas personas eran funcionarios de bajo nivel que recibían un obsequio por disfrazarse y simular trabajos de labranza. La policía, preocupada por la osadía del Duce, también cambiaba sus ropas para no desentonar.

AGUINIS: ¿Amaba los deportes?

SARFATTI: No demasiado. No eran un motivo de placer; tampoco el relajamiento o el desarrollo de la agilidad. Solo le importaban como competencia, por ejemplo la lucha para ser el primero. Incluso cuando jugaba croquet con los hijos en la intimidad de mis residencias. Pero al advertir

148

que no ganaba, se acordaba de un urgente llamado telefónico para interrumpir o simplemente gritaba: "¡Dejemos esto ahora, me aburrí!".

El mensajero de *Il Popolo d'Italia* fue contratado para enseñarle a manejar autos. Era lo único que ese humilde hombre sabía hacer, además de llevar paquetes a domicilio. Benito necesitaba que lo rodeara gente servil. De modo análogo se comportaba con sus ministros. Quien sobresalía o insinuaba superarlo caía en desgracia. No cedían sus complejos de infancia.

AGUINIS: Pero usted era superior en cultura, información, relaciones de alto nivel.

SARFATTI: Yo era una inexplicable excepción. Él tenía conciencia de la grieta, que no le molestaba, porque le servía. Ensayamos raras explicaciones, todas insuficientes. Quizá lo serenaba el hecho de que yo era mujer, es decir alguien inferior para la mentalidad dominante. Inferior sin remedio.

AGUINIS: ¿Sus méritos no le afectaban el orgullo?

SARFATTI: Algunas zonas de su orgullo estaban amordazadas, otras se evidenciaban sin pudor. Prohibió, por ejemplo, mencionar su edad. Era un superhombre. Cuando llegaba la fecha de su cumpleaños desaparecía de Roma. También prohibió mencionar a sus nietos. En sus numerosas fotografías acompañado por familiares, los nietos debían permanecer lejos. En cambio se permitía revelar detalles sobre sus hijos más pequeños. Tampoco estaba permitido comentar las enfermedades de su familia. Todo lo que derivaba del Duce estaba lejos de las miserias humanas. Su hija menor contrajo poliomielitis y fue sacada de las diversas formas de publicidad política, aunque antes se la había utilizado para ejemplificar el crecimiento demográfico. Nada vinculado con la infelicidad podía contaminarlo. La vanidad se mezclaba con pruebas de su nivel olímpico.

AGUINIS: Tengo datos de que para las elecciones parlamentarias de 1926 los Camisas Negras cayeron con violencia contra las diversas fracciones de la oposición. El éxito los enardeció. Eran la expresión más elocuente del fascismo profundo. Algo que producía miedo. La ropa negra asustaba desde lejos. Se sospechaba que era el uniforme que usaban quienes aplicaban torturas. Lograron que muchos electores no se animasen a votar. De la democracia iba quedando poco. Hubo protestas en las universidades y en el Congreso, pero no consiguieron acallar las oscuras turbas. *Gerarchia* interpretó que los enfrentamientos se debían al contraste entre las viejas formas de pensar y la primavera que aportaba el fascismo. Se citaba mucho al sindicalista francés Georges Sorel, que justificaba la violencia cuando se ponía en práctica para demoler el viejo orden. Sorel no era un gran teórico, pero la brutalidad que se asociaba con su prédica había comenzado a fascinar a Benito.

SARFATTI: Es cierto. En una ocasión dijo: "También un dictador puede ser querido, al mismo tiempo que le teme la multitud. La multitud ama al hombre fuerte. La multitud es una mujer". Me avergüenza confesar que por esos días yo aún no criticaba con suficiente energía semejantes desvaríos. Fíjese: ahora me paso las manos por las mejillas y arden.

AGUINIS: Otras pastillas que confirman sus palabras. Mussolini dijo en privado y en público: "El pueblo no tiene que aprender a pensar; yo pienso por él; lo único que le cabe es obedecer". En esto fue sincero y, en apariencia, objetivo. Constituye la clave de todos los dictadores. Y de los populismos que ahora crecen en el mundo.

SARFATTI: Coincido. La educación debía orientarse según esta decisión: un pueblo sometido a su líder; es decir, un pueblo que prefiere el rol del rebaño. Entre mis lecturas posteriores me conmovió un pensamiento de Baruj Spinoza: "¿Por qué los hombres luchan por su servidumbre como si fuese por su redención?". Comprendí tarde que el fascismo empuja hacia la servidumbre y estimula una falsa alegría para aumentar la servidumbre como si fuese una liberación. Horrible paradoja que reproducen los populismos. Semejante tragedia se viene repitiendo desde la oscura prehistoria y amenaza con proseguir durante mucho tiempo más. Los tiranos que le precedieron y continuarán responden a este esquema. Una profunda fijación a las características de la tribu. Y más atrás, de la zoología, me parece.

AGUINIS: Además de los intercambios ideológicos, ¿mantuvieron encuentros o discusiones con los ascendentes líderes que iba produciendo el fascismo?

SARFATTI: Por supuesto. Pero muy pocas, porque no había muchos líderes. Benito los opacaba. Eran relaciones a distancia. A ellos tampoco les gustaba la influencia de una mujer. Desconfiaban de mis opiniones. Tanto es así que tras un encuentro con las cabezas del fascismo de toda Italia en Roma, acordamos que Benito viniera a visitarme en Milán y convidara a los principales líderes. Milán era "mi" capital. Pero el propósito de hacerme confidente con ellos fracasó. Aunque yo no esperaba mucho. En Milán, lejos de donde había estado la redacción de *Avanti!*, me invitó a cenar en su departamento oficial, que incluía la terraza del Palazzo Tittoni de Via Rasella. Lo exaltaba una novedosa felicidad. Me explicó que el desarrollo de esas sesiones con las cabezas del fascismo había sido muy grato. Yo no entendía. Lo transportó al éxtasis la pregunta de un joven capitán, a quien apenas conocía. Ese joven le preguntó si podía darle una consigna sobre el ideal de la vida fascista. "¿Una consigna?", repitió Benito. "Sí, una consigna". Entonces se acordó de Nietzsche, a quien siempre había admirado. Dijo en voz alta: "¡Importa vivir peligrosamente!". Y agregó en un tono más bajo: "Ahí se nota el superhombre".

Después permanecimos en la terraza disfrutando la brisa, envueltos con abrigos. Comentamos la armonía del cielo, que correspondía al arpegiado encendido de las luces de centenares de ventanas a nuestros pies. Podíamos observar el movimiento de algunos habitantes en sus departamentos. Al rato comenté algo que no le agradó: "Más aprecio en Nietzsche la energía de su cautivador estilo poético".

Entonces me miró asombrado y no estuvo de acuerdo. Calló, apretó los dientes. No quiso seguir hablando, porque cerró los ojos y levantó la colcha hasta taparse la cara. Unos minutos después la arrojó de un puntapié y aceptó que había sido un gran literato, pero que escribió párrafos geniales, como que "allí donde hay vida hay voluntad de poder". "Esa frase no es solo literatura", afirmó.

A lo que yo contesté: "Fue muy diverso y no creó un sistema filosófico". "Su pensamiento supera a los sistemas. Voló más allá", dijo Benito con seguridad. "Por eso confunde", argumenté. "Confunde a quienes desean verlo como se ve a los demás pensadores. Los supera". Yo no iba detenerme: "Ocurre que Nietzsche fue autoritario y democrático, hasta un teólogo que se manifiesta ateo. Cambia, se reinventa. Pretende construir una coherencia que no tiene y semejante búsqueda nos tranquiliza. Por eso consiguió tanta difusión. O atracción", opiné. "Tiene el mérito de haber escrito a pesar de sus enfermedades", siguió. "No lo niego, pero no lo aprecio como un mar que permite navegar, sino como una tormenta que asusta, despierta, desmaya y fuerza a comprimir los remos". "No nos pondremos de acuerdo. Prefiero dormir", dijo y volvió a taparse.

AGUINIS: Un duelo de argumentos en el dormitorio.

SARFATTI: Sí. Y veinte años más adelante Benito le comentó a Hitler su devoción por el poder y que esa devoción lo unía a Nietzsche. Al Führer le complació semejante ligadura y ordenó enviarle una colección de sus obras completas.

¡Qué horribles vericuetos empezaban a rodar en nuestros vínculos intelectuales! Cada vez siento más opresión. Y me arden más las mejillas.

AGUINIS: Nietzsche no fue un enamorado del autoritarismo pero, curiosamente, los autoritarismos se enamoraron de él.

SARFATTI: Podríamos hablar mucho sobre ese pensador tan laberíntico y agobiado, pero nos alejaríamos del objetivo que nos tiene atados en este reportaje.

AGUINIS: Tiene razón. Regresemos al tiempo que nos ocupaba.

SARFATTI: Bueno. Propongo regresar al año 1924. Fue el peor de mi vida. Lo digo sin rodeos.

AGUINIS: ¿El peor?

SIETE

SARFATTI: Sí, el peor año de mi vida. Empezó con la muerte de Cesare. Me partió la cabeza. Además, se sucedían problemas por la frágil salud de mis dos hijos. Los médicos no coincidían en los diagnósticos. Eran dolores sumados a insomnios y permanente irritación. Tenían evidente angustia, originada por la muerte del padre y mi propia inestabilidad. Los médicos proponían demasiados medicamentos para justificar las consultas. Como resultado de semejante clima suspendí las reuniones sociales, no tenía fuerzas para elegir los invitados ni proponer temas. También dejé de escribir mis colaboraciones literarias. Evitaba las conversaciones con Benito, tratando de mantener, sin embargo, una buena relación mediante esforzados consejos políticos breves. Al cabo de unos meses mejoramos, aunque dejamos de ser los mismos. Benito también estaba cambiando. Tal como se dice ahora, las patologías se debían al sufrimiento de nuestro psiquismo. Tratábamos de ignorarlo, de suponer que todo marchaba en la buena dirección. Mejoramos solos con el correr del tiempo. Así ocurre en estos casos, según nos estaba enseñando el original austríaco Sigmund Freud.

La muerte de Cesare también afectó a Benito. Quedó desprovisto de un pilar racional potente. Fue uno de los más firmes apoyos que tuvo en su carrera y, en especial, de los ideales que iluminaron sus comienzos. Fue un apoyo racional, como dije, y por eso no lo escuchó debidamente.

AGUINIS: Cesare pesó por su intermedio, Margherita.

SARFATTI: Y mi insistencia. O ceguera. Nuestra ilusión no alcanzó a percibir el veneno profundo del entonces prometedor fascismo. ¿Recuerda que Cesare defendió a Benito ante la justicia poco después de conocernos? En ese tiempo, Benito militaba en la izquierda y enfrentaba a los enemigos del socialismo. Más adelante, siguiéndolo en su vuelta de campana, lo defendió contra los ataques que le propinaron los mismos socialistas, porque vislumbraban la basura que contenía su ideología llena de contradicciones. Tras el deceso de Cesare, Benito requirió una ayuda redoblada. Una parte positiva de su mentalidad quedó vacía. Aumentó la frecuencia de su correspondencia, telegramas y llamadas telefónicas. Mucho auxilio. En contra de mi voluntad, volvió a crecer mi trabajo, que yo quería disminuir. Eso, sin embargo, me ayudó a elaborar el duelo.

Benito insistía, en privado, sobre la culpa de sus numerosas enfermedades, en especial la sífilis curada. Eso lo convirtió en un experto en brujas. Era un trozo de su paranoia. "Vivo atacado por ellas", afirmaba con enredos de increíble superstición; su cultura y ateísmo no lo ayudaban a separarse de los disparates. "Debería romper el hechizo", declamaba. En esa época yo había escrito mi libro sobre

Túnez y él tuvo la gentileza de añadirle un prólogo con el seudónimo de Latinus, como ya conté. Era una obra breve, basada en una anterior visita a ese territorio. Anunciaba la perspectiva de reconstruir el antiguo Imperio Romano a partir de una dominación de todas las costas mediterráneas. Esa novelesca idea de reconstruir el Imperio Romano prendió en su cabeza y lo iba a llevar hacia ridículas aventuras. También en esto cargo culpa. Cuando lo contradecía, apretaba el ceño, sus ojos se encendían como los de un tigre.

Le obsesionaba la estatura política de Julio César. Lo consideraba el mejor líder de la historia, superior a los míticos griegos. Conducía ejércitos, ganaba batallas, escribía páginas ejemplares, enamoraba a las mujeres, creó un imperio destinado a durar siglos. Cuando derrotó a Pompeyo, que fue su enorme adversario, no celebró ese triunfo, sino que ordenó brindarle un sepelio brillante, pleno de honores. Confieso que esa referencia de Benito me estremeció y apreté su mano. Agradeció mi gesto, giró la cabeza y me besó tiernamente la mejilla. Hacía tiempo que no reaccionaba de esa forma. Esas conversaciones me relajaban. Pero no era fácil romper las ironías de nuestro destino. En silencio me burlaba de sus supersticiones, que a él le servían.

Luego de varias y muy breves excursiones políticas por el norte y sur de mi país, decidí visitar España. Fue antes de su guerra civil. La recorrí con embeleso gracias a su historia y arte, sobre los que había leído mucho. Pero allí me quebré una pierna. También tuvo un esguince mi hijo, que me acompañaba. El médico que nos atendió dijo que admiraba las teorías de Sigmund Freud. Opinó que mi torpeza se debía a los conflictos políticos que me atormentaban. Lo contemplé con asombro, porque sabía de mi posición y dijo que no simpatizaba con el fascismo. Sus ojos amables se detuvieron en los míos, esperando respuesta. Luego de eso, afirmó con pena que debía someterme a una cirugía. En ese momento solo podía ajustar la fractura con firme vendaje, pero no era suficiente. Sin la cirugía se soldaría un callo deformante y no podría recuperar la marcha normal. Lamentaba formular ese diagnóstico.

Con pesadumbre viajé de regreso a Génova, en cuyo puerto me esperaron muchos amigos. Me abrazaron y preguntaron a repetición sobre mi fractura. Yo hubiese deseado contarles sobre el arte moro y las bellezas de Granada, Córdoba y Sevilla. Varios de ellos formaron una caravana de autos y me acompañaron de regreso a Milán. Allí repartí algunos objetos que traje de recuerdo. El esguince de mi hijo había cedido. De inmediato fui a mi médico de confianza, que confirmó las palabras del español. Se programaron los pasos que debía seguir. Mientras me atendían pude enterarme de las novedades políticas que sacudían los intestinos de Italia.

AGUINIS: Cuénteme.

SARFATTI: Bueno, era impresionante que en las elecciones la lista fascista hubiera obtenido más de dos tercios de los votos, suficientes para dominar el Parlamento. Extraordinario, ¿no? Llegaba a la cúspide de su ascenso. Benito podía gobernar cómodo y sin apartarse de las normas que exige una democracia. Pero ya le molestaba la democracia. Se sentía demasiado poderoso para tolerar objeciones a sus propuestas o simplemente a sus ideas. A esa altura de su trayectoria ni siquiera consideraba necesario excusar su desmesura, sino que la desmesura constituía parte de su cesáreo perfil. Esto no me gustaba. "Tienes que recordar la humildad de los grandes hombres", dije. "Los grandes hombres no fueron grandes por la humildad, sino por sus obras", replicó.

En el Congreso declaró que, por el momento, toleraría muchas insolencias, pero que ya estaba en condiciones de disolverlo y echar a todos los legisladores en caso de que tuvieran la osadía de perturbar sus mandatos. Dibujaba los cimientos del populismo universal. Consideraba que con esas palabras empezaría por acallar a los diputados de la izquierda. Semejante osadía se propagó en el mundo y su imagen tembló. Mussolini parecía un dirigente invencible. Causaba admiración. Sus ideas importaban menos que su apostura impresionante: brazos cruzados sobre el pecho y mentón levantado. Por otra parte, aumentaba su autoritarismo.

En el fondo no era tan olímpico. Uno de quienes dudaban de su grandeza era el fundador del Partido Comunista Italiano y valiente perfeccionador del marxismo, tal como se comentaba. Era poco agraciado en su aspecto físico, con anteojos gruesos, baja estatura y deformación de la espalda. Daba más importancia a la cultura que Karl Marx, lo cual producía consternación entre los mismos comunistas. Antonio Gramsci, tanto con sus discursos como con sus textos, empezaba a competir con Mussolini.

El presidente del Parlamento no le daba la palabra a Gramsci, había que ignorarlo. Tenía instrucciones de cederla al diputado Giacomo Matteotti, menos urticante pero más profundo. Los fascistas consideraban en ese momento a Gramsci como un enemigo más peligroso, seductor, y convenía empezar primero con el otro, Matteotti, según la incomparable estrategia del Duce. Las barras integradas por fervorosos Camisas Negras lo harían callar con silbidos. Además, pocos días antes lo habían sometido a una de las torturas predilectas que aplicaban con mucha frecuencia y sadismo. No fueron las extremas, reservadas a casos de mucha gravedad. Ya eran maestros en ese arte, pese al disgusto que me producían y empezaban a conocerse en el exterior. Estaban seguros de que Matteotti no tendría fuerza para elevar la voz, siquiera.

En efecto, días antes de su actuación en el Parlamento, al salir de su domicilio, unos hombres de fuerte musculatura lo inmovilizaron y empujaron hasta embutirlo en un automóvil. Se defendió desesperado, rompió el vidrio de la ventanilla con el taco de su zapato y pudo arrojar a la calle su carnet de diputado, que fue encontrado por la policía. Amordazado, lo arrastraron hacia una cámara a prueba de ruidos. Seis hombres se ocuparon del procedimiento que habían comenzado a usar los Camisas Negras en los casos rebeldes. Pude enterarme con horror, gracias a un agente de la Inteligencia que soborné. ¡Soborné! ¿Lo agregará a este reportaje? Le arrancaron la ropa y fue tendido boca abajo sobre una mesa. Cada uno de los torturadores cumplió su rol. Cuatro le sujetaron las extremidades con firmeza, mientras el quinto le abría las nalgas, el sexto le metía un engrasado y fino bastón en el ano. Luego, antes de liberarlo, le obligaron a tragar mucho aceite de ricino mediante un embudo calzado en su boca. Era un procedimiento de autoría fascista que se difundió entre quienes preferían saltearse los interrogatorios. Semejante lección no lo dejaría en condiciones de vocear su discurso en el Parlamento. Yo estaba segura de que Benito no conocía semejante salvajismo. Pero esa seguridad empezó a resquebrajarse pronto, lo cual aún me negaba a reconocer. Mi conducta de entonces ahora me hace temblar... ¿Sigo?

AGUINIS: ¡Por supuesto!

SARFATTI: Matteotti había nacido en el Véneto. Es decir, pude haberlo conocido y hasta pude haberme enamorado de él. Hubiera sido una elección más afortunada que la protagonizada con el fundador del fascismo. Se licenció en Derecho. En la Universidad de Roma entró en contacto con los socialistas, que sonorizaban los principales ideales de la izquierda, pero no se encadenaban al comunismo. Durante la Guerra se mantuvo neutral y esto le valió el reconocimiento que después se prodigó a quienes resistieron la locura devastadora de la conflagración. No le resultó gratuito sostener esa postura, porque debido a ella fue encarcelado en Sicilia. Pronto, sus cualidades como orador le ganaron el epíteto de *La tempestad*. Alcanzó una primera fila entre los variopintos entusiastas del socialismo, muy divididos entre sí. En 1919, ingresó en el Parlamento y fue reelegido dos años después gracias a su desempeño. Era elegante, culto, con voz templada y ojos penetrantes. Habitualmente atacaba a los pistoleros, los Camisas Negras y los anarquistas. De ellos hacía descripciones con aguda precisión, lo cual le ganó respeto de unos y odio furibundo de otros. Fue uno de los primeros en dirigir metralla gruesa contra Mussolini, a quien consideraba un hombre oportunista y decidido a imponer la dictadura sin fijarse en los recursos que le exigía el espantoso camino. En este sentido, ahora considero que tenía más visión que yo misma y hasta el mismo Benito, que aún dudaba sobre los horrores que cometería para llegar cada vez más lejos.

Cuando por fin comenzó a hablar en el Parlamento, pese a sus cicatrices y heridas, sus torturadores entraron en un inédito asombro. Su palabra serena pretendió ser silenciada. Pero se extendió un clima rarísimo. Pintó con brocha gruesa y pinceles finos los detalles de las recientes elecciones, que estuvieron cargadas de fraude. Al cabo de unos minutos los fascistas lograron salir de su parálisis y comenzaron a vomitar furia con todos los instrumentos que tenían a mano. Hasta las paredes se estremecieron. Los Camisas Negras repetían *¡Sgualdrino! ¡Frocio!*, que significan "maricón", "puto". Mussolini escuchaba contraído, hundido en su alto sillón. Nunca había recibido bofetadas tan inescrupulosas. Matteotti le dijo, mirándolo a los ojos, que había sido un revolucionario que se prestó a funcionar como un enemigo del pueblo. Ese hombre fino, pero de palabra contundente, se atrevía a empequeñecerlo, a quitarle dignidad. Su discurso orilló la hora debido a las interrupciones. Según muchos testimonios, aquella diatriba fue tan brillante que se la recuerda como uno de los momentos cumbre de la historia parlamentaria italiana. Al terminar parecía haber ganado la batalla, pero susurró a sus compañeros una opinión diferente: "Fui sentenciado".

Al salir, recibió numerosos apretones de mano y abrazos. Pero a algunos repitió: "Preparen mi sepelio".

No exageraba: poco después lo secuestraron.

AGUINIS: ¿Ya no se podía luchar contra semejante atropello?

SARFATTI: No. Benito insistía en su inocencia. Pero ese discurso le revolvió la sangre y le fracturó varios huesos. Uno de sus custodios me confesó que esas palabras lo habían sacado del equilibrio, porque dijo: "A los adversarios como Matteotti solo se les puede contestar con el revólver".

Otro custodio lo confirmó con frases más horribles que le salieron con baba: "Si quieren pelotones de fusilamiento, los tendrán; y sus cadáveres serán expuestos en Piazza Colonna".

Le rogué, usando una voz dulce, confidencial, que compartiese conmigo la verdad. Me miró con ojos enrojecidos. ¿Había lagrimeado? Tomó mi mano con ternura, la acarició. Tardó en responder. Con voz baja, casi sensual, insistió que era inocente. Le acaricié la mejilla y se estremeció. ¿Significaba que mentía o que agradecía mi comprensión? Pidió café. Mientras esperábamos siguió manteniendo apretada mi mano. Miraba hacia la puerta con inusual fijación, como si estuviese leyendo en ella. Era un asunto complejo, más difícil que sus esperanzas sobre Etiopía. Matteotti se había convertido en un rival de inesperada estatura.

Curiosamente, aún la prensa tenía fuerza para ocuparse de un asunto que irritaba al gobierno. Dentro y fuera del país se comenzó a hablar sobre la extraña invisibilidad que se había producido en torno al gran diputado. Las investigaciones sobre ese misterio resultaban estériles, pese a la aparente energía destinada a dilucidarlo. Surgieron chismes sobre "alguna mujer". O que era un recurso indecente de los socialistas.

Mirado con perspectiva, la situación perjudicaba a Benito y, advirtiéndolo, él fue atacado por el pánico. Exigió mi presencia con más frecuencia de la habitual. Yo estaba agotada, pero me sentaba junto a él en un mullido sillón de su despacho, frente a la puerta que tenía labrados dibujos con pretensión de ser un lenguaje antiguo que ofrecía mensajes. Me preguntó si lo consideraba un tirano. Giré para mirarlo de frente. Sus ojos no lucían como los de un tigre, como solían hacerlo al sentir angustia. El concepto de tiranía manifiesta aún no se había incorporado en nuestra sociedad, y llevaría años imponerlo con marmórea firmeza. Incluso recuerdo que en los primeros tiempos del fascismo pretendíamos respetar la ley y la libertad. Increíble, pero entonces todavía predominaba algo de ingenuidad. Yo aún estaba enamorada del populismo.

No estábamos como antes en Alemania, que rodaba hacia una desbocada y sangrienta dictadura. Allí se había asesinado a Rosa Luxemburgo y Walther Rathenau. Dos figuras inolvidables. Sobre Rathenau, Benito habló largamente al regresar de Alemania, porque había logrado conversar con él. Lo había visto mucho antes, en la Conferencia de Cannes. Ese hombre había alcanzado la más alta posición en un gobierno alemán, pese a su identidad judía. Pero entonces no reinaba el nazismo con su judeofobia. Era culto, muy informado, y estaba decidido a conseguir una corrección del humillante Tratado de Versalles. Deseaba lograrlo mediante negociaciones pacíficas, inspiradas en el anhelo de avanzar hacia una transformación de Europa que la uniese económicamente. También le fascinó a Benito el amor que Rathenau tenía por Italia, donde había pasado mucho tiempo, con un fluido manejo de nuestra lengua. Le reveló que sufría muchas amenazas. No imaginó que sería asesinado tres meses después.

Esa vieja conversación me enterneció. Le acaricié la mejilla como solía hacerlo para relajar sus tensiones, pero soltó mi mano y giró para besarme. El primer beso fue tierno; sin embargo, siguió hasta convertir sus labios en succionadores, en ventosas. Me apretó los pechos. Y metió su lengua. Me volteó, me arrancó la blusa, respiró agitado. Quería ser el tirano de mi cuerpo. Esa reacción era impropia en ese momento, en el que me pedía iluminación, apoyo. Sonó la puerta y él apretó uno de los botones que tenía en varios puntos de su despacho para llamar o prohibir la presencia de su secretario. No avanzó con erotismo sino con rudeza, quizás como lo hacía con mujeres transitorias. Era una brutal contradicción. Sus caricias dejaban de ser sensuales, eran garras. Me levantó una pierna hacia el respaldo para penetrarme con energía y yo, indignada, respondí con una violencia desconocida, le pegué en la cabeza y lo hice rodar sobre la alfombra. Gritó asombrado. Aproveché para correr hacia el escritorio en busca del botón de ayuda. Se abrió la puerta y su secretario se abalanzó sobre el Duce para auxiliarlo. Benito se restregó las órbitas y lo apartó. Yo me escondí en un rincón, aunque no era necesario. Su secretario estaba acostumbrado a ese tipo de escenas y evitaba mirarme. Pero yo no olvido ese ultraje y por eso lo cuento con tantos detalles. Por favor, no lo deje en este reportaje.

AGUINIS: El grabador se resistirá.

SARFATTI: Hay muchos otros tramos que debería borrar. Continúo con la merma de solidaridad que sufrió Benito durante el tiempo en que asfixiaba el caso Matteotti. El mundo estaba alterado. En las noches de insomnio temí que nos acercáramos demasiado rápido hacia la catástrofe. Los socialistas pudieron haberlo derribado con algo más de coraje. El líder liberal, de haber tenido mejor manejo político, habría podido quitarle el cargo de premier.

AGUINIS: ¿Tan débil era su posición?

SARFATTI: No diría débil... Pero sí. Era débil. El líder liberal se parecía más a Kerensky que a Lenin. Toda la oposición se retrajo a una actividad parlamentaria intrascendente. Palabras, discursos, indecisión. No supo aprovechar ese momento. Suele ocurrir en los populismos, donde el empuje seductor y tramposo de los inmorales populistas, aunque sean pequeños en sus programas, fuerzas y prestigio, consiguen imponerse por el miedo. Así pasaba entonces con el fascismo. Se impuso el fascismo, desde luego.

Por fin se identificó el automóvil en el que había sido secuestrado Matteotti. La policía trató de impedir que la prensa tuviera acceso fácil a las pruebas. Un diputado republicano acusó al gobierno de haber ordenado el asesinato y, a continuación, los demás miembros de la oposición, en lugar de apoyarlo, se encogieron: decidieron abstenerse, no seguir incendiando los debates. El clima se tornó caótico. Entonces Mussolini, otra vez más peleador, ordenó arrestar y encarcelar a los presuntos asesinos. Era una hábil maniobra de encubrimiento. Se le dio gran difusión, para que en la sociedad aumentase la certeza de que los asesinatos no eran permitidos bajo el fascismo y que la gente gozaba de más seguridad que nunca bajo el firme gobierno del Duce. El auténtico desenlace vendría después.

AGUINIS: Espero enterarme pronto.

SARFATTI: Pronto. Antes de que ocurriera, Benito me pidió reuniones diarias. Insistió y tuve que aceptar. Todavía estaba presa de un enamoramiento absurdo. En esas reuniones debía planificar qué decirle a cada ministro y yo le redactaba escuetos discursos, mensajes y comunicados de prensa. Él insistía en su inocencia. Para eso era necesario demostrar confianza, serenidad, fortaleza; lo contrario de lo que de veras sucedía en el interior del gobierno. Para colmo de males, debían enfrentarse las próximas elecciones. Los dirigentes violentos que provenían de los Camisas Negras querían ganarlas con fraude. Me opuse a ello, atrayendo su hostilidad, porque sabían de mi influencia. En lugar de fraude, insistí en una honesta propaganda sobre los beneficios que ya había logrado el fascismo, como lo harían todos los populismos en sus comienzos: crecimiento económico, importante ayuda social a los sectores más pobres, curiosidad internacional. Donde predominaba la clase media se procuró mantener un clima de tolerancia, pero en las zonas rurales la Milicia y los Camisas Negras vejaban a los candidatos opositores. Callé al enterarme de que Benito conocía semejante conducta, programada cerca de su despacho. Y no la condenaba. ¿Se da cuenta? Yo estaba contaminada, es lo que consigue el populismo.

Las palizas e incluso ciertas torturas aumentaban su frecuencia en todo el país. La palabra "fascismo" empezaba a tener aspectos deplorables que, en unos años, terminarían por predominar.

Una tarde ordenó a su custodia que abandonase el despacho. Se aseguró de que la puerta estuviese bien cerrada. Apretó un botón que indicaba no interrumpirlo. Y aquí viene otro ataque bestial. Es un petróleo que emerge de sus profundidades. Me disgusta contarlo, pero le aseguro que significa una catarsis, un desahogo, un desquite. Me empujó rudamente hacia el escritorio, barrió los papeles y se abalanzó contra mi cuerpo. De repente tuvo ganas de golpearme, como si enfrentase a un gladiador. Mi asombro lo excitaba más. Me desgarró la ropa. Introducía sus manos por donde esperaba encontrar alguna resistencia y procedió a simular una violación. Se agitaba como un luchador frente a un enemigo, saltando obstáculos: sobre el escritorio, después sobre la alfombra, nuevamente sobre el escritorio, luego el sofá, me empujó de nuevo a la alfombra, mordió mi cuello, intentó estrangularme. Necesitaba descargar su rabia o contradecir la aparente impotencia que empezaba a invadir sus sueños y sus genitales. Lo hacía con alguien que le demostraba lealtad pese a tener muchas disidencias. Grité y me cerró la boca con una mano indecisa.

Entonces se levantó sin haber eyaculado. Se secó la cara con un pañuelo y me miró con infrecuente gesto de culpa. Le costaba respirar. No podía sacar su mirada de mi rostro atónito, vencido. La lava de sus contradicciones le quemaba el cerebro. Le costó arreglar su propia ropa, casi más que el tiempo que yo necesité para arreglar la mía. Repetía: "¡Perdón! ¡Perdón!". Juntaba las manos como en una plegaria.

AGUINIS: ¿No le surgieron impulsos de rebeldía?

SARFATTI: Por supuesto. Pero también la convicción de que una tiranía no siempre llega de golpe y tampoco se va de golpe. Las celebradas liberaciones van madurando antes de estallar. Según Montesquieu, la esclavitud política se erosiona gradualmente.

AGUINIS: Le agradezco su valiente impudicia. Es osada, una expresión de su admirable carácter.

SARFATTI: Pocas veces escuché la combinación lingüística de "valentía" e "impudicia".

AGUINIS: Pero no le gana a Claretta Petacci.

SARFATTI: Su última amante, sí. Creo que fue la última de verdad. Dicen que asombra su libro de quinientas páginas. Tendría que leerlo, pero no me asisten las ganas. Quinientas fueron también las mujeres con las que tuvo sexo. Lo decía con frecuencia y Claretta lo confirmó. Un número redondo.

AGUINIS: Tiene revelaciones impresionantes sobre la sexualidad de Mussolini. Afirma que mantuvo relaciones con quinientas mujeres, en efecto. Parecía haberlas contado. Enumeró a sus mujeres como a los viajes que hacía en su miserable juventud con una carretilla transportando piedras o botellas ilegales. Ese libro también insiste en sus ataques de impotencia. Pero, con más fuerza, en la voracidad que lo enloquecía durante sus momentos de energía y su búsqueda de novedades en la posición, el lugar, las prohibiciones y el deseo de que todo esto trascendiera. Y le diese un lugar de héroe.

SARFATTI: Pero no fue un amante ejemplar.

AGUINIS: Enloqueció a Claretta.

SARFATTI: Parece que sí.

AGUINIS: Ella se enamoró de él con locura y lo siguió hasta la muerte. Se ganó el título de su amante más intensa. Después de usted, claro. Pero no fue una amante del fascismo. Ni lo entendía ni le importaba entenderlo.

SARFATTI: No me interesa ese título. Aunque hice muchísimo por su persona y la creación más trascendente: el movimiento fascista.

AGUINIS: Y ahora del populismo. ¿Regresamos al caso Matteotti, que dejamos sin concluir?

Sarfatti: Es cierto, lo dejamos antes de su cierre.

Aguinis: Soy todo oídos.

Sarfatti: Después de varios meses, los verdaderos culpables del asesinato fueron descubiertos, juzgados, condenados y enviados a prisión. Todo esto se realizó con amplia difusión en la prensa nacional e internacional. Los prisioneros se esforzaron en no revelar los orígenes de su conducta. A sus cómplices se les prohibió ocupar cargos públicos. Era el sendero que mostraba una justicia eficaz, confiable. Revelaba que el fascismo era un sistema admirable, según martillaban los comunicados oficiales. Pero más adelante, cuando ya parecía suficiente, todos esos criminales fueron eximidos de culpa y recompensados. Ante semejante giro la gente con espíritu democrático sintió mareos y hasta padeció vómitos. Se produjo una partición histórica: el fascismo saltó de su proclamado capítulo liberador y legal al grotesco despotismo. Este nuevo rostro quedó impuesto en toda Italia. Y en todo el mundo.

Aguinis: No mencionó al vigoroso Camisa Negra que no soportó su arresto ni su encierro. Se llamaba Gioacchino. Fue rudamente silenciado y esta historia cambia el sentido de su narración, Margherita. ¿Se asombra? Debe saber que la rebelión de este hombre empezó desde el principio, cuando fueron a su casa para esposarlo. No aceptó que lo considerasen culpable de un delito. Opinaba que era un héroe, alguien que había cumplido con las órdenes que venían desde arriba. Incluso reconoció haber participado en las sesiones de tortura aplicadas a Matteotti antes de su discurso y que después encabezó su secuestro. Era disciplinado. ¿Qué pretendían? Cuatro colegas, también Camisas Negras, quisieron persuadirlo. Le dijeron que debía resignarse, que se trataba de una maniobra política breve. Que debía aceptar. Pero los insultó, que la maniobra política la hicieran con otro.

SARFATTI: Es verdad...

AGUINIS: Ahora sigo yo, basándome en ciertos documentos. Cuando le mostraron las esposas, descargó una tormenta de patadas. Derribó a tres. Siguió bombardeándolos. Entraron en su casa más Camisas Negras. Era tan fuerte la sorpresa que algunos desenvainaron sus machetes. Casi le fracturaron el cráneo, pero consiguieron desmayarlo. ¿Fue así?

SARFATTI: Sí, disculpe la debilidad de mi relato. Usted tiene una mejor versión, la que también llegó a mis oídos.

AGUINIS: Entonces, ¿cómo silenciaron semejante falsificación?

SARFATTI: Supongo que al rebelde lo mantuvieron sedado con inyecciones. Cuando se supuso que entendería la recompensa que le esperaba, lo dejaron volver a la conciencia. Por lo menos es lo que yo sé.

AGUINIS: ¿Aceptó?

SARFATTI: Simuló aceptar.

AGUINIS: ¿Y?

SARFATTI: Terminó aceptando la recompensa.

AGUINIS: No. Fue el único que no la aceptó ni recibió. Me parece que en este punto tengo mejor información que usted. Al encontrarse en el patio de la prisión con los agentes que lo esposaron, les escupió un rosario de insultos. Uno de los agentes lo enfrentó y comenzó una pelea tan violenta que debieron participar otros policías. A duras penas consiguieron reducirlo. Tras muchos golpes, porque Gioacchino era muy fuerte, consiguieron encerrarlo nuevamente. Pero le agregaron otro castigo: afeitarle las piernas, rasurar su cabeza y pintarle la cara. Humillarlo. Con semejante aspecto, y bien atado, lo arrastraron al patio de la prisión durante el recreo. La sorpresa produjo enseguida carcajadas y los gritos de *frocio*. Gioacchino aguantó los insultos durante unos minutos, hasta que regresó el silencio y se reanudó el partido de fútbol. Entonces empezó a aullar: "¡El Duce me ordenó asesinar a Matteotti!". Le propinaron un machetazo. Y él volvió a repetir la denuncia. Lo arrastraron fuera del patio mientras seguía gritando lo mismo. Después lo cambiaron de celda. O de prisión. Gioacchino desapareció. ¿No lo sabía?

SARFATTI: No.

AGUINIS: Sus amigos y adversarios preguntaron, inquietos, por su destino. Lo admiraban por su coraje. No hubo respuesta. Hasta los policías se asustaron pero nadie largaba una palabra, el régimen disponía de feroces sanciones para quien hablase demasiado, o sanciones contra su familia. Ingresó una nube de resignación. Pronto se aceptó que Gioacchino era uno de los escasos Camisas Negras que fue ejecutado, y los demás debían tenerlo en cuenta. ¿Qué opina?

SARFATTI: No puedo opinar. Lo ignoro, francamente.

AGUINIS: Cerramos aquí. ¿Volvemos al Parlamento?

SARFATTI: En el Parlamento los fascistas lograron una mayoría permanente gracias a desvergonzados fraudes, que confirieron a Mussolini plenos poderes para llevar a cabo su riesgoso programa de reformas. Bastante ilusorias sus reformas... Tal como evidencian los variados populismos, porque no apuntaban al progreso a largo plazo, real, democrático, sino a consolidar una dictadura que yo, con cefaleas diarias, no tenía en esos momentos el coraje de reconocer y menos de denunciar. La mayoría de los ciudadanos, yo misma, aún seguía confiando con esfuerzo en la inteligencia del "poderoso" Benito. Ni siquiera la palabra "dictadura" sonaba en la forma repelente que adquirió más adelante. Se la vinculaba con las lejanas utopías clásicas. Una de las vergonzosas reformas que impulsó el Duce transformó a los sometidos Camisas Negras en una fuerza paramilitar legal, con poderes extraordinarios. ¿Escucha? ¡Legal! El negro no solo era el color de su ropa, sino el color de su conducta. La Milicia, por otro lado, fue elevada a la categoría de un poder encargado de garantizar la seguridad nacional. Y la seguridad se asociaba con el sometimiento al Duce.

Aguinis: Mussolini sufrió cuatro atentados.

Sarfatti: Sí. Dos importantes ocurrieron en 1926. Tuvo mucha repercusión el de Violet Gibson, una irlandesa proveniente de una familia destacada. Recorrió parte de Italia como una extranjera curiosa por los adelantos que lograba el fascismo. Se alojaba en hoteles baratos y cuidaba su cartera. Lo hacía con tanta preocupación que generó la sospecha de un policía. Cuando se le acercó, ella desapareció tras los vidrios del bar donde bebía su café. El policía intentó encontrarla, pero fue en vano. En su cartera guardaba el revólver con el que pudo escapar. Después ocultó esa cartera bajo un abrigo. Sabía que no le quedaba mucho tiempo de impunidad. Se mantuvo atenta en los actos donde aparecería Benito. Aunque no era el sitio más recomendable, se dirigió a la Piazza del Campidoglio. Una multitud excitada esperaba el discurso que iba a pronunciar Mussolini. Mujeres y hombres se esmeraban en conseguir mejor ubicación. Respiraban agitados, murmuraban elogios al Duce, voceaban algunas de sus potentes frases, algunos revoleaban trapos. Buscó un espacio entre quienes se empujaba con el pecho, la espalda, los hombros, las manos. La anunciada aparición del líder produjo una exaltación frenética, con saltos y exclamaciones más fuertes aún. Considerándose invisible, extrajo el arma y apuntó con firmeza. Le disparó a quemarropa tras apuntar a su cabeza, pero él giró un segundo antes atraído por un conjunto de jóvenes que cantaba en su honor. Ella intentó por segunda vez y se atascó el revólver. De inmediato la sujetaron. La bala no dio en la frente, como intentó Violet, sino en su nariz, superficialmente. Se introdujo una ambulancia con bocinazos, en medio de los gritos. Los peatones caían unos sobre otros y también en el asfalto. Bullía un caos bíblico. Un círculo grueso de enfermeros y agentes rodeó al Duce y lo descendieron del escenario. Pero Mussolini se mantenía erguido y podía caminar. El desorden y la rabia no aflojaban. De inmediato, como determinaba cierta disciplina, además de los cuidados médicos, el servicio de propaganda se reunió para sacar provecho del incidente. Se fotografió al Duce con una venda sobre la cara y repitió hasta el cansancio la frase que pronunció sentado, con los brazos sobre el pecho: "Las balas pasan, Mussolini queda". A la pistolera la acusaron de loca y fue condenada a un hospicio. De allí solo tenía una salida: el cementerio. Tal vez era anarquista, pero poco importaba. Años después se filmó una película sobre su vida. Quizá hubiera cambiado la historia del mundo, pero yo no lo advertí en ese momento: padecía la alienación de millones de italianos. Me asusté y corrí a consolarlo.

El otro atentado sucedió meses después. Le arrojaron una bomba a su automóvil en la Piazza Porta Pia. Quien lo hizo era un joven con la melena tapándole los ojos, camisa roja y zapatillas embarradas. La sublevación contra el fascismo azuzaba a muchos, tanto desesperados como lúcidos, mucho antes de la alianza con el nazismo. Esto es bueno enfatizarlo a quienes aún elogian o excusan la ideología fascista. La bomba resbaló despacio por el parabrisas, cayó sobre el pavimento y explotó a dos metros del automóvil. Hirió a ocho personas. También me estremeció.

AGUINIS: Los atentados aumentaron la adhesión al Duce.

SARFATTI: Inevitable. Las elogiadas "masas" no reflexionan con objetividad. Pero la clase media que había visto en él al dirigente que empujaba hacia el progreso, que tomaba medidas sabias, poco a poco empezó a desilusionarse. Los intelectuales sintieron demasiados controles, la justicia dejaba de ser ecuánime, los trabajadores se desilusionaron por los métodos brutales que utilizaba para reprimir las huelgas. Solo mantenía el firme apoyo de los sectores suburbanos porque había construido rutas, ferrocarriles y hospitales. En ese sentido mejoró a Italia. Repetía que no se puede satisfacer a todo el mundo por igual y que su cabeza elegía siempre bien.

AGUINIS: Esos atentados habían olvidado la Marcha sobre Roma y parecía que toda Italia se había convertido en una adoradora del Duce. La débil memoria es el defecto de las multitudes que caen de rodillas ante su líder carismático.

SARFATTI: Como ya le conté, durante la Marcha Benito había permanecido en Milán, no fue a Roma. Así lo confirman los testimonios que comentamos al comienzo del reportaje. Pero esos testimonios fueron aplastados, descalificados, acusados de enemigos de la patria y del progreso. Dejé de insistir en ese tema, que se oponía a los timbales de la historia oficial. Importaba la creencia más que la verdad.

La imposición de esa mentira formaba parte de la nueva política, que era un motor de enorme fuerza.

Se descubrió el cadáver de Matteotti y de nuevo creció la histeria, primero débil, luego más fuerte. Unos diputados de confianza vinieron a decirme en secreto que lo mejor para Mussolini era renunciar. Y después retomar el mando. Esforzarse con otra escena teatral.

AGUINIS: Esa iniciativa no tuvo éxito.

SARFATTI: No. Pero en el Parlamento se sancionó la Ley en Defensa del Estado y unos Decretos de Excepción. Fue brutal. El fascismo avanzaba hacia su rostro francamente autoritario. Se declararon ilegales todas las organizaciones políticas que funcionaban hasta entonces, con excepción del fascismo. Repito: todas las organizaciones políticas. Se expulsó a los diputados que no eran fascistas. Se prohibieron las publicaciones antifascistas. Era extrema la vigilancia sobre las neutrales o que se proclamaban así. Se creó una Fuerza Policial Política y un tribunal para crímenes políticos. Era un cruel destino incluso para previos aliados. ¿Qué le parece?

AGUINIS: Que a partir de entonces quedaba bien puesto el nombre de fascismo para los abusos antidemocráticos de ese tono.

SARFATTI: Dijeron como excusa que si la izquierda enamorada de Stalin lo hacía y se imponía con éxito, ¿por qué no podía hacer lo mismo Mussolini, que ya era llamado de derecha? Quienes oponen el comunismo staliniano con el fascismo mussoliniano cierran los ojos ante sus claras analogías.

El rey, muy acongojado, se sentía más pequeño aún. Tuvo conciencia de lo que significa la impotencia.

AGUINIS: Podríamos afirmar que el fascismo había empezado a consolidar su rostro detestable, el que quedaría impreso para siempre.

SARFATTI: Así es. El partido del futuro se convirtió en el partido del horror.

En aquel momento, sin embargo, en medio de un falso optimismo que se intentaba imponer con la propaganda, Benito se empezó a sentir mal. ¿Quizás albergaba algo de dudas? Insistía en alucinaciones y supersticiones, que despistaban a sus médicos. Con los médicos, bien seleccionados, mantenía reuniones íntimas, como si participaran de un consejo de guerra. Hasta mí llegaron frases seleccionadas que atribuían los trastornos a transitorias cuestiones digestivas, por lo cual se ordenaron dietas que el Duce rechazaba por su carácter insípido. Otros, más osados, atribuyeron los problemas a efectos tardíos de la sífilis terciaria. Semejante sospecha era seguida por temores de los mismos médicos, porque podrían ser sometidos a las torturas de los Camisas Negras, que poco sabían de medicina y mucho del dolor que provocaban sus refinados procedimientos para hacer cambiar de opinión. Convoqué a varios de ellos para reuniones también secretas y, tras asegurarles mi extrema discreción, soltaban algunos de sus miedos. La confusión que provocaban los síntomas imprecisos de Benito llevaba incluso a temer que en algún momento sobreviniera un ataque mortal. Uno de los cirujanos, apretado por mis preguntas, soltó la propuesta de realizar un examen profundo bajo los recientes y eficaces métodos de la anestesia. Las orejas escondidas tras las cortinas o el empapelado registraron algunas palabras que llegaron a Edda. Y entonces se produjo un terremoto. Entró a mi despacho tiritando por el odio que acumulaban sus celos.

Edda se sentía perseguida por su tía Edvige, quien pretendía casarla antes de los dieciocho años para que conservara su virginidad y contribuyese al crecimiento demográfico de Italia. Edvige quería unirla a una familia rica y prestigiosa. Pero la rebelde Edda, por ser hija mayor y heredar el temperamento autoritario de su padre, se había enamorado de un joven judío. El escándalo en la familia del Duce fue mayúsculo, no tanto porque el candidato fuese judío, sino porque se cancelaba la oportunidad de ascenderla a un extraordinario nivel. Para romper el presunto hechizo lo invitaron a una cena en Villa Torlonia. Era un magnífico palacio del siglo XVIII, a treinta minutos de caminata de la Fontana di Trevi. Allí Benito podía practicar equitación. *Donna* Rachele había expulsado a la antigua jefa de domésticos porque conocía todas las aventuras que el Duce solía disfrutar en ese palacio y también la había llevado a su cama. En la cena a que fue invitado el pretendiente de Edda sirvieron cerdo como plato principal. La sorpresa no fue del candidato, sino de la tía Edvige, porque el joven no respetaba norma dietética alguna, como sucedía con numerosos miembros de la comunidad judía.

Entre los rumores que circularon entonces, parece que ese joven judío era muy seductor, no solo con la palabra sino con el cuerpo. Bailaba con movimientos sensuales, que apretaban y alejaban a su pareja, de tal forma que esta terminaba apretándolo a él con desvergonzado deseo. También era experto en los besos. Edda le susurraba que debía actuar en el cine, porque derrotaría a los galanes más famosos. Se le acercaba y alejaba también, acariciaba de formas diferentes. Edda le apretó las mejillas y lo besuqueó. Se había provocado el desenfreno que comentaría a sus envidiosas amigas.

Surgió un inconveniente mayor cuando se firmó el Tratado de Letrán con el Vaticano. El papa era Pío XI, sucesor del que había frecuentado a mi padre en Venecia. Mussolini quería borrar toda mancha de su juvenil lucha anticlerical y decidió imponer a su hija un candidato católico de buen aspecto, sólida cultura y ágil capacidad argumentativa llamado Galeazzo Ciano. Era hijo de quien ejercía como ministro de Comunicaciones. Edda derramó lágrimas, tironeó los pantalones de su padre y las faldas de su madre con un resultado más estéril que las arenas de Libia. Por último, se rindió ante los encantos de una boda de leyenda que se le organizó bajo una lluvia de flores y enceguecedora exhibición de joyas. Como nada podía faltar, la Iglesia bendijo solemnemente a la pareja. Edda había ensayado el saludo fascista con el brazo en alto, que fue motivo de innumerables fotografías en el interior y exterior del país.

Galeazzo Ciano fue nombrado ministro de Relaciones Exteriores. Era el más joven de quienes ejercían ese cargo en todo el mundo. Pero Edda no se rindió del todo, sino que fue a quejarse ante su padre, porque aún tenía nostalgias de su novio anterior. Benito estalló de tal forma que la derrumbó a bofetadas. Eso no fue todo. Galeazzo comentó que tras la boda, o quizás antes que terminara la fiesta, el Duce lo llamó aparte, se acercó a su oreja y le susurró que no se olvidara nunca de suministrarle a Edda un buen sopapo cuando le hiciera falta. "No debe ser brutal, pero una mujer no puede quejarse de un cachetazo que, si es oportuno, le servirá más que una caricia".

A partir de entonces el objetivo de Edda fue una venganza torcida, enfocada contra mí. Era frecuente que el odio a una pareja se enfocara siempre contra la mujer, aunque fuese evidente la culpa del varón. Desarrolló intrigas que le permitieron hacer expulsar a todos mis secretarios. Una tarde, sin anunciarse, ingresó con violencia en mi oficina. Apoyó las manos sobre el borde de mi escritorio y lanzó preguntas hostiles: "¿Qué opinan los médicos sobre la salud de papá? ¿Por qué yo no estoy debidamente informada sobre su enfermedad?". A lo que yo respondí: "Querida Edda, no hay mucho para informar". "¡¿Cómo que no?! ¡Los secretos huelen horrible!", exclamó ella. "No se debería hablar de secretos, sino de prudencia", intenté suavizar. "¡Me cago en tu prudencia! ¡Dime la verdad!". "La verdad es que no se sabe qué le pasa a tu padre", respondí. "Mentira. ¡Hija de puta! ¿Lo quieres matar?", gritó y salió dando un portazo.

No hubo muerte en ese año. Benito empezó a mejorar. Se fueron diluyendo sus malestares y los médicos dejaron de insistir en sus exámenes. Ya hubo intentos de asesinato en 1926, que describí, y en febrero del año siguiente.

Sobrevino la inmediata sucesión de imputaciones, sospechas, versiones y angustias en todos los niveles oficiales y extraoficiales. La gente aprovechó de diversa forma esa oportunidad para aflojar la cerrazón que mantenía selladas las bocas y las publicaciones.

AGUINIS: Pero volvió a incrementarse por el vínculo de Rachele con su chofer.

SARFATTI: ¡Está enterado, mi querido entrevistador! Sí, *Donna* Rachele no dejaba de protestar por las prolongadas ausencias de Benito, quien se justificaba por su hercúleo trabajo, viajes de propaganda y recorridos victoriosos a los puentes, carreteras y hospitales en construcción. Alrededor de 1923, ignoro por qué recuerdo esa fecha, Benito volcó a su secretaria sobre el escritorio, con placenteros gritos de ambos. Rachele se acercaba al majestuoso despacho para pedirle algo. Quizá la guiaba una sospecha. Apartó la guardia a empellones, golpeó la puerta, que esa vez no fue cerrada con llave. No obtuvo respuesta. Entonces la abrió y fue testigo de una presunta violación. Benito se levantó después del orgasmo que ambos vocearon y Rachele corrió hacia la mujer para arrancarle los cabellos. La guardia, aún confundida, ingresó para separarlas mientras el Duce, con ejemplar serenidad, se arreglaba el pantalón. Quien acudió en ayuda de Rachele fue el chofer de Mussolini, que la sostuvo y aportó pañuelos. Ella ni siquiera le dirigió una ojeada a su marido, sino que dio el brazo al chofer. Como si lo hubiese pedido su jefe, la condujo al auto oficial, la acomodó en el asiento posterior, avisó a la guardia y manejó hasta la residencia. Antes de ayudarla a descender, Rachele lo atrajo hacia ella, en el asiento posterior y lo obligó a besarla. Todo esto me lo narró Claretta Petacci años después. Se besaron nuevamente. Él la ayudó a descender, pero ella le insistió en seguirla. Su necesidad de campesina venganza determinó que apartase a las domésticas y se encerraran en el dormitorio. Así empezó un vínculo que duró años. Pero no fue el único. ¿Se sorprende? Era una venganza en espejo. Entre los intervalos de sus coitos con el chofer ocurrían sus poco secretos revolcones con un destacado miembro de los Camisas Negras y con un apuesto jefe de la Estación Ferroviaria de Florencia. Nadie se atrevió a comentar esa promiscuidad, que se coloreaba con nerviosos susurros de quienes deambulaban por corredores próximos. Todos eran personajes de baja categoría, según las envidiosas opiniones que fueron imponiéndose con el tiempo.

Una de las noches en las que Benito durmió con Rachele descubrió perfumes, cosméticos y otros elementos de belleza que antes no usaba. Se los mostró como prueba de algo extraño. Antes de que surgiera una respuesta oral, ella se puso roja, porque no estaba acostumbrada a ser denunciada, y menos por su infiel marido. Eso no cabía en su historia ni en las tradiciones italianas. Él dejó los frascos en su lugar y se acostó, pero sin caricias ni un beso de buenas noches. Benito le contó a Claretta, mucho más adelante, que ese asunto no le molestó porque no lo creía posible, "a mí nadie me engaña", dijo. En una reunión familiar sus hijos señalaron al chofer como alguien que venía con frecuencia durante las noches. Semejante revelación le frunció el ceño. Entonces exigió que se espiaran sus movimientos, por si era un enviado político.

Varios comentarios pícaros que sugerían sus hijos le hacían mover el trasero sobre su silla. Miraba las luces de la araña y las pinturas del techo para no revelar su irritación. Algunos platos le parecían asquerosos, otros desprovistos de sabor, pero comía algo para que no le formulasen preguntas. Era evidente que habían advertido las visitas repugnantes. Edda rechazaba con ingenio cualquier estocada contra su madre y revelaba haber recibido una fuerte herencia de su padre en esa materia. Pero no alcanzaba.

Mientras Benito viajaba con Rachele hacia el norte de Roma, sin haber definido la meta, pidió al chofer que se detuviese en medio de la ruta. Nadie lo entendió. A la izquierda del camino había una casa apenas iluminada. Su puerta con unas sombras parecidas a fantasmas era custodiada por soldados. El Duce ordenó al odiado chofer que descendiese y fuera al encuentro de esas sombras que, al verlo, levantaron sus armas. Rachele apretó el brazo de Benito, creyendo que ordenaría asesinarlo. El chofer caminó inseguro, salía y regresaba del sendero, buscaba refugiarse detrás de un seto, se agachaba y enderezaba, miraba hacia el auto del Duce pidiendo auxilio y finalmente se dio a la fuga. Dos soldados lo persiguieron, lo bajaron al suelo y lo amenazaron con una escopeta. Lo arrastraron al auto y lo obligaron a sentarse en el asiento vecino al del conductor. El Duce soltó una carcajada y miró a su esposa. "¿Qué te parece?". Regresaron a Roma custodiados por delante y por detrás con autos que tenían encendidas las luces altas.

Benito comunicó a Rachele que cambiaba el chofer, no le gustaban los cobardes. ¿Sigo?

AGUINIS: Por favor.

SARFATTI: Galeazzo Ciano simbolizaba el apetito por la riqueza que caracteriza a los líderes del populismo. Lo superaba a su suegro, Mussolini, pero su suegro no lo frenó. La moral de Benito descendía cada vez más, en comparación con sus años iniciales. Se notaba en la tolerancia que tenía frente a los desenfrenos de sus hijos, que no padecieron la pobreza del padre. Más aún, en la voluntaria ceguera que mantuvo frente al obsceno enriquecimiento de la familia Ciano. En poco tiempo esta familia consiguió reunir una riqueza incalculable. El inicio de semejante ascenso podía marcarse con facilidad: el casamiento de Edda con Galeazzo. Parecía que entre ellos era más fuerte la pasión por las liras que la pasión por sus cuerpos, bromeaba la picardía italiana. No solo Edda y Galeazzo se hicieron dueños de toneladas de billetes y propiedades, sino también muchos familiares. Los Ciano pasaron a convertirse en una banda, una poderosa banda. El cargo de ministro que detentaba el padre dejó de mencionarse. El gran ministro, poderoso en sus funciones y por su proximidad con el Duce, era Galeazzo.

Edda imitó el desenfreno erótico e irresponsable de sus padres; la custodia padecía agujeros para ojos y orejas. Ella solía realizar viajes a sitios turísticos o playas bañadas por el sol. No escuchaba los reproches de su padre, que solía criticar a Galeazzo por sus descuidos frente a los cuernos que ella le ponía con frecuencia. Parece que, además, ella aún recordaba a su amorcito judío, con quien se reunía en secreto.

Las locuras personales y la acumulación de riqueza, como si fuesen personas superiores a las leyes que deben respetar los "otros", caracterizan a todos los populismos, de cualquier continente. Se consideran dioses. No lo dicen, pero lo sienten. El fascismo jamás abandona este detalle. Pero lo niega con cataratas de argumentos. En el fascismo, las dictaduras y los populismos rige la psicopatía, que borra la culpa.

AGUINIS: ¿Eran antisemitas los Ciano?

SARFATTI: Para nada. En 1928, a dos años de los atentados que mencioné, tuvo lugar un multitudinario congreso sionista en Milán. El entusiasmo por la recuperación de la dignidad judía mediante la reconstrucción de un hogar nacional seguía creciendo. Un año antes, Mussolini firmó los Pactos de Letrán con el papa Pío XI. Fueron muy importantes porque convirtieron al catolicismo en la religión del Estado italiano. Esta medida nublaba el pasado anticlerical de Benito. Pero daba luz verde al antisemitismo que recién brotaba. La intensa propaganda nazi se expandía como un gas venenoso por toda Europa. Los ataques antijudíos que habían ensuciado la historia europea, que incluso habían enceguecido a mentes lúcidas, producían sorpresa y temor. Los Ciano jamás intervinieron en este asunto.

Benito no fue un racista en su juventud y ni siquiera en la primera etapa de su gobierno. Se burlaba del proyecto de conseguir la pureza racial en Europa; lo consideraba algo delirante. En un tiempo bastante avanzado como el año 1934, un año después del ascenso de Hitler, pronunció un discurso que revela esa convicción: "Treinta siglos de historia nos permiten contemplar con absoluto desdén ciertas doctrinas del otro lado de los Alpes, que profesan los descendientes de gente que era analfabeta en una época en que Roma tenía a César, a Virgilio y a Augusto".

Durante los tiempos del fascismo, en Italia vivían casi cincuenta mil judíos, más asimilados que en otros países de Europa. Muchos cumplían con ciertas tradiciones, como era el caso de mi familia, sin preocuparse sobre fechas ni alimentos. Amaban Italia, su historia y sus progresos. Recordaban que la mayoría de los judíos descendían desde muy antiguo, del viejo Imperio Romano. Con esta gente arraigada se entrelazaron las oleadas de judíos que venían expulsados de otros países como Inglaterra, Francia, España y Portugal. Una oleada muy importante fue la expulsada por los Reyes Católicos durante el descubrimiento de América. Incluso se insistía que esa proeza fue realizada por un judío llamado Cristóbal Colón, cuya familia fue echada de España un siglo antes y navegó hasta Génova.

"No hay ninguna raza pura", decía Benito con énfasis. Ni siquiera los judíos han permanecido sin mezcla. La fuerza y la belleza de una nación han sido con frecuencia el resultado de combinaciones felices. La raza es un sentimiento, no una realidad; el noventa y cinco por ciento es sentimiento. Yo no creí nunca que se pudiera probar biológicamente la raza más o menos pura. Es curioso que los heraldos de la llamada raza noble germánica sean todos ellos no germanos: Gobineau, francés; Chamberlain, inglés; Laponge, también francés; Woltman, judío. El orgullo nacional no necesita de locuras raciales.

Benito llegó a decir esto, más o menos: "El antisemitismo no existe en Italia. Los italianos judíos se han acreditado siempre como buenos ciudadanos y se han batido como soldados valientes. Ocupan posiciones destacadas en universidades, bancos, en el ejército. Muchos de ellos son generales". Pero todo esto antes de su alianza con el nazismo.

Cuando debí operarme la pierna por la fractura que sufrí en España, le dije que lo haría en Alemania con el doctor Katzenstein. No le agradó que fuese a Alemania, pero lo tranquilizaba que el cirujano fuese judío, como lo revelaba ese apellido. "Son los mejores del mundo", sentenció.

AGUINIS: Vamos a otro punto. ¿Qué tipo de gente prefería para conversar, informarse, obtener consejo?

SARFATTI: Benito prefería rodearse de gente vulgar. A medida que aumentaba su poder y también la posibilidad de escoger consejeros, lo hacía inclinándose por los que eran inferiores. Respondía a su narcisismo. También a las agresiones padecidas en la infancia, adolescencia y juventud. Necesitaba confirmar su superioridad. Dicho de otra forma, le irritaba ser vencido hasta en lo más superficial. De ahí la ridícula convicción, incluso manifestada en público, de que jamás dejaba de tener razón. Pero esa pétrea tendencia le costó mucho. Semejante rasgo es imitado por casi todos los líderes populistas.

Reitero que su tendencia a preferir la gente ignorante aumentó a lo largo de su vida, porque durante sus jóvenes años en Ginebra, Lausana, Zurich, había alternado con lúcidos socialistas rusos. Con ellos aprendió mucho, aunque sin sospechar que más adelante los traicionaría con las mismas técnicas que difundían. Recuerdo una frase que solía repetir con énfasis: "Prefiero la tolerancia a la esclavitud, la honestidad a la corrupción, la libertad al servilismo, el talento a la estupidez". Falso. ¿Sospecharía que se convertiría en el jefe del fascismo, que impondría todo lo contrario?

AGUINIS: También le gustaba lucir gestos de honestidad.

SARFATTI: Exacto, lucirlos. Esos gestos equivalían a fotografías que beneficiaban su ego. Importaba que se difundiesen. Fiammetta le contó que viajamos en segunda clase de Milán a Roma. No había mucha diferencia con el costo de primera, donde se sentó su profesora de matemáticas. Benito sonrió feliz y dijo que tales ejemplos eran importantes en la nueva Italia; era preciso recuperar el sentido del honor por sobre el del dinero. Lo comentó en la siguiente reunión con sus ministros: ¡su asesora Margherita había viajado en segunda clase! También renunció a su sueldo de ministro de Relaciones Exteriores, antes de Ciano, que era una de las remuneraciones que cobraba por sus múltiples cargos y funciones. Decidió pagar algunas llamadas, porque telefoneaba varias veces por la mañana y por la tarde, un exceso. Lo hacía porque me necesitaba para recibir una opinión urgente. Y no lo ocultaba. Le dije que yo me haría cargo de la mitad y me agradeció; no esperaba menos de una mujer como yo. Cada ciudadano de la nueva Italia debía separarse del Estado, que es el colectivo del pueblo. Lo dijo con énfasis, pero creo que semejante convicción se fue diluyendo con el tiempo, debido a su creciente parecido con Luis XIV.

En esa oportunidad nos concedimos una hora de descanso en la playa. Él quería responder a todas las demandas, porque el fascismo exige un control estricto de todo. Su cabeza reemplazaba a los millones de cerebros italianos, ya que era infalible. El orden fascista explicaba los éxitos, su superioridad a los demás regímenes. Los desórdenes burgueses o los llamados "democráticos" o parlamentarios se perdían en debates estériles.

Mientras nos relajábamos me referí a los *Cuentos de Canterbury*, que él no había leído. Fue un momento que yo deseaba plácido y esclarecedor, pero nos concentramos en uno que Benito después consideró espantoso. Se sumaba a los pellizcos que iban alfombrando nuestro divorcio. El sol nos acariciaba y las olas mantenían un constante rumor. Geoffrey Chaucer narra en ese cuento la historia de Creso, el opulento rey de Lidia que había suscitado la admiración del emperador Ciro, dueño de Persia. No solo tuvo Creso la suerte de acumular una enorme riqueza, sino que pudo salvarse de morir abrasado en un incendio gracias a una lluvia imprevista que apagó las llamas. El Olimpo acudió en su ayuda. Atribuyó el milagro a Fortuna, su diosa favorita. Entonces llegó a creerse invulnerable y se incrementó no solo su codicia, sino su espíritu de venganza, incluso contra enemigos imaginarios. Soñó que estaba encaramado sobre un árbol magnífico, que era nada menos que Júpiter, quien se encargaba de lavarle la espalda y los hombros. Como si no fuera suficiente, el luminoso Febo le alcanzaba una toalla. Feliz, pidió a su hija que le interpretase todo esto, porque le parecían sueños. La joven, dotada de perspicacia, cerró los ojos y anunció, conmovida, que el árbol no era Júpiter, sino la horca donde será colgado, la lluvia mojará su cabeza congestionada y el sol secará su cadáver. Concluye Chaucer con filosa prosa: "la Fortuna siempre ataca a los prepotentes cuando menos lo esperan".

Benito se incomodó.

"¿Me estás apuñalando con semejante historia?". "Un líder tiene que mantenerse distante de las lisonjas que le vuelcan el poder y la riqueza", respondí. "No me interesa la riqueza. Tengo bastante dinero. Al principio lo necesitaba para vivir, después para progresar, más adelante para subir en la política".

Callé y seguí pensando. Revolver este asunto saboteaba nuestro relajamiento. Todos los líderes populistas carecen de vergüenza y culpa. Por desgracia, así lo estaban demostrando los fascistas. Se habían vuelto tramposos. Ahora pienso que tal vez los tramposos adherían al fascismo. Para conseguir sus objetivos, estos líderes anulan los frenos. Suelen mentir con impudicia y giran rápidamente sus discursos como mejor les conviene. Lo estaba demostrando Benito, y eso empezaba a mortificarme mucho. Incluso varían de aliados. Me froté los brazos con la toalla. Me retorcía confirmarlo, porque quitaba el velo de mi ingenuidad. La ingenuidad imperdonable de mi enamoramiento. Peor aún. Una ingenuidad que marginaba la luz de mi amor bello e inolvidable del Cesare fallecido. No lo puedo justificar.

Cuando regresamos no volvimos sobre ese tema, aunque entre los labios de Benito temblaba el nombre de Geoffrey Chaucer. Lo maldecía.

En 1932 Mussolini describía el fascismo como un universo cerrado donde "el Estado lo abarca todo", y fuera de él "no pueden existir valores humanos ni espirituales". Al presentarlo de este modo estaba reconociendo que coincidía con el comunismo en su menosprecio de la democracia y de todas sus convenciones. De cara a la galería criticaba a los bolcheviques, pero en privado confesaba su admiración por la efectividad de las tácticas brutales de Lenin. Tanto el fascismo como el comunismo tenían aspiraciones utópicas y ambos hallaron acomodo en la agitación social e intelectual de finales del siglo XIX. Por lo demás, uno y otro pretendían brindar un sustento emocional, demagógico, del que carecían los sistemas liberales.

OCHO

AGUINIS: El príncipe Umberto, heredero de la Corona, trataba de mantenerse distante de Mussolini. ¿Por qué?

SARFATTI: Era homosexual. En privado, Benito decía que había recibido muchas pruebas de tal tendencia, pero evitaba provocar un escándalo. Además, esos datos podían ser rumores. Uno de sus secretarios estaba encargado de averiguar la vida sexual de la gente más cercana. Lo hacía para disponer de pruebas en caso de tener que cortarles la cabeza. La homosexualidad de Umberto le desagradaba, pero no era suficiente como para destruirlo. Mantenían un vínculo distante, limitado a conversaciones superficiales. Más volcánico era el vínculo que Benito desarrolló con su esposa, la princesa María José. Como ya señalé, tenía una fuerte atracción por quienes estaban atados a vínculos prohibidos. Empezó alrededor de 1932, después del casamiento. Ella descubrió la homosexualidad de su marido. Se incentivó la fascinación que Benito ejercía sobre María José debido a su aspecto, sus onduladas aproximaciones sensuales, los murmullos sobre violaciones. No era difícil entender a la princesa. Consiguió reunirse a solas con él en la playa. El mismo Benito confesó a Claretta Petacci que María José le había manifestado sin rodeos que deseaba tener sexo con él.

AGUINIS: ¿Tan directo?

SARFATTI: Era muy provocativa. Asumía su estatura real: hija del rey Alberto I de Bélgica.

AGUINIS: Supongo que Mussolini respondió encantado.

SARFATTI: Muchos rumores de Claretta llegaron a mí. Según su versión, ella lo encerró y se quitó el vestido para mostrarle un traje de baño de dos piezas que se había puesto, y que era entonces propio de un burdel. Siguieron disfrutando de sus cuerpos durante muchos meses, pese a un accidente que Benito me reveló. Fue una desesperante crisis de impotencia. Jamás le había ocurrido antes. Jamás. Lo contó con una risita. Lógicamente, temía su repetición. Con esa princesa desarrollaba un juego erótico similar al que casi siempre practicaba conmigo: nada de violencia ni agresión, ni apuro, según contaba, aunque no era cierto. Se sucedían los besos y las caricias que agradaban al otro, hasta que se producía sin esfuerzo el avance hacia la culminación del extremo placer. Pero en esa ocasión tuvo una parálisis que provenía del infierno. Era inexplicable. Le gustaba contar sus victorias en el amor. Siempre eran victorias míticas que no se privaba de repetir porque yo las toleraba. Antes, mi vida sexual también estaba repartida entre él y Cesare. Pero jamás sufrió un ataque de impotencia conmigo. Frente a la princesa quiso cortarse los genitales.

Tiempo atrás me había encontrado con María José en una reunión que hizo en su residencia. Había pintores y poetas, pero ninguno de relevancia. Los mejores ya empezaban a esquivar al régimen. Ella me miraba con demasiada atención, como si buscase averiguar los motivos de mi adhesión a Benito. Le resultaba extraño, como me ocurre ahora.

Entre María José y Benito, tras meses de incesantes encuentros, se levantó el biombo de la formación académica de ella. Pese a su sangre noble, prefería las ideas democráticas, la libertad, la división de poderes, y discutieron mucho, con furia, hasta que ella empujó a Benito fuera de sus aposentos. Trataron de impedir la difusión del escándalo, pero serpenteó el rumor, porque María José fue convirtiéndose en una fervorosa antifascista. Incluso exigió a Umberto que actuase contra el Duce. Criticó la guerra de Etiopía que estalló en ese año por los acercamientos con Hitler. Cuando se alejó de Benito buscó otros amantes. Tenía un carácter intrépido, que se manifestó con más fuego en los días en que tanto el Duce como el Führer se metieron en la guerra civil española. ¿Salto a unos años después?

AGUINIS: Hágalo.

SARFATTI: Varios más adelante: 1942. Era obvio que Italia ya estaba vencida. El mundo avanzaba hacia una derrota del eje nazifascista. La princesa trabajaba en secreto con oficiales del Vaticano, incluso con el poderoso arzobispo

Montini, que después sería coronado papa. ¿Su objetivo? Nada menos que expulsar al Duce. Es uno de los pocos registros de actuación antifascista del Vaticano, frente a las concesiones de Pío XII. ¿Qué me dice? Fracasaron, lamentablemente. Y Umberto, su cobarde marido, la acusó ante su propio padre, el enano rey Vittorio Emanuele III. Surgió la alarma, porque los nazis que invadían Italia la buscarían. Entonces ella y sus hijos huyeron a Suiza, donde los partisanos se encargaron de cuidarlos hasta el final de la guerra.

AGUINIS: Regresemos al conflicto con Etiopía. Lo dejamos inconcluso.

SARFATTI: ¡Fue trágico! Como suelo repetir, Benito solía *lamer* el mapa del mar Mediterráneo porque soñaba con reconstruir el antiguo Imperio Romano. Desde hacía años pensaba de qué forma empezar, por dónde iniciar esa aventura, qué negociaciones activar. Entonces lo iluminó un plan, para cuya realización se exigió tener paciencia. Aguantar. Ajustarse las sienes. Desde mucho antes pensaba agredir Etiopía para ampliar el territorio de Italia, algo que se le ocurrió por la moda de potencias europeas en hacerse colonialistas, por ejemplo, Bélgica, Francia, Gran Bretaña, Alemania. Pero recién a fines de 1932 se decidió a ponerlo en marcha. Ya estaba enloquecido por la ansiedad de ese apetito postergado. Con fiebre encargó al ministro de Colonias que preparase el gran proyecto de campaña contra ese país africano. El plan fue prolijo, con muchos expertos, y tenía varias etapas, parecía inteligente. En primer lugar se movilizó el aparato propagandístico fascista para hacer que Italia recuperase su interés en las cuestiones coloniales. Con vistas a la celebración de la "década de la revolución", se añadieron dos temas fundamentales a la propaganda: el "mito del Duce" y la idea de la "Nueva Italia". Se alentó la publicación de exitosas obras coloniales con el propósito de magnificar las hazañas alcanzadas durante la década fascista, al tiempo que se filtraba en ellas el programa imperialista gubernamental. El ministro de Colonias puso el dedo sobre una de ellas: "La Italia mussoliniana ha encontrado de nuevo en África la vía de su transformación". Sobre la expansión colonial, el Ministerio de las Colonias organizó muestras comerciales, exposiciones etnográficas, manifestaciones políticas. En el debate público intervinieron historiadores, especialistas coloniales, juristas, antropólogos y exploradores, que publicaron estudios para demostrar "la inferioridad mental de los negros" y la aptitud de los italianos para adaptarse a los climas tropicales y aprovechar sus ventajas. Las mentiras se disfrazaban con citas científicas. La humanidad estaba lejos de entender la falacia del racismo. Tuvo que asesinar muchísimos africanos, asiáticos y judíos antes de abrir los ojos... Me vuelve la jaqueca...

AGUINIS: Descansemos unos minutos, ¿qué le parece?

SARFATTI: No, no. Gracias, pero prefiero seguir.

Poco importaba que Etiopía fuera un país pobre y escabroso, cuyo dominio supondría más una carga que una ventaja para la economía italiana, pero era un objetivo lógico, pues su conquista aumentaba las escasas joyas coloniales, que en ese tiempo eran muy valoradas. El imperialismo no era una mala palabra, sino una derivación de los grandiosos imperios de la antigüedad, la Edad Media, Napoleón. La empresa se presentó como relativamente fácil y sin riesgo de perjudicar los intereses de Francia y el Reino Unido, países amigos y hermanados en la cultura. Mussolini consideró, con razón, que los anglofranceses entregarían Etiopía a las ambiciones fascistas, aunque subestimó la reacción de la opinión pública internacional.

En 1935 hizo estallar por fin la guerra italoetíope, que se llamó segunda para diferenciarla de las humillaciones padecidas en la primera, del siglo anterior. Para Benito, como lo dijo ante íntimos, yo entre ellos, fue la expulsión de una sonora flatulencia. El sangriento y ridículo conflicto duró solo siete meses, entre octubre de 1935 y mayo de 1936. Lo recuerdo bien, con rabia, porque ya estaban en el poder Hitler y Benito. Benito competía con el bigotito epiléptico para determinar quién era más osado. Eritrea y Somalia eran unas improductivas colonias italianas. Entonces, sin declarar la guerra, con una picardía que se consideraba genialidad estratégica, desde ambos espacios territoriales Mussolini atacó. Fue muy fácil apoderarse de la ciudad de Aksum, donde se elevaba un obelisco que ordenó arrancar de cuajo, con vocinglería de triunfo, para mandarlo a Roma e instalarlo frente al Ministerio de Colonias. Las fuerzas armadas etíopes huían, eran rudimentarias y hasta las comunicaciones las hacían con mensajeros de a pie. ¿No era grotesco?

AGUINIS: Muy.

Sarfatti: Se condenó mundialmente el uso de gas mostaza en los bombardeos aéreos, incluso contra civiles, pese a infringir con ello las Convenciones de Ginebra, que ya regían. También se atacaron a las ambulancias, a filas de emigrantes con bultos de ropa sobre la espalda. El emperador Haile Selassie se vio obligado a escapar al extranjero y Mussolini pudo anunciar con voz triunfal que se había conquistado la capital del país, Adis Abeba. A los pocos días proclamó que Eritrea, Etiopía y Somalia fueron unidas para formar la provincia italiana de África del Este. ¡Había nacido su Imperio!

Cerca de Villa Torlonia, donde la familia de Mussolini pasaba muchos fines de semana, funcionaba una escuela excelente. Allí, un estudiante destacado comenzó a tener dificultades visuales. El médico, que concurría de vez en cuando, retó al director. "¿No se da cuenta de que debe usar lentes?". La sorpresa mayor se produjo cuando supo su nombre: Romano Mussolini, hijo del Duce. Resuelto el inconveniente, Romano decidió convertirse en aviador. Exigió tomar lecciones, pese a sus mínimas dificultades. Eran aparentes porque los lentes le permitían ver con tanta agudeza como cualquier mortal. Narró en las comidas que compartíamos su felicidad. Atrapaba nuestra atención al describir los despegues y los giros que efectuaba sobre poblaciones vecinas. Descendía lentamente o en picada. A su acompañante lo hacía sudar cuando parecía perder el domino del avión y caer sobre una iglesia. Con hábil destreza giraba a último momento y enfilaba hacia una nube, atravesándola como un pájaro. Edda lo aplaudió mientras yo anudaba la servilleta. Me acuerdo de ese momento. Decidió viajar al África oriental para bombardear a los enemigos.

AGUINIS: ¿Participar en la guerra? ¿El hijo de Mussolini?

SARFATTI: Sí, Romano Mussolini. Disfrutó matar hombres, mujeres y niños. Para él eran insectos. Solo le llamó la atención que de sus cuerpos saliese sangre roja, como la de los demás seres humanos. Aunque no debía sorprenderlo, se corrigió, porque también es roja la sangre de los monos, caballos, perros. Me levanté y fui a vomitar. Regresé muy pálida. "¿Te asusta viajar en avión?", preguntó Romano. Entonces Benito, que se dio cuenta de mi disgusto, golpeó la mesa con el puño. Vibraron los cubiertos y los cristales de la araña. "¡Cambiemos de tema!" Rachele lo miró asombrada, aunque la rudeza de su marido no le era ajena.

Los otros dos hermanos, Bruno y Vittorio, también exigieron aprender aviación. No solo les entusiasmaba volar, sino defender la patria de los bárbaros africanos. Benito dio otra muestra de que sus discursos sobre el valor didáctico del "no" eran asfixiados por el olvido. Manifestó su deseo de volar y se lo comunicó a su secretario. Al día siguiente, como se trataba del máximo poder del Estado, le presentó una lista de los mejores pilotos de Italia. La recorrió con velocidad, pero la rechazó porque prefería alguien menos hábil que él. Su secretario pestañó, guardó el documento en la carpeta, conocía a su amo y entendió. No era el mejor que pretendía, sino alguien que dejase el puesto de "mejor" al mismo Duce.

AGUINIS: Mussolini aprendió a volar, pero no lo hizo con frecuencia.

SARFATTI: Por suerte. Quien se empeñó en ello fue Bruno.

AGUINIS: ¿Con mal final?

SARFATTI: Era alcohólico. Aparecía en el despacho de Benito haciendo ochos. Benito se cansó de reprenderlo y en una ocasión lo derribó a puñetazos. Debió intervenir su secretario. Benito no cesó de insultarlo, incluso cuando ya lo habían alejado de su vista. Se frotó la cabeza y ordenó que viniese el médico que lo atendía. Descargó su ira contra el profesional, lo acusó de inservible, le exigió una curación inmediata. Como siempre, como se estila en cualquier populismo, encontraba fácilmente el chivo expiatorio contra quien aplastar la culpa. Bruno siguió volando mediante la exhibición de su documento con el apellido. Durante algunos meses conseguía abstenerse del alcohol y finalmente pudo intervenir en los comienzos de la Segunda Guerra Mundial. Gritó sus éxitos imitando a su padre, con el brazo derecho bien extendido, con los dedos rectos, apuntando al cielo. Volaba sobre Toscana con gran excitación, buscando enemigos, decidido a encontrarlos pronto. Deliraba y sus acompañantes no lograban quitarle el mando de la nave. Pese a sus trastornos, se había ganado el amor preferente de su padre. Quizás se debía a sus semejanzas.

AGUINIS: Vinieron días angustiantes, me dijeron.

SARFATTI: Le previne que debía ser más severo, que no estaba en condiciones de volar. Pero no conseguí persuadirlo, tal vez le parecía que Bruno era él mismo pocas décadas antes. Excepto en escasas oportunidades, terminaban sus diálogos con un abrazo. Mi insistencia fue tanta que la consideré absurda, pero una mañana, cuando ya estábamos alejándonos, me llamó a su despacho. Tenía una mirada extraña, como si hubiese sufrido una pesadilla. Me hizo sentar a su lado, como en los buenos tiempos. Apoyó su mano sobre la mía y con voz ronca preguntó si no tenía un raro presentimiento. ¿Raro presentimiento? Sí, porque a veces le asombraban mis premoniciones. Advertí su angustia. Empecé a tener taquicardia, sentía que me estallaba el corazón, porque llegaba al mío su dolor. Le costaba poner en palabras su malestar. Por fin dijo "pesadilla". Entendí y se abrió en mi mente la imagen de un accidente. Puso mi otra mano sobre la suya, que comenzó a temblar. Me miró con susto. "¿Qué sabes?" "No sé nada", contesté. "Sí, lo sabes, necesito que lo digas". Seguimos mirándonos. Oprimió un botón y ordenó a su asistente: "¡Café!". Soltó mi mano y trató de aflojarse contra el respaldo del sofá. Balbuceó el nombre de su hijo. Trató de alejarme, le molestaba que no descifrase la pesadilla que ni siquiera describió. Entendí que sospechaba el final de Bruno.

AGUINIS: ¿Ocurrió pronto?

SARFATTI: No. Siguió volando e ilusionándose con victorias. Benito asociaba sus breves relatos con los sueños que tejía mientras estaba internado en el sucio hospital de la

Primera Guerra. Le pidió, rogó y ordenó que no subiese a los aviones de combate. Fue inútil, su rebeldía era igual a la del padre. Su documento le abría las puertas de los hangares. Yo padecí también una pesadilla y me las arreglé para hacerme escuchar. Bueno... ¿hacerme escuchar? No fue así. Benito sospechaba el contenido de mi angustia y trató de evitar mi ingreso, no quería saber. Estaba seguro de que yo había visto el futuro, como en otras ocasiones. Me había alejado de Italia, pero no del cerebro de Benito. Enterado de mi distancia, ordenó que me trajeran al palacio. Partieron dos aviones. Me localizaron en Francia, enseguida. Los precedieron varios telegramas. Rogaban una entrevista urgente. Imaginé el motivo, mis neuronas también ardían y me negué a recibirlos. Llegaron flores con misivas oficiales, respetuosas, seductoras. No me asombraron, conocía esos senderos, yo misma los había caminado. Mussolini había ordenado que se usaran todos los métodos persuasivos, por difíciles que fueran. Llegaron oficiales y diplomáticos en forma cautelosa, me ofrecieron garantizar cualquier pedido, incluso un capricho. Se me nubló la mente, Benito me daba lástima, era el poderoso que se me ponía de rodillas. Increíble. Yo deseaba tener a mi lado la voz serena de Cesare, de mi abuela, de mi madre, para que me extendieran el buen consejo. Benito ordenó a toda su Fuerza Aérea que no permitiese el ingreso de Bruno ni siquiera a un hangar. Mi frente ardía y accedí a volar con el secretario del primer ministro, que me había concedido la promesa de traerme de regreso.

Apenas llegué a la antesala, Benito, sin hablarme, corrió a mi encuentro y me abrazó. Minutos después le avisaron que, tras peligrosos giros alrededor de Pisa, Bruno se había estrellado, matándose con otros dos miembros de su tripulación. Fue una diabólica coincidencia.

AGUINIS: Pero usted ya estaba lejos de gobierno.

SARFATTI: Del gobierno y de Italia. Benito me soltó, regresó al despacho y se zambulló en una franca desesperación. Nada le alcanzaba. Se sumergió en una bañera con agua caliente y tanta espuma que se escurría por la base de la puerta, luego se metió bajo la ducha y se frotó con varias toallas como si ellas fuesen gladiadores dispuestos a matarlo. Hasta se golpeó la cabeza. No se perdonaba la muerte de su querido Bruno. Fue un error que cortaba por el medio la sucesión de su imperio. Cayó en un diván. Poco a poco, sin embargo, recuperó la estructura de su personalidad psicopática: nada de culpa, nada de pena. Seguir adelante. Pidió que lo asistieran en la composición de su ropa, debía ser la de un sobrio luto. Se miró al espejo, cruzó los brazos sobre el pecho, levantó su mentón soberbio y miró desafiante al Mussolini que tenía enfrente. Le pareció admirable. Con paso firme y lento se dirigió a su escritorio.

Los enhiestos componentes de su guardia y servicios ayudaron a fortificar la confianza en su infinito poder. Apenas sentado en su sillón ordenó a su secretario que se brindase la más alta condecoración a su hijo por su evidente coraje. Le informaron que correspondía la *medaglia d'oro per valore aeronautica*, aunque no había muerto en acción. "¡Pues que se la confieran!"

Más adelante escribió unas páginas que llamó *Conversación con Bruno*, en las que inventaba el heroísmo de su hijo. Pero Bruno fue su mayor decepción.

AGUINIS: ¿Pudo intervenir en la educación de sus hijos?

SARFATTI: Para nada. No me dejaron. Ni me permitían acercarme, los celos quemaban. Sus hijos padecían enfermedades, en especial Vittorio, con desórdenes hormonales e infecciones. Su madre, Rachele, lo negaba y se oponía a las indicaciones médicas. No olvide que era primitiva, ignorante. El muchacho padecía exceso de peso, letargo, calculaba mal. Pese a ello, tuvo dos hijos con su esposa. También había bombardeado Etiopía, lo cual se tomaba como prueba de su salud. Informó en sus crónicas que volaba a poca altura para descubrir a los negros que se escondían en los bosques. Ese era su mayor disfrute. La propaganda le alteró más el cerebro, como a la mayoría de los italianos. Tras su enjoyado casamiento, años atrás, me asombré en la ópera al descubrir en su palco iluminado a medias que Benito se inclinaba sobre su nuera y le acariciaba los pechos. Ella buscaba apartarse, pero al final le devolvió algunos movimientos. Era evidente que Benito no podía controlar su atracción por las mujeres con parentesco. Luego, pese a sus problemas físicos, Vittorio se empeñó en dirigir películas. Gastó sumas enormes en producciones sin éxito: malos guiones, malos actores, todo infantil. Quería transformar Roma en otra Hollywood. Consiguió que ningún film extranjero se proyectase sin su permiso. Me mareaba la cantidad de dinero que llenaba sus bolsillos y él desperdiciaba en ridículos proyectos. Ocurre en todos los populismos, que persuaden sobre su empeño en beneficiar al pueblo y quienes se benefician son los miembros del clan gobernante. Y luego queman ese dinero.

En 1936 sufrimos la epidemia de poliomielitis. Su hija menor, Anna Maria, la contrajo. La vanidad de Benito le impidió seguir las medidas profilácticas, evitar las piletas públicas de natación, los encuentros masivos, la concurrencia a edificios muy poblados. Prohibió que se difundiese la patología de su hija. Ningún miembro de la familia de Mussolini podía enfermar debido a su vigor genético. Creía que era posible vencer el mal negándolo. Antes de que ella enfermase, la llevó con Vittorio a las grandes piletas de Acque Albule en Via Tiburtina. Anna Maria acababa de cumplir siete años. Los esfuerzos médicos lograron que mejorase, pero quedaron algunas secuelas. Fue encerrada en su residencia, con estrictas órdenes de jamás mostrarse ante un fotógrafo.

Se suponía que amaba sobre todo a su hija mayor, Edda. Tras una infancia pobre y alejada de su padre, desarrolló un estrecho vínculo con él y un fuerte desprecio por su madre autoritaria. A Edda no le negaba ningún pedido y preguntaba por ella una vez por semana. Cuando pequeña fue intolerable, pero al crecer pretendió ser la mujer más elegante de Italia. Su modelo era Greta Garbo. Se rodeó de modistos refinados. Y caros. Era inteligente y se esmeró en aprender idiomas, cualidad que varias veces me reprochó... La predilección de Benito por Edda no era exacta: igual amor sentía por los otro cuatro, aunque no los telefonease con frecuencia. O no sentía mucho amor por ninguno.

En una reunión confidencial, casi secreta, casi bromeando, coincidí con su secretario que esos vínculos eran apariencias destinadas a mantener su imagen cariñosa, ajena al aspecto leonino que gustaba lucir. El único familiar que le despertaba genuina emoción era su madre. Pese a su lejana muerte, solía recordar que le debía su fortaleza física y mental, que fue una mujer digna del Olimpo.

AGUINIS: Edda se parecía a Mussolini en el carácter. Escuché varias anécdotas que lo confirman.

SARFATTI: Son muchas, en efecto. ¿Conoce su visita a la Corte de Saint James con su esposo, cuando era ministro de Relaciones Exteriores? Se la considera memorable. Llegó tarde, como era su costumbre, una suerte de ofensa a la etiqueta inglesa. Comió apurada y atropelló las palabras de su mal inglés. Se levantó y se retiró antes de tiempo, arrastrando a su marido, sin esperar a los príncipes que la acompañaban. Su salida fue abrupta, sin las debidas excusas. Pero su urgencia no se debía a otro compromiso, sino al deseo de meterse en un club danzante. El embajador de mi país llevaba un pañuelo en la mano para secarse la frente ante el peligro de algo peor. Y lo peor ocurría a menudo.

Por ejemplo, tuvo repercusión en la prensa su viaje a Brasil. Nuestro embajador envió todo su personal a recorrer los medios de comunicación para impedir que se publicasen las fotografías donde aparecía borracha, bailando sin control y dándose besos con diferentes acompañantes, mientras Galeazzo Ciano era llevado al exterior del *dancing* con unos cartones que le impedían ver la escena. Cuando nuestro embajador ofreció un banquete en su honor, ella se negó a asistir si no invitaban al amigo brasileño con el que más se frotó en aquel *dancing*. Parece que su marido por fin se atrevió a obedecer el consejo de su suegro y en el dormitorio la derrumbó con bofetadas.

La situación fue distinta cuando ese matrimonio fue invitado a Berlín. Los nazis, informados sobre los desórdenes de Edda, planificaron un programa en el que cada minuto y cada paso estuviesen bien controlados. Jóvenes oficiales fueron entrenados para acompañar a la hija del Duce en todo momento. Debían hacerla sentir feliz, asombrada y agradecida. Esos oficiales sabían algo de italiano y Edda algo de alemán, lo cual facilitó la risa de ambas partes. Edda, con su inteligencia, expuso las victorias del fascismo. Su marido se dedicó a estimular los vínculos comerciales de ambos países. Parece que esa visita fue útil para acelerar la desgraciada alianza que los llevó al desastre. Y, paradójicamente, fue la única en que Edda se comportó bien.

AGUINIS: Regresemos a Etiopía. Esa guerra fue importante y cometimos el error de interrumpir su análisis.

SARFATTI: Durante la invasión de 1935, ante el público, Benito parecía exultante, pero en privado no se sentía bien. En lugar de la briosa victoria que le permitiría reconstruir enseguida el Imperio Romano, la situación interna e internacional se complicaba. Una trágica grieta se produjo entre nuestra Italia gobernada con autoritarismo y las democracias occidentales encabezadas por Gran Bretaña y Francia. La raza africana se describía como cercana a los animales. Pese a ello, el mundo considerado hasta entonces intelectualmente superior no aceptaba esas versiones ni esa guerra. Las ambiciones imperiales de Mussolini no favorecían la paz ni el equilibrio mundial, pero sí su desprestigio. Era el comienzo del feroz racismo que predicaba Hitler con su judeofobia.

El fascismo incentivaba un irracional fervor nacionalista. Benito se autoelogiaba por haber fundado un imperio a partir del dominio sobre diez millones de africanos, que no rendía nada, que costaba miles de millones de liras, y que el pueblo acogía con chistes, anécdotas, dudas, fanatismo, contradicciones. Mussolini lo había hecho para dar a su teoría militar un ejemplo barato, y para crearse nuevos puntos de apoyo. No le serviría. Pronto hasta se filmarían películas con destacados artistas que, en lugar de eso, nos harían sacudir las mandíbulas de risa.

AGUINIS: Disfruté una de Vittorio Soldi.

SARFATTI: Para reír y llorar. Qué triste. Inconscientemente, Benito procuraba extraer de su cabeza el rencor que acumulaba desde la niñez. No solo era el odio de clase, sino de vestimenta, de costumbres, de lenguaje. Pero lo hizo por el camino equivocado. Pronunció discursos que conmovían a las llamadas "masas". Consiguió hacer temblar las multitudes, que comenzaron a exaltarse con su empuje a la guerra. Nada quedaba de su antiguo pacifismo. A menudo se mostraba en el balcón de Piazza Italia con los brazos cruzados sobre el pecho, mandíbula elevada, postura desafiante, voz sonora y frases incendiarias. Convencía, pero mal. Muchas mujeres casadas donaban sus anillos y los varones abrían sus billeteras en un concurso para sobresalir en la carrera del patriotismo. La comunidad judía de Roma entregó la menorá de su sinagoga en un acto cargado de emoción. ¿Se da cuenta? Yo no lo asumía aún. Me trastornaba una especie de droga, como a la mayoría. La inesperada guerra fue objeto de bravíos artículos que hicieron que un filósofo nada fascista como Benedetto Croce ofreciera sus escasas joyas. Durante mucho tiempo, incluso después de la guerra, no resultó fácil interpretar esa larga convulsión que se extendió por todo el país.

AGUINIS: ¿Cómo se sentía usted?

SARFATTI: Supongo que lo tiene claro. Por el clima cargado de desequilibrios, yo padecía mucha angustia. Las escasas gotas de alegría, muy escasas, se impregnaban de vinagre. Los vínculos con el nazismo me hacían temer un futuro pavoroso. No se necesitaba una visión sobrenatural.

AGUINIS: Etiopía fue muy negativo para Mussolini.

SARFATTI: Muy. Reconstruir el Imperio Romano a partir de la fácil África lo llevó a una operación sangrienta sin ganancias. Hasta entonces Mussolini había conseguido el respeto del mundo. Italia sonaba poderosa y bella. Su aspiración de que fuera temido era una aspiración imbécil. Quiso incorporar la violencia a su ideología, que ya contaba con gente sádica, como los Camisas Negras. Pero el pueblo italiano posee un carácter especial. El orden fascista no era perfecto, no era el orden germánico. Los trenes empezaron a llegar retrasados; lo irritaba que la gente del sur se fuera a la plaza para charlar unos minutos. El fascismo, agresivo y autoritario, no produjo artistas. Al contrario, distanció a los grandes cerebros. La responsabilidad histórica de Mussolini fue haber oprimido a un pueblo culto y alegre como el italiano. Animó a los aventureros de otros países que empezaron a llamarse fascistas para hacer lo mismo. Las carreteras y los canales, las líneas de navegación aéreas y marítimas de que se vanagloriaba su sistema no han surgido solo por su gestión, sino por el espíritu de la época que ha producido casi igual resultado en las grandes democracias durante la misma etapa, pero sin tanta publicidad oficial. Tampoco los armamentos fortalecieron a la Italia soñada.

AGUINIS: No disponía de una provisión adecuada de hombres, aviones, estrategas, barcos, armas y ni de uniformes siquiera para dominar África en pocos minutos.

SARFATTI: Mussolini había prometido la autarquía económica, pero seguía dependiendo de las importaciones de carbón y fertilizantes. Cuando mucho más adelante, en 1939, Alemania e Italia firmaron un tratado de defensa mutua, Mussolini instó a Hitler a postergar varios años el inicio del conflicto mundial. Lo mortificaba su derrota en Etiopía. Pero el excitado Führer no tenía ninguna intención de hacerlo. ¿Se acuerda lo que voceó Hitler golpeando la mesa, a sus oficiales más experimentados? Lo tengo guardado en mis archivos. Aguarde un minuto. Aquí está. Lo leeré. Exhortó a sus oficiales más experimentados a que no tuvieran piedad. "Cerrad vuestros corazones a la conmiseración. Actuad sin misericordia. Ochenta millones de germanos deben conseguir lo que por derecho les pertenece. Su existencia ha de quedar asegurada. Creíble o no, yo suministraré una buena base propagandística para la destrucción de Polonia. Más adelante no se le preguntará al vencedor si lo que dijo era verdad o no. ¡Será obvio!".

AGUINIS: Mussolini se encandiló por la sorprendente fuerza de Hitler. Se arrodilló ante semejante loco. Este loco había logrado un poder impresionante con poco ruido, o un ruido que el mundo no captó en su fabulosa dimensión. Como se hace al desplumar un pollo.

SARFATTI: No entiendo.

AGUINIS: Se dice que Mussolini explicó en una oportunidad que, cuando se trata de aumentar el poder, lo mejor es hacerlo como quien despluma un pollo, pluma por pluma, de manera que cada uno de los graznidos se perciba aislado respecto de los demás y el proceso entero sea tan silencioso como sea posible. Su táctica sigue vigente en este siglo y ya no es tan nueva. No hay día en que, al levantarnos, no veamos en el mundo elementos que serían los primeros indicios del fascismo: el descrédito de políticos, la aparición de representantes que persiguen la división en lugar de la unión, la búsqueda de la victoria a cualquier precio y la apelación a la grandeza de la nación por parte de personas que solo parecen tener un sentido retorcido de lo que esta significa. Pluma tras pluma. Esa es la clave del populismo.

Muy a menudo los indicadores que deberían alertarnos pasan desapercibidos: una modificación constitucional que se cuela como una simple reforma, los ataques a la prensa libre justificados por motivos de seguridad, la deshumanización de otras personas enmascarada como defensa de la virtud o la socavación de un sistema democrático del que ya solo queda el nombre.

SARFATTI: Sí, yo escuché la misma versión.

AGUINIS: ¿Cuándo Mussolini giró hacia el antisemitismo?

SARFATTI: A principios de 1936. Mussolini, enloquecido por su frustración africana y el ascenso acelerado del Führer, giró hacia un compromiso que poco antes hubiera parecido imposible. Cedió a esa tendencia por la contradicción oportunista. Se entregó a su reciente aliado, más poderoso. No tuvo la fuerza necesaria para reconocer que estaba frente a un loco. Quería ser tan omnipotente como él. Entonces su rechazo al antisemitismo se convirtió en un repugnante odio racial. De prometer oponerse a cualquier agravio contra Austria pasó a unirse al aplauso que los sometidos austríacos depararon a Hitler cuando violó su soberanía y les pateó la dignidad. Incluso no tuvo vergüenza en atribuir a los judíos los males del mundo, como hacían los nazis en su lenguaje brutal.

Esa intolerancia se acomodó a sus pesadillas sobre Dios y el destino. Cuando hablamos de estas cosas, un día antes de Pascua, él se denominó fatalista. Me contó lo mal que soportaba de niño, en la iglesia, el órgano y las velas y, sin embargo, en su primer discurso ante la Cámara invocó el auxilio de Dios. No gobernaba su destino. Le planteé si un discípulo de Maquiavelo podría creer en algo.

"Ya eso sería algo en sí mismo", contestó enseguida y riendo. Después se colocó ante el círculo luminoso de la lámpara y continuó: "En mi juventud yo no creía en nada. Había invocado inútilmente a Dios para que salvara a mi madre. Todo lo místico me es extraño, incluso los colores y tonos del claustro en el que pasé un tiempo. Pero no excluyo que alguna vez haya habido una aparición sobrenatural y que la naturaleza sea divina. Creo ahora que hay una fuerza divina en el Universo. Los hombres pueden adorar a Dios de muchos modos. Hay que dejar a cada cual que lo haga a su manera".

NUEVE

AGUINIS: Vuelvo sobre este tema. ¿Cómo y cuándo ingresó entre los fascistas el antisemitismo?

SARFATTI: Usó la palabra correcta: *ingresó.* En Italia no era visible el odio a los judíos. Los mismos judíos se consideraban descendientes de los que habían llegado a Italia mucho tiempo atrás, en la época romana. No se llamaban *sefaradim* ni *askenazim.* Pese a que a lo largo de la historia tuvieron un protagonismo evidente, en especial durante el Renacimiento, no se recordaban pogromos ni expulsiones. Nada de matanzas. En algunas épocas se construyeron ghettos, pero tenían un fin identitario, económico, cultural. Había cordiales diálogos entre sabios judíos y católicos. Ya narré los lazos que desarrolló mi familia con altos prelados, uno de los cuales llegó a papa.

Entre los judíos de Italia, como en el resto de Europa occidental, creció la tendencia asimilacionista. Los judíos no importaban a los fascistas, incluso había algunos en sus filas.

AGUINIS: Suena extraño.

SARFATTI: El antisemitismo se fortaleció por la alianza con los nazis. Incluso, como ya dije, se hablaba del reciente movimiento sionista y Benito expresó simpatías por él. En varias ocasiones mencionó el extraño sentimiento nacional que comenzaba a unir a los judíos de diversas partes del mundo, en especial a las discriminadas y asesinadas comunidades de Europa oriental. Recordemos la simpatía que años antes Benito había demostrado por Teodoro Herzl, propulsor del sionismo. En mi familia se hablaba algo de ese fenómeno y se contribuía con donaciones a los esfuerzos que se realizaban para fertilizar y urbanizar el desértico y lejano territorio histórico. Yo no le daba importancia y tengo pocos recuerdos de esto. En mi familia se mencionaban de vez en cuando, con asombro, el crecimiento de una nueva ciudad llamada Tel Aviv, la fundación de una universidad hebrea y el armado de una orquesta sinfónica. Para esa ocasión fue invitado Arturo Toscanini, a quien ya mencioné.

Después surgieron controversias sobre los inconscientes sentimientos antisemitas de Mussolini. Como no era religioso, jamás lo contaminaron los más populares prejuicios. Nunca lo escuché decir que "los judíos asesinaron a Cristo" o disparates parecidos. Pese a que entre los sectores analfabetos o semianalfabetos se repetían algunas frases parecidas, no entraban en el léxico fascista originario. Recién en 1919, por la competencia con el ascendente bolchevismo, se empezó a difundir que los judíos eran la fuente de muchas injusticias, porque estaban al servicio de banqueros de Londres y New York. También se los empezó a llamar, pero en forma muy esporádica, "raza maldita". Comenzó a difundirse la creencia en las razas. Y esta horrible moda tenía vínculos, desde luego, con los apetitos por el continente africano.

El Duce no se privó de incorporar colaboradores judíos, como su eficaz ministro de Finanzas, Guido Jung. Conservó su puesto hasta el año 1935, triste año, porque fue el de la invasión a Etiopía.

AGUINIS: Italia se inclinó rápido ante la bestial fuerza germánica. Usted todavía tenía influencia, y ¿no luchó contra eso?

SARFATTI: Alemania superó con rapidez a Italia, incluso en el poder simbólico. Los Camisas Negras se convirtieron en el uniforme de los nazis; también el saludo alzando la mano. Igual pasó con los gritos de victoria y endiosamiento de líder máximo: Duce y Führer. Pero estos avances no demoraron a otros cargados del mayor fanatismo y crueldad de los nazis, superior al de los fascistas. Mussolini se vio obligado a seguir tras las implacables orientaciones del nazismo, para no quedar disminuido. Por ejemplo, aunque se repetía que en Italia no cabían discriminaciones por causa de raza o religión, en su viaje a Berlín de 1937 aseguró a los gritos, en alemán, lo contrario. Ante un público estimado en ochocientas mil personas que lo ovacionaban bajo la lluvia, afirmó que el fascismo y el nazismo eran las democracias más grandes y auténticas del mundo. Seis meses después guardó silencio ante la grosera ocupación alemana de Austria, pese a que había asegurado en forma reiterada que garantizaba con toda su fuerza la independencia sagrada de ese vecino país. Tampoco criticó la inmediata agresión a su numerosa y destacada comunidad judía. El oportunismo y el sometimiento ya eran grotescos.

Conversé con mis hijos sobre la importancia del antisemitismo. Por más que deseábamos encontrarle vínculos con nuestra historia familiar, entendimos que se abría una fosa entre el fascismo y nosotros. Si queríamos seguir dentro del mundo, debíamos aceptar la insegura realidad. Entonces, tras noches insomnes y el repaso de varios capítulos bíblicos, decidí convertirme. Mis conocimientos teológicos superaban a los de muchos obispos. Los vínculos que mi familia había cultivado en Venecia con dignatarios de la Iglesia y hasta con el futuro papa Pío X me ayudarían a no sentirme extraña en el nuevo ambiente espiritual. Lo notable es que mis hijos Amedeo y Fiammetta resolvieron seguir mis pasos.

AGUINIS: ¿Cuáles fueron sus reacciones ante el avance del antisemitismo? Supongo que no se quedó convertida en una estatua. Usted ya había perdido su anterior inmunidad.

SARFATTI: No me dirigí a Benito, que casi ni me escuchaba, sino que me precipité al ministerio de Asuntos Exteriores para protestar ante el joven y poderoso canciller Galeazzo Ciano, su yerno. La salvaje agresión antijudía en Austria, donde artistas, científicos y empresarios judíos eran obligados a fregar los adoquines de las calles, fue mi argumento. Derramé lágrimas, porque esa situación amenazaba al psicoanalista Sigmund Freud, que él admiraba. Prometió hacer todo lo posible para salvarlo. Pero no quiso extenderse sobre el embrollo que había suscitado la ocupación territorial y la recepción victoriosa que ese país había brindado al Führer. Alemania reclamaba "espacio vital" y la reconstrucción del ámbito germano en toda su fantasiosa extensión. Así lo había aceptado el encandilado pueblo austríaco, infectado de nazismo. Despertó su antisemitismo inconsciente y, merced a ese odio, también entregaba su dignidad.

El ministro Ciano más adelante cumplió su promesa y facilitó la salida de Freud. Estas contradicciones me dejaban más perpleja aún. O me ayudaban a abrir los ojos.

Luego de la ocupación de Austria, llena de famosos artistas y científicos, se incrementó la judeofobia en toda Europa. La prensa italiana aceptó de mala gana, con oscilaciones, culpar a los judíos de todos los males que padecía el mundo. Empezó a llamarlos perversos, antinacionales, traidores y calumniadores. También se reiteraba que los matrimonios mixtos estaban condenados a enfermar de tuberculosis. Se dejaba de razonar.

Tras un avance tan intenso del antisemitismo, Mussolini se sintió incómodo y firmó una declaración en la que desmentía persecución alguna, "excepto contra los elementos hostiles al régimen". Esto no era cierto, y se lo podía comprobar con innumerables pruebas de las víctimas, objeto de detenciones y variadas torturas, en las que el fascismo parecía desarrollar una poderosa imaginación. El "régimen" se entrenaba en la fácil mentira, que pronto fue un mecanismo infaltable de los populismos.

AGUINIS: ¿Se aceptaba en algunos círculos que Italia perdió la vergüenza al unirse con Alemania?

Sarfatti: Cada vez menos. Fue una etapa horrible. Por ejemplo, cuando Hitler nos visitó por segunda vez, en 1938, se le organizó un escenario grandioso. En competencia con el rápido crecimiento del poder germánico, nosotros queríamos demostrarle mayor fuerza. Pero la realidad era otra, y yo sentía dolor por la oculta verdad: nos arrodillábamos ante Alemania. Me horrorizó que se hubieran cubierto las paredes con cruces esvásticas, tan numerosas y gigantescas que hasta borraban los colores de Italia. El clima de fiesta empujaba a celebrar la presencia de un dios máximo, incluso superior al Duce. Esto era mi impresión y la de millones de italianos que aún no habían sido contaminados. Múltiples recepciones jalonaban la sucesión de actos, siempre custodiados por Camisas Negras o los relucientes uniformes nazis. Por indicación de alguien que aún me respetaba en el gobierno, fui invitada con mi hija Fiammetta a una recepción deslumbrante. Cuando pasó cerca de mí el payasesco bigotito del Führer con el rey Vittorio Emanuele III, preferí no mirar.

Me latía el corazón, que estaba a punto de estallar. Empezaba una época dantesca, lo digo por el Infierno. Benito ya no era el de antes. El influjo nazi inundó Italia como las olas de un mar azotado por la tormenta. Se fue imponiendo un antisemitismo italiano, que era novedoso, raro. Primero se empezó a propagar el odio contra los judíos extranjeros: se les prohibió inscribirse en las escuelas para el ciclo 1938-1939. No hubiéramos imaginado semejante agresión y la sentimos extraña a nuestras tradiciones. Incluso se revocó la nacionalidad a quienes la hubieran obtenido después de la Guerra Mundial. Luego se atacó de forma desembozada a los mismos judíos italianos. Fue una operación desprovista de frenos. Se levantaron las compuertas de una hostilidad generada por cualquier razón. Se los echó de todos los establecimientos de enseñanza, tanto a los administradores como a los docentes y a los alumnos. Desde los niños más pequeños hasta los niveles universitarios. No hubo currículum ni influencia que sirviese. Ser judío significaba portar una mancha más horrible y contagiosa que la lepra. Cualquier italiano debía comportase como un patriótico delator cuando descubría a un judío que violase semejante prohibición. También se ordenó eliminar de las librerías las obras de autores judíos nacionales y extranjeros. Autores celebrados, luminosos, ejemplares, caían bajo el peso de las botas con suelas nazis. También se descargó una mortal granizada contra los periodistas. Y todos los artistas judíos que enorgullecían a nuestro país. No había que exprimir la imaginación: bastaba con imitar las medidas que ejecutaban los nazis. Faltaba matar en las calles.

Mussolini desenfrenó su reciente conversión al racismo nazi, del cual parecía exento. Sorprendió a muchos al expresar que los "semitas" lideran el antifascismo internacional y advirtió a sus compatriotas que los judíos no debían considerarse italianos, sino judíos. Por lo tanto, de ese modo debían ser tratados... Tratados como pústulas. Pero la memoria jugaba una mala pasada. Antes, la prensa fascista se había burlado del racismo nazi porque obligaba a que miles de distinguidos alemanes tuviesen que huir de Hitler para refugiarse en nuestra Italia, que no aceptaba ese absurdo sin bases científicas. Nuestra generosidad antirracista, como destacaron algunos de los periódicos de ese tiempo, contrastaba con la reticencia que ponían ciertas democracias como las de Francia, Gran Bretaña, países latinoamericanos y hasta los Estados Unidos. ¡El fascismo era más generoso que esas "teatrales" democracias! Benito decía en ese momento que el racismo era insostenible porque la Europa profunda jamás apoyaría un proyecto de pureza racial, dada la historia que unía a este continente con los judíos desde la antigüedad. ¡Jesús pertenecía a la raza judía! Pero realizó un giro vertiginoso debido al poder nazi.

Se rompieron mis últimas esperanzas con Benito y decidí, ingenuamente, convertirme al catolicismo, como ya dije. No me costó mucho, dados mis conocimientos bíblicos, superiores a los de cualquier sacerdote común. Tampoco me producía sentimientos de traición, por los vínculos que mi familia había cultivado con altos miembros del clero. Mussolini firmó los Pactos de Letrán, que convirtieron el catolicismo en la religión oficial del Estado italiano. Si él no se sentía traidor, porque había sido más ateo que yo misma, tampoco cabía ese sentimiento en mi espíritu.

AGUINIS: ¿Le sirvió la conversión?

SARFATTI: Para nada. El odio antijudío es profundo y no se elimina fácilmente, cuando se elimina. Por ejemplo, un polaco puede convertirse al islam y entonces se dirá que es un polaco musulmán. Un español puede convertirse al luteranismo y se dirá que es un español luterano. Pero si lo hace un judío, se dirá primero que es un judío... convertido a esto o lo otro. Primero es un judío y después lo que quieras. Su identidad judía no se elimina. Es siempre un judío. En la época nazi empezó a priorizarse el asunto racial. La "raza judía" era lo distintivo, lo condenable. Y como se nace con la pertenencia a una raza, así como el mono es mono y el caballo es caballo, el judío es judío aunque se someta a las más extrañas metamorfosis. Lo terrible de todo esto es que se tolera a los monos y los caballos, pero no a los judíos, porque constituyen una peligrosa degeneración de la condición humana. La propaganda insistía que su existencia ponía en riesgo al género humano como si fuera un insecto mortal. Por lo tanto, había que destruirlo. Era un deber.

Ante semejante situación, comprendí que el terremoto no podría ser detenido con mi debilitada influencia sobre el Duce. Lloré, sufrí, consulté con amigos confiables y la única solución consistía en abandonar el país, aunque resultase absurdo. El régimen que yo había contribuido a instaurar no haría excepción con mi persona ni la de mis hijos.

AGUINIS: Le propongo tomar un café antes de seguir.

SARFATTI: De acuerdo. Lo necesito.

Caminamos entre los sillones, contemplamos las pinturas colgadas en la pared, miramos el exterior a través de la ventana que no había sido bien limpiada. Repasé los temas que deseaba exprimir con el esfuerzo de ella, aunque dudaba sobre su tolerancia. Margherita también caminaba girando la cabeza hacia arriba y abajo, hacia la derecha y la izquierda. Nos sirvieron más café, unos vasos con agua y unos biscottis. Por fin nos miramos e hicimos un gesto unánime: reanudaríamos el curioso reportaje. Regresamos a nuestros asientos y encendimos el grabador.

DIEZ

SARFATTI: Antes de partir de Italia, por fin se encontró el cuerpo de mi hijo, derribado en el final de la Gran Guerra. Organicé una ceremonia para honrar la tumba que mandé construir al pie de los Alpes. El rey no tenía claridad sobre mi influencia sobre el Duce y decidió acompañarme al solemne acto, rodeado por varios funcionarios fascistas y una guardia de honor.

AGUINIS: ¿Qué actitud asumió Mussolini?

SARFATTI: Ya había cambiado definitivamente. Me abandonó, así como había abandonado a sus anteriores amores, o presuntos amores. Yo había sido algo más que un amor por todo lo que usted sabe. A partir de entonces hubo silencio... ausencia... alejamiento... Yo estaba perturbada por sus abismales contradicciones, que no debían asombrarme, pero continuaban asombrándome. La gravedad de esa situación se extremó el 6 de octubre de 1938. Me acuerdo muy bien de la fecha. El Duce reunió en el Palacio Venecia a los veinticuatro principales colaboradores del Gran Consejo Fascista para trasmitirles una decisión trascendental.

No estuve invitada, pero recibí una detallada información de quienes todavía me respetaban. Confesó que el problema judío no era nuevo para él, ni producto de la influencia alemana, porque aún pretendía mostrarse superior. Afirmó que lo venía preocupando desde hacía dos décadas. Insistió en que los judíos cargaban la responsabilidad de que subsistiera el odio antifascista en Italia, pese a todas las obras que ya se habían concretado. Esa noche, tras sus frases extremistas, elaboró una declaración trasmitida al gran público dos días más tarde.

AGUINIS: Fue muy importante.

SARFATTI: Muy. Decidió prohibir a los judíos casarse con no judíos, ser propietarios, estar a cargo de empresas numerosas, servir en las Fuerzas Armadas e integrar el Partido Nacional Fascista. De ese modo, en pocas semanas, los judíos quedarían excluidos de la vida italiana. Los escritores no podrían publicar, los funcionarios perderían su puesto, los docentes sus cátedras, los militares su mando. Italia, que no se prendaría a los odios religiosos ni aceptaba las ridículas diferencias raciales, se zambullía en esa ciénaga.

AGUINIS: Recuerdo que señaló algunas excepciones.

SARFATTI: ¡Cuánto cinismo! Las llamadas *excepciones* se referían a las distinguidas familias de excombatientes, de legionarios, los fascistas de vieja data o quienes tuvieran especiales méritos patrióticos. ¿Se da cuenta? ¡Con esto aumentaba la corrupción! ¿Qué familia no podía exhibir alguien con una de esas características? Pero para conseguir ese reconocimiento era preciso hacer una humillante cola ante la nueva y hostil Dirección General de Demografía y Raza. Ese organismo pronto se convirtió en un sitio de corrupción intensa que vendía las excepciones a quienes podían pagar exagerados sobornos o hacía promesas a quienes no llegaban de inmediato a las cifras demandadas. Ingresó en la mentalidad fascista la inmoralidad, con mucha fuerza. Y esto fue copiado por todos los populismos. Todos.

Comencé a sufrir pesadillas por haber trabajado bajo las órdenes directas del Demonio.

Tiempo después... El curso del tiempo ya me confunde, escribí en algún periódico que era católica y mis hijos también. Aún confiaba en la trampa de que la religión me protegía. Pero el odio desencadenado por los nazis y aceptado por el fascismo de todo el mundo no se reducía a la religión, como se sabe, sino a las absurdas diferencias raciales. Se investigó mi ascendencia, donde sobraban los malditos judíos. La gloriosa muerte de mi joven hijo perdió importancia, pese a los solemnes actos realizados en su honor cuando todavía mi país no se había infectado por completo. Se prohibieron mis publicaciones, aun las referidas al arte. Mis libros, que habían sido leídos por millones y elogiados por la prensa oficial y hasta por el mismo Duce, iban a ser quemados en un festivo acto medieval, junto con otros libros de importantes autores. No se podía contratar a ningún judío como ayudante.

La desgracia se extendió en mi derredor. Mi segundo hijo, Amedeo, fue expulsado del directorio del Banco Comercial de Turín, pese a estar casado con una chica católica de ascendencia aria, ¡qué palabra tonta, llena de falsedad y ridiculez anticientífica! Ocurrió en 1938, poco después de que se anunciaron las leyes raciales. Le escribió a Benito recordándole el mensaje que le había enviado cuando murió Cesare; ahí le aseguraba que podía contar con su ayuda cada vez que lo necesitase. Amedeo le confió la posibilidad de conseguir un puesto en un banco de Uruguay y solicitaba su apoyo para viajar a ese país con todas sus pertenencias. Al cabo de unas semanas llegó la respuesta. Recibió el sobre con enorme angustia y tardó en abrirlo. Se encontró con una respuesta positiva. Me telefoneó muy excitado. Yo estaba en París y le indiqué guardar en su equipaje treinta y seis diamantes, otros objetos de valor y unos cuadros. Con la carta del Duce podría cruzar la frontera. Semejante fortuna nos permitiría sobrevivir en caso de que las leyes raciales se eternizaran.

Fiammetta, también convertida, se casó con un descendiente de una de las familias más antiguas de Italia. Pude rastrear a sus antepasados en una de mis investigaciones sobre arte, y descubrí que llegaban hasta el siglo VI ¡antes de Cristo! ¿Me escuchó? ¡Antes de Cristo! Ahora debían pedir permiso para contratar empleados, no fuera a ser que esas familias parcialmente arias como las de mis hijos contaminaran a personas puramente arias, y que tal vez provenían de vaya uno a saber dónde. ¡Humor negro! ¡O idiota! Mis propiedades y mi dinero, que incluso habían beneficiado al Partido, pasaron al Estado. No podía vender nada sin la correspondiente autorización de un burócrata. Tampoco tener algo de valor fuera de mi país. Se trataba de un barrido violento. *Fascista*, como se diría poco después. Por eso fue tan importante el equipaje que logró sacar Amedeo.

AGUINIS: Estaban en vísperas de la Segunda Guerra Mundial.

SARFATTI: Días espantosos. Cuando mis pesadillas recuerdan los aullidos de Hitler reclamando sus derechos al "espacio vital", despierto con martillazos en la cabeza. Invadió Checoslovaquia con lo poco que quedaba de ese país. Se metió en la mágica Praga sin disparar una sola bala, parecía un cuento de Kafka. Mientras, Francia y Gran Bretaña se habían paralizado ante la furiosa arremetida de los nazis. La política de apaciguamiento fracasaba. Europa se rendía. Entonces Benito, para no ser considerado un discapacitado, invadió Albania.

Escribí a Butler, mi noble amigo americano. Habíamos mantenido una frecuente correspondencia sobre temas de arte. Le narré mi situación con sobriedad. No hacía juicios de valor, sino que describía hechos con la mayor objetividad posible. Y que golpeaban en mi cara. Las medidas tomadas en mi país con apuro iban más lejos de lo imaginable. Había mejorado apenas mi situación con la venta de algunas joyas que, incluso, me permitirían exiliarme más lejos.

En una segunda carta le dije que aceptaría radicarme en cualquier otro país. Pero yo estaba contaminada por mi pasado fascista. Lo que antes me otorgaba prestigio, inmunidad, ahora me condenaba. Lugares cuya historia y cultura había estudiado y fueron objeto de numerosos artículos no aceptaban recibirme por mi mancha política. Solo quedaban pocas excepciones.

Butler, conmovido por mis dramáticas misivas, respondió con una página que conservo como alhaja. Apenas recibí esa estremecedora hoja, le contesté con lágrimas. "Mi queridísimo amigo. Tu carta ha sido un bálsamo. En París me reconecté con gente humana". Y precisé con detalles mi situación. Pero siempre dentro de la mayor sobriedad posible.

En otra misiva agregué que no me podía separar del espanto en que se había convertido la ideología que ayudé a empoderar. Un delito del que no alcanzaba a liberarme. Sufría animosidad hacia mí y los míos como resultado de las leyes recientemente promulgadas en contra de todos aquellos con ancestros judíos.

AGUINIS: Su persona aún no causaba reacciones en Italia.

SARFATTI: No. Hasta fines de 1938, es decir hasta las vísperas de la Segunda Guerra Mundial, la prensa volvió a ocuparse poco de mi figura. En algunas noticias aparecían pequeñas líneas sobre mis cabellos castaños... ¡suena cómico! Pero no se señalaba algo grave: que huía de las persecuciones antisemitas. Solo se reconocía que había sido mecenas del arte y había dado un fuerte apoyo al régimen, como si se tratara de otra persona. Era difícil conciliar mi etnia judía con la nueva política. En ciertas llamadas telefónicas a París, cuando ya estaba allí, negaba desde el hotel, inclinada sobre mi escritorio para leer o escribir, que estaba exiliada. ¡Negaba! Mi confusión y cobardía preferían reiterar la vieja relación con Mussolini, como lo había hecho en ancianos artículos. Había terminado mi vínculo ideológico y romántico. Se difundía que estaba prendido a otra amante, además de los ocasionales revuelcos a los que era adicto. Por más que ahora el sexo se ha convertido en algo tan superficial... o no, estoy segura de que los afectos no siempre son superficiales. Benito dejaba que tuviera difusión su lazo con Claretta Petacci. Corrían rumores, que el régimen no silenciaba, sobre el "sexo salvaje" del Duce. Supongo que le parecían buenos esos rumores, porque mantenían su fama de gran macho. A mí ya no me importaba. Y soy sincera. Con Benito tuve una ligadura que era sexual, pero no solo sexual, sino ideológica. Hablábamos de historia, filosofía, literatura, política, geografía. No me imagino haciéndolo con Claretta, una joven incendiaria, con la mitad de sus años... Disculpe que ahora no pueda contener el llanto.

AGUINIS: Es comprensible.

SARFATTI: Sigo... Me resigné a viajar. Durante mis inciertos viajes, porque no tenía certeza en qué lugar afirmarme, parecía borracha. En la cartera llevaba documentos y algunas joyas. Miraba con temor a la gente; podían buscarme. En los hoteles donde me alojaba tropecé con judíos italianos que me reconocieron y huían de mi mirada. De mujer admirada pasé a mujer despreciada. ¿Sospechaban que me había enviado Mussolini para denunciarlos? ¿Qué era una espía? Es probable. De reina sin corona me convertí en una mendiga pestilente, o algo peor. Entre las sorpresas agradables señalo la aparición de Alma Mahler, a quien años atrás había conocido en Roma. Era una dotada pianista, amiga del pintor Klimt, firme luchadora por la igualdad de las mujeres y enamorada del gran compositor Gustav Mahler, cuyo apellido decidió asumir como propio. Nos saludamos con cierta distancia, hasta curiosidad. Antes lo habíamos hecho con recíproca admiración, porque leyó varios de mis artículos sobre asuntos vinculados al arte. Pero le disgustaron mis vínculos con el fascismo y la tolerancia con los populismos. En fin.

AGUINIS: En 1939 se firmó el Pacto de Acero entre Alemania e Italia.

SARFATTI: Sí, lo hicieron los ministros de Relaciones Exteriores de ambos países. Dos figuras de prestigio. Se prometieron asistencia mutua en caso de que alguno de ellos entrase en guerra. ¿Sabe qué pasó en ese mismo tiempo?

AGUINIS: ¿A qué se refiere?

SARFATTI: Que Benito recibió un informe de sus espías en el que le decían que yo me había hecho enviar muchos baúles con ropa, zapatos y cuadros. Era evidente que había emigrado, que no me había ido por turismo. Esa noticia lo sacudió: no le había pedido autorización, creía que aún ejercía poder sobre mis actos. Entonces ordenó a su ministro de Cultura que me trajera de regreso, que me asegurara total impunidad. Habló con mi hija Fiammetta y su marido, que seguían en Italia. Les pagó los pasajes a París con la misión de convencerme. Yo los recibí con extraordinaria alegría, pero saqué fuerzas de mi pecho para decirles con firmeza que no regresaría. Y que si se difundían versiones sobre depresión o suicidio, debían desmentirlas. Me repugnaba la política racial y no me prestaría a una excepción inmoral. El ministro contestó con afecto y volvió a proponer mi regreso a Roma para conversar personalmente sobre todo lo que yo merecía. Le contesté que alcanzaba el intercambio epistolar. Su persistencia cordial, con referencias incluso al Duce, me impulsó a confesarle que concurría seguido a la Bibliothèque Nationale para mis investigaciones. Siguió insistiendo, porque Benito no se rendía. La embajada me invitaba a sus recepciones y el ministro continuaba escribiéndome con promesas y promesas. Decía que era muy fácil ubicarme en un lugar de privilegio por mis notables antecedentes. Me hicieron llegar un nuevo pasaporte que incluía la clásica "M" del Duce. No cedí en mi esfuerzo, pero no era fácil conseguir pasaje para América, los barcos estaban llenos, la invasión nazi estaba por llegar, era cuestión de días. Me ataba la cabeza para comprimir las sienes y disminuir el dolor que me producían los latidos de mis cefaleas. Otro amigo norteamericano de apellido Long también recibía mis pedidos de ayuda. Salté de alegría cuando supe que había sido designado funcionario del Departamento de Estado y estaba a cargo de supervisar las visas, porque la Inteligencia descubrió varios nazis entre los viajeros y era muy importante el filtro.

Circulaba la versión que desde Lisboa se podía viajar rumbo a New York. La invasión de París era cuestión de días, la máquina devoradora de Hitler no daba tregua. Viajé a Portugal. Pasé muchas horas en el tren leyendo un libro de historia. Me esforzaba por alejarme de la realidad. Dormitaba asaltada por pesadillas. Atravesé Francia bordeando su costa atlántica sin interesarme por los paisajes que solían embelesarme. Crucé los Pirineos y la mitad de Portugal. Recorrí las agencias de viaje en Porto sin conseguir espacio en ningún barco, ni siquiera mediante los sobornos que se ponían de moda. Por todas partes se aglomeraban los viajeros, lloraban los niños, empujaban las mujeres. Con unas palpitaciones que me hicieron temer un desequilibrio cardíaco decidí cruzar la frontera y meterme en la desangrada España, que acababa de poner fin a su guerra civil con el triunfo de los fascistas disfrazados de nacionalistas amantes de la patria. Era casi suicida: me dirigí hacia el noreste, a Barcelona, cerca otra vez de la Francia infectada de nazismo.

La noticia sorprendente fue que en esos días Mussolini avisó al Führer que no estaba en condiciones de darle ayuda militar en su inminente proyecto, pese al Pacto. El bigotito eléctrico entró en crisis ante semejante traición y decidió invadir Polonia costara lo que costara. Le fue bien, sus tropas arrasaron ciudades y milicias. Las democracias occidentales masticaron su imbécil ingenuidad. Recién decidieron despertar cuando era tarde. Corrí al consulado italiano con mi pasaporte enjoyado con la "M" y me consiguieron un lugar en el barco *Augustus*, que no iba a Estados Unidos sino al Río de la Plata. Ese logro a medias era producto del clima de corrupción que aumentaba a medida que los miedos se generalizaban.

AGUINIS: ¿Escuché bien? Por fin al Río de la Plata.

SARFATTI: Sí, hacia su tierra... Tras varios días de navegar el Atlántico hicimos escala técnica en Río de Janeiro. En la misma nave viajaba el embajador del Reich ante Brasil, con quien conversé. Se asombró sobre mis conocimientos de Goethe y Heine, aunque me advirtió que detestaba a Heine por judío. Comencé a evitarlo, pero en Río nos asaltó la prensa. Yo dije que no hablaría sobre los acontecimientos europeos. El embajador aprovechó para elogiar a Hitler. Comenzaba la Segunda Guerra Mundial. El *Augustus* siguió hasta Montevideo, donde me esperaba mi hijo. Quise pasar desapercibida, porque cargaba una horrible contradicción: convertir en flores las espinas, porque ya se conocían mis vínculos con el fascismo mientras yo intentaba separarme de esa ideología. Algunos periodistas se aventuraron en mi hotel, donde solicité que no les permitieran comunicarse conmigo. Pero no pude resistir a una periodista de la revista *Marcha*, que se consideraba objetiva y democrática, con la promesa de marginar la política. Fue un reportaje pobre. Negué estar exiliada; lo hice por cobarde o para proteger a mi hijo.

AGUINIS: Para este tramo de su historia reuní mucho material. Quizá le sorprenda que ahora yo tome la palabra.

SARFATTI: ¿En serio? Criticaré lo que considere falso. Además, viene bien un descanso a mi garganta.

AGUINIS: Empiezo. En el *Sol de los domingos* se dijo que "Margherita Sarfatti, gran amor del Duce, vive desterrada en Montevideo". Fue un título. Y agregaba de forma irrespetuosa: "El exilio no es tan ingrato para ella, porque vive lujosamente, tiene joyas y halagos y el honor de ser recibida por la aristocracia y los representantes de muchos países en Uruguay". En el vespertino *Diario* se comentó que usted había empezado a escribir para esa publicación, que lo hacía en italiano, que era traducida y que en poco tiempo había conseguido muchos lectores. La trataban como "distinguida escritora". Supongo que así fue exigido por usted. Nada de política.

SARFATTI: Hasta ahí no tengo nada que objetar.

AGUINIS: En la Argentina se difundieron esos datos y viajó a entrevistarla un periodista de la revista *Atlántida*. Sus ojos se fijaron en su apariencia. "La encontramos en un hotel de lujo vistiendo pieles costosas, fumando con una boquilla descomunal, adornándose con joyas de excelente calidad". Después de esa introducción frívola usted se relajó ante ese periodista y dejó fluir su nostalgia por los tiempos fundacionales, cuando trabajaba en *Avanti!* ¿Leo ese artículo? "Sarfatti confesó: Aquellas eran las buenas ideas y aquel era el novedoso partido. Nos sentíamos jóvenes e inyectábamos juventud a cuanto emprendíamos. Entonces yo sabía robar horas al sueño y preparar un nuevo discurso para vocear en las calles, improvisando a veces desde mi propio auto". El periodista comentó que Margherita recordaba su vibrante discurso de 1927, mucho antes de la guerra, cuando presentó en Berlín una exposición del Novecento Italiano. Memorizaba un poderoso párrafo: "No evoco la vieja Italia, la de Rafael y Miguel Ángel, de Leonardo y los papas, de los *condottieri*, sino la Italia de hoy, la fascista, con sus manifestaciones de arte y espíritu nuevo". A continuación el periodista escribió que la entrevistada se tapó la cara al haber pronunciado la palabra "fascista". Y entonces, para borrar esa palabra, se refirió a la condecoración que había recibido del gobierno francés dos años antes por sus trabajos en una Exposición Internacional y otra condecoración del gobierno sueco. Países democráticos.

SARFATTI: No resultó fácil adaptarme. Mientras yo salvaba mi vida, en Europa la situación empeoraba. Se firmó un increíble pacto entre Hitler y Stalin para repartirse Polonia. Stalin no quiso ser menos que su socio e invadió Finlandia. Dos dictadores sanguinarios. Y Mussolini se reconoció atado, aunque sin meterse en combate... por un tiempo. El mundo era cada vez más perverso, con discursos falsos. Me calmaba estudiando castellano, haciendo ejercicios y nadando. A poco de llegar, en la bahía de Montevideo se produjo el hundimiento del acorazado alemán *Graf Spee*, acto suicida que decidió su comandante para no entregarlo a los ingleses.

AGUINIS: Conocí a uno de sus marineros en la provincia de Córdoba. Se enamoró de una maestra local.

SARFATTI: ¡No me diga!

AGUINIS: Casi toda su tripulación se refugió en la Argentina, que ya tenía una numerosa comunidad alemana y un influyente sector pro nazi. Duele recordar que en 1938, antes de la guerra, se realizó en Buenos Aires el mayor acto nazi de todo el continente.

SARFATTI: Las malas noticias me estrangulaban. Hitler y Mussolini se reunieron en la frontera, donde el Führer monologó prepotente, exigiendo la intervención de Italia. Benito, con algo de sensatez y bastante sometimiento, consiguió meter unos párrafos y rogó que lo dejara armarse mejor antes de lanzarse. ¿Se acuerda qué sucedió de inmediato? Alemania, sin Mussolini, invadió Noruega y al mes siguiente ocupó Holanda y Bélgica. El planeta se había paralizado para contemplar cómo se arrodillaba la orgullosa Francia. Su capital, donde poco antes me consideré a salvo, se tapó con esvásticas. Ante semejantes victorias, Mussolini anunció que Italia entraba en combate. Gritó en Piazza Venecia, ¿cómo no acordarse?: "¡Vamos a combatir contra las democracias plutocráticas y reaccionarias!". Palabras que ahora no dejan de usar los populismos. "Plutocráticas y reaccionarias", cuando precisamente son los líderes populistas quienes se convierten en plutocráticos y reaccionarios. ¡Todos!

AGUINIS: Pese a la abundancia de nazis, usted prefirió mudarse a la Argentina, en 1940. ¿Por qué?

SARFATTI: Fácil de entender. Agradezco a Uruguay, democrático y afectuoso, el apoyo que me brindó, pero la Argentina tenía más poder intelectual, mejores conexiones. Comencé con mi amigo, el célebre pintor Pettoruti, que fue un acérrimo concurrente a mis reuniones artísticas de

Milán. Se esmeró en conseguir la solidaridad de muchos periodistas e intelectuales, pero tropezó con la resistencia antifascista. Algunos habían simpatizado al principio con el fascismo y se desilusionaron por razones obvias. Yo había dejado de ser fascista y me convertí en una escritora judía perseguida. Se recordaba el poder benéfico que había ejercido sobre el arte europeo en las grandes exposiciones de Ámsterdam, Oslo, Berlín, Londres, Praga, Budapest, París, Madrid. En esa época pronunciaba conferencias, organizaba simposios, empujaba artistas promisorios, inauguraba becas. Pero todos esos méritos se quebraban ante los trágicos hachazos de mis ladridos fascistas. Sí, ladridos. No era olvidable ni perdonable.

Llegué a Victoria Ocampo, luz del arte moderno, respetada feminista, pórtico de los mejores escritores de su tiempo. La había conocido en Europa, en uno de los congresos que yo organizaba. Ambas aprovechamos para juguetear con nuestro francés y criticar a varios de sus escritores. Mujer muy democrática. Fue difícil que me recibiera y cuando empezó a simpatizar conmigo narró que años atrás había sido recibida por el Duce. Aquella entrevista duró hasta que el secretario de Mussolini dio a entender que había finalizado. El Duce tuvo la excepcional cortesía de acompañar a Victoria hasta la puerta y, haciendo referencia a su énfasis sobre los derechos femeninos, dijo *"Le donne per parire"*. Semejante atraso mental seguiría firme en el islam, una religión que entonces no se consideraba importante. Victoria Ocampo logró que el gran periodista Natalio Botana me recibiera también. Así, poco a poco, conseguí ser respetada. Eran años complicados porque tiempo antes, a principios de la década, en 1930, se había producido un golpe de Estado en la Argentina que daría lugar al desarrollo del populismo más largo del mundo, el peronismo. Disculpe mi franqueza, usted conoce esa historia mejor que yo.

AGUINIS: El diario *Noticias Gráficas* la calificó *Virgen Roja*.

SARFATTI: ¡Déjeme reír!

AGUINIS: Seguramente por su pasado socialista. Botana narró lo difícil que le resultó conseguir una entrevista suya, porque se negaba a tocar la política, que entonces estaba envuelta en contradicciones, que era una vieja amiga de Mussolini, pero que se había visto obligada a salir de Italia cuando empezó la caza de judíos. Además, comenzó a manifestar su oposición al régimen que había ayudado a construir. Algunos suponían que aún estaba ligada a él por razones sentimentales. Y luego el periodista la describe.

SARFATTI: ¿Cómo?

AGUINIS: Dice que es inteligente y con rasgos de una admirable belleza que no se borra con los años.

SARFATTI: Muy gentil.

AGUINIS: También afirma que había sido animadora de reuniones a la manera europea y se había constituido en el centro de salones literarios y políticos. "Además de su talento, era atacada su arrogante hermosura por la corona de sus cabellos".

SARFATTI: "Arrogante hermosura…". Los argentinos ya tenían fama de saber piropear. Lo confirma ese reportaje. Deseo que el suyo sea más sobrio.

AGUINIS: Agregó usted que el pueblo italiano estaba siendo empujado hacia el precipicio. Pronto la embajada italiana salió a combatirla con desmentidos. Decía que la prensa deseaba utilizarla con la afirmación de que fue perseguida en Italia y que Mussolini era ingrato. Insistía en que su biografía sobre el Duce había sido traducida a dieciocho idiomas con fuerte éxito.

SARFATTI: Traté de mantenerme sorda frente a la embajada. Me ocupé de ensanchar mis vínculos argentinos, estudiar castellano y frecuentar a Victoria Ocampo. Nos unía la cultura que recibimos en nuestra infancia y el deseo de vocearla al mundo.

AGUINIS: Tengo en mis manos un ejemplar de la revista *Ahora*. En sus páginas, después de justificar su vida de mujer rica, que algunos usaban para sospechar que le pagaba el fascismo, la nota dice textualmente que "pasan inadvertidos sus años y es justa la afirmación que la califica como *la rubia más linda de Venecia*".

SARFATTI: Victoria Ocampo fue muy valiente y generosa. Comprendió mi situación y me presentó en una conferencia que yo di. A mi lado, afirmaba al público mis cualidades, mi espíritu democrático, mi erudición, mi vitalidad. Me dejó perpleja.

AGUINIS: Fue histórico, no se avergüence. Una parte de eso fue publicada en la revisa *Sur*. Victoria trazó su biografía, Margherita. Mencionó sus libros, sus disertaciones y cursos en inglés, francés, alemán e italiano, sus actuaciones en las universidades de Colonia, Ámsterdam, Grenoble, Niza, Berlín, París y su lucha por la igualdad de la mujer, su amor por los valores del arte. Además, Victoria fue muy diplomática al no mencionar sus esfuerzos por el ya descalificado arte fascista. Ni una palabra. A partir de entonces usted fue aplaudida e invitada a casi todos los círculos antifascistas de la Argentina. Publicaba junto a figuras políticas como Mario Bravo, Nicolás Repetto, Marcelo T. de Alvear, Lisandro de la Torre, Arturo Frondizi y artistas del nivel de Jorge Romero Brest, Gabriela Mistral, Álvaro Yunque, Alberto Gerchunoff. La invitaron a dictar un curso sobre Dante Alighieri. Se zambulló en la ola de quienes repudiaban en eje nazifascista. Supongo que ya entonces pudo dormir mejor.

SARFATTI: También se alabaron mis progresos en castellano. Lo importante fue, como siempre, mi disciplina: dos horas de estudio por día.

ONCE

AGUINIS: Le propongo regresar a la atmósfera mundial. Supongo que usted seguía de cerca la situación de Italia, del fascismo, de Mussolini.

SARFATTI: Permítame beber agua... Por supuesto. Si nos concentramos en la Gran Guerra, a Italia le fue desastroso. No procedió como Franco, que obtuvo el apoyo de los fascistas y los nazis, pero se abstuvo de meterse en la Segunda Guerra Mundial. Benito, que parecía el más pícaro, se abrazó a Hitler y se hundió con él. Comenzaron los racionamientos de alimentos, la aviación aliada bombardeó Turín y Génova. Como respuesta, Benito invadió Grecia, confiado en que Atenas caería en pocos días, pero tropezó con una inesperada resistencia. También le iba mal en el norte de África, donde miles de nuestros soldados fueron tomados como prisioneros por los ingleses. Italia se retiró de Etiopía y el renacimiento del Imperio Romano, que se había proclamado con tantos bombos y trompetas, se derritió como un helado al sol. La arrogante imagen del Duce se quebraba por todas partes. Hasta empezó a rumorearse un cambio: Ciano en lugar de Mussolini. ¿Se da cuenta? Yo sufría por el dolor de mi pueblo y deseaba que mi pueblo fuese derrotado. Hitler ocupaba Yugoslavia y penetró en la Grecia que Benito no pudo poner de rodillas. El loco de Hitler, que se había inspirado en Mussolini, ahora lo despreciaba.

AGUINIS: Tengo un pequeño libro de tono íntimo que se publicó al terminar la guerra. ¿Lo conoce? Narra la visita que hizo Mussolini a su querido hijo Bruno tras su desastre aéreo.

SARFATTI: Sí, es muy doloroso. Por favor, lea el fragmento que más le impresionó.

AGUINIS: "Estás ahí, tendido en un pequeño lecho, inmóvil, con la cabeza cubierta con vendas, los ojos cerrados. Las cobijas te tapan y pareces dormir. En tu rostro hay algunas manchas de sangre; pero tus facciones están intactas. Te miro, me inclino sobre ti, te beso. No me atrevo a descubrirte. Te llamo. Me parece imposible. ¡Bruno! ¡Bruno! ¡Brunone! como te llamaba cuando te acariciaba con violencia los cabellos. ¿Qué ha pasado, Bruno?".

SARFATTI: Otra vez surgen las contradicciones, como he señalado muchas veces. Amor odio; odio amor; guerra paz; paz guerra. Hitler dejó de consultarlo y su apasionada ambición de enterrar al bolchevismo lo llevó a empujar tres millones de soldados a la Unión Soviética. Ciano despertó a su suegro para informarle acerca de esa invasión y dicen que Benito se incorporó de golpe y le arrojó su almohada, porque necesitaba pegarle a alguien. Pronto se inflaron las estadísticas con cientos de miles de personas que morían en ambos bandos, antes de que el invierno comenzara a guillotinar con furia. Ya es historia conocida, no vale la pena incluirla en este reportaje.

AGUINIS: De acuerdo. Durante su exilio en Uruguay y Argentina, antes de la guerra, ¿la asaltaban recuerdos de Hitler? ¿La torturaba el dominio que Hitler había comenzado a ejercer sobre Benito?

SARFATTI: Recordaba muy bien las visitas del Führer a Roma. Al principio él evitaba manifestar con énfasis sus ambiciones territoriales y su feroz judeofobia. Quería parecer negociable. Con esfuerzo. En la primera visita Benito ordenó alojarlo en la espléndida Villa Pisani, que había pertenecido a Napoleón. Pero los mosquitos se manifestaron antinazis y no lo dejaron dormir. Despertó con una voz ronca, enojada. Le fastidió la Bienal de Arte, porque consideraba sus obras modernas como productos degenerados y donde, para colmo, no incluyeron ninguna de sus pinturas. Mussolini, además, quedó mareado por los interminables monólogos de Hitler. Además, le dolió confirmar que su conocimiento del alemán era deficiente y no pudo seguirlo en la mayor parte de sus incendiarias diatribas. No le interesaba lo que Hitler decía. Tampoco sus referencias a Estados Unidos.

AGUINIS: Pero coincidían en sus ambiciones de conquista.

SARFATTI: Previo a la invasión de Etiopía, Benito se había pasado horas del día y la noche lamiendo los mapas del Mediterráneo para reconstruir el *Mare Nostrum* de los romanos, como ya dije. Eso de *lamiendo* los mapas suelo repetirlo.

También abría un libro con reproducciones pictóricas que yo le había regalado. Le gustaban las obras de Jacques-Louis David, que inmortalizó tiempos antiguos, leyendas literarias, el rostro del decapitado Luis XVI, la inmortal Revolución francesa y Napoleón Bonaparte, el grandioso Napoleón Bonaparte. ¡El grandioso! Napoleón fue su obsesión mayor. Lo recreó sobre los Alpes, a caballo y con la capa extendida por las ráfagas. Pero su arte más difundido se detuvo en la coronación de Napoleón, que no fue la coronación de Napoleón. Benito no se cansaba de disfrutar ese cuadro. David no acentuó el momento en que el triunfante cónsul Bonaparte se autocoronaba, sino el momento en que iba a ceñir ese poderoso símbolo en la cabeza de su esposa. Benito, cada vez que volvía a esa reproducción, seguramente pensaba en los méritos de *Donna* Rachele para recibir semejante redondel de oro, siendo que aún cometía errores de ortografía. En esa pintura, sobre un balcón imaginado, observando la ceremonia, aparecía la placentera sonrisa de su madre, que no había asistido. Y a Benito le hubiera gustado homenajear a su propia madre con algo parecido. A la izquierda, con evidente perplejidad, pero sentado por su jerarquía y francamente humillado por no ser él quien coronaba, sufría el papa Pío VII. Las ropas suntuosas que habrían de inspirar a los estilistas de esa década rodeaban a los personajes centrales. ¿Podría organizar una escena semejante? ¿Era conveniente? ¿Habría un pintor como Jacques-Louis David? ¿No sería su Jacques-Louis David quien desearía pintar la etapa siguiente al fascismo? ¿Conocería él otra etapa?

En mayo de 1936, tres años antes de la Segunda Guerra Mundial, frente a multitudes enardecidas, el ambicioso Mussolini anunció el dominio de Etiopía y proclamó el nacimiento del Imperio Fascista. Dijo algo así como que el pueblo italiano había creado el imperio con su sangre, lo enriquecería con su trabajo y lo defendería con todas sus armas. "¡En este momento supremo, legionarios, levanten altos sus estandartes, sus espadas y sus corazones para saludar desde estas colinas de Roma, después de quince siglos, la resurrección del Imperio!". A Benito no le faltaban palabras ni actuación teatral.

En esos días de alejamiento mutuo me confió, contradictoriamente, que había pedido la organización de un acto esplendoroso. Quería una reunión solemne, emocionante, más fuerte que un masivo estallido de corazones. Debían trabajar de día y de noche los mejores modistos, decoradores, músicos, y ensayar desfiles las tropas militares. Quería desplegar un momento que registraría la historia, que sería inmortalizado en cuadros y esculturas, que inspiraría himnos, canciones, novelas. Debía tener lugar ante multitudes extasiadas. Los medios de comunicación internacional, la mejor prensa, celebrados fotógrafos, cortejos militares, banderas en los edificios de toda Italia, incluso en las remotas aldeas, debían flamear con alegría, los estudiantes de las escuelas y universidades cantarían y el brillo de medallas y escudos competiría con el sol. Los jóvenes debían depositar coronas de flores en los monumentos dedicados a César, creador del Imperio Romano. Los arquitectos debían trabajar en la construcción de edificios marmóreos como los de la antigüedad y abrir grandes avenidas para los desfiles multitudinarios. Iba a anunciar con su mentón alzado y el pecho triunfante que, desde ese momento, Italia se había convertido en un imperio. Recuperaba las glorias que había dejado dormir durante un milenio y medio. El rey pasaría a llamarse Emperador. Y Vittorio Emanuele III, desde su residencia, miraba al cielo, y por primera vez en su vida sintió que su cuerpo subía a las estrellas.

No hubo coronación como la que pintó David, por supuesto.

Sí, en cambio, hubo delirio.

AGUINIS: El delirio siguió con su última amante, Claretta Petacci. ¿De acuerdo? Ya se habían anudado eróticamente de una forma muy intensa. Le pido disculpas si contradigo algunas de sus opiniones al respecto. Claretta lo narra en su libro con una energía que supera la de usted, más recatada en este aspecto. ¿Me disculpa, Margherita?

SARFATTI: Lo disculpo, por supuesto. Evité leer ese libro.

AGUINIS: Señalo algunos fragmentos. ¿Puedo?

SARFATTI: Adelante.

AGUINIS: Entre otras cosas, dice: "Benito está guapísimo, bronceado, viril. Su impulso es bestial. Un perro, un gato, un mandril". "Lo beso y hacemos el amor con tanta furia que sus gritos parecen los de un animal herido. Después, agotado, se deja caer sobre la cama. Incluso cuando descansa, es fuerte". "Hacemos el amor con entusiasmo y brío. Luego se levanta y come fruta. Lo hacemos con tanta fuerza que hasta me duele la alegría". ¿Qué le parece esta frase?

SARFATTI: Original, poderosa.

AGUINIS: Coincido con usted. Comenta su editor que Claretta dejó mucho escrito en diarios apasionados, como una pintura de época. Repite el número "quinientos" como si fuese sagrado. "Quinientas" páginas tienen sus escritos y "quinientas" amantes tuvo Mussolini, por lo menos. Fue un adicto al sexo. Y, como tal, padeció frecuentes episodios de impotencia. Desesperantes, por supuesto.

Fue evidente que Mussolini se convirtió en un objeto de devoción para Claretta desde que ella tenía catorce años, acaso antes. La figura del Duce se erigía como la de un padre protector, un hermano celoso, un amante enérgico, un salvador de la patria. Lo imaginaba un maravilloso cultor de la música y el deporte. Era el ideal masculino de todas las mujeres. Claretta no era muy diferente en sus sentimientos al resto de sus contemporáneas, pero sí en la forma de manifestarse: mandó a Mussolini innumerables cartas y poemas con una obsesión invadida por el fanatismo. Antes de conocer al Duce, Claretta le enviaba decenas de cartas expresándole su admiración. Su habitación de estudiante estaba decorada con fotografías de ese hombre que por entonces rondaba la cincuentena. Era obvio que a Mussolini le habrá gustado esa mujer y debió sentirse halagado. Era joven, hermosa, inteligente y de buena familia. Mussolini se enteró de que su padre se llamaba Francesco, médico personal del papa Pío XI, y dirigía una prestigiosa clínica romana. Su madre se destacaba como ferviente católica de rosario en mano. Contra lo que se hubiera podido sospechar, esos padres favorecieron la relación de Claretta con el líder italiano. Así lo narra Claretta en su autobiografía con total desnudez.

Sarfatti: ¿Continúa?

Aguinis: Por supuesto. El romance empezó con una aparente casualidad, o dijeron que fue una casualidad. El coche en el que Claretta viajaba con su hermana, su madre y su entonces joven prometido se cruzó con el Alfa Romeo de Mussolini. "¡Duce! ¡Duce!", gritó la muchacha, que tenía entonces veinte años. El coche de Mussolini se detuvo, Claretta bajó del suyo y se presentó con un temblor en la voz: "Perdóneme, Duce, soy Claretta Petacci y él es mi novio", dijo, y le presentó a un joven teniente de la aeronáutica. Volvió a sentarse, agitada, con la mirada fija en el Alfa Romeo. Se frotó los ojos, como si quisiera mantener viva la imagen reciente. Pero a partir de ese momento su vínculo con el novio se tornó agitado. Evitaba besarlo, él le regalaba flores con más frecuencia. La visitaba para salir a pasear. Ella reunía más fotos del Duce mientras sus padres insistían en fijar la fecha de la boda. Pudieron realizarla, pero los lazos permanecieron frágiles.

Apenas dos años después se separaron. Definitivamente. Rachele conoció la relación de su marido con esa joven, como había conocido la que mantuvo antes con Ida Dalser. Rachele comprendió que el vínculo con Claretta era muy fuerte; sus tímidos reproches generaban puñetazos en el escritorio y una mirada demoníaca. Comprendió que debía resignarse con estoicismo.

Mussolini le propuso a Claretta que fueran intensos amantes ni bien ella se separó de su esposo y le pidió que le rindiese una fidelidad de acero. La instaló en una lujosa propiedad en un barrio romano lleno de flores. Intercambiaron incesantes cartas de amor, fragantes de poesía y ansiedad. Ambos decidieron no hablar de política.

Pero sí de sexo.

No se asombre. Mussolini le contaba la continuidad de sus vínculos extraños como una forma de mitificar su poder y soplarle las hormonas. Tal vez consideraba que eso era excitante. Contaba que bellas mujeres eran asaltadas por él sin los debidos cuidados, y que la mayoría de ellas pasaban solo algunos minutos por la Sala Mapamundi del Palazzo Venecia, sede del gobierno, precisamente en la Piazza Venecia. Allí se sucedían breves encuentros, rápidos frotes, besos angurrientos, penetraciones violentas. Esto ocurría a veces con tres o cuatro mujeres diferentes en el mismo día. Lo afirmaba él, claro. Los abrazos tenían lugar sobre la alfombra o sobre el escritorio, y solo las "repetidoras" tenían el privilegio de acceder a una de las habitaciones del Palazzo. Pero tras unas semanas, Mussolini dijo a Claretta que a partir de esos momentos la situación iba a cambiar: ella era la única. "*Amore*, ¿por qué te niegas a creerme?". Para tranquilizarla la llamaba por teléfono varias veces al día, incluso en los días en que Hitler anexaba Austria y la Segunda Guerra era inminente. "Soy esclavo de tu carne. Tiemblo mientras lo digo, siento fiebre al pensar en tu cuerpecito delicioso que me lo quiero comer entero a besos. Y tú tienes que adorar mi cuerpo, el de tu gigante. Te deseo como un loco".

Sarfatti: ¿Son frases textuales?

Aguinis: Sí, las de Claretta. Mussolini le explicaba que no quería hacer el amor una vez a la semana, como los buenos palurdos. La acostumbró, y él también, a mayor frecuencia. Hablaba de su "violencia habitual" en el acto sexual, que Petacci conocía de sobra: mordiscos que dejan marcas, una nariz casi rota en el vaivén. Y el Duce se justificaba con frases como esta: "Pierdo el control: si no fuese así, los nuestros serían coitos maritales, aburridos".

Además, en sus escritos Claretta no deja de reiterar su volcánico amor, tan admirado, tan rendido: "Provéanme la escalera de rayos de oro para que pueda subir hasta el sol: no puedo vivir sin su calor (…). Eres agresivo como un león, violento y majestuoso (…). El emperador eres tú y nadie más (…). Te he visto resplandeciente como una estatua de bronce; cuando hablas tiemblan las murallas romanas con la voz del César".

Claretta anotaba con una minuciosidad de entomólogo después de sus encuentros sexuales. Eran parte del menú. Y hasta seguía en sus amaneceres, porque reconocía cierta fascinación del Duce por el cuarto de baño: "Me gustaría que hicieras pipí aquí, conmigo". Y también escribía las reflexiones sexuales de Mussolini, que se empeñaba en igualarse a los animales: "El sexo es la primera expresión del organismo. Hacer el amor vivifica las ideas, ayuda al cerebro, me gustaría saltar desde aquí sobre tu cama, como un tigre". O se identificaba con el brutal coito de los toros.

Sarfatti: Pero vivían durante la explosión de la guerra. ¿Podían mantenerse tan marginales?

AGUINIS: El sexo ayudaba a nublarlos. Operaba como un anestésico. Semanas, meses y años navegaron en el fondo del océano o las brasas de un profundo volcán. Todo marchaba de maravillas entre los amantes mientras Italia se derrumbaba y Alemania se acercaba a la implosión de una derrota apocalíptica. Casi no hablaban entre sí. Eran exclamaciones, gemidos, fulgores.

Hasta que finalmente Mussolini fue expulsado del gobierno por el rey. Era el caos, una tormenta feroz. Mussolini fue conducido a la prisión del monte Gran Sasso. Su mandíbula cuadrada cayó sobre el pecho y sus puños se alzaron hacia el techo de los camiones. Volvió a recibir un encierro que le resucitaba los de su juventud. El demonio le quitaba el poder y lo sumergía en el fondo de la tierra. Era el mismo demonio que se derrumbaba sobre su cuerpo, agitando una capa nocturna. Una pesadilla. Mientras lo conducían a su destino, con gestos de asco rechazaba las manos de los guardias. A uno lo escupió, a otro le sacó la lengua. Contempló el arma que le colgaba a otro de ellos y se abalanzó para quitársela. Fue detenido antes de que lograse asaltarlo y le pusieron esposas. Se excusaron por esa tarea, pero dijeron que convenía para evitar un contratiempo.

SARFATTI: Usted está mejor informado que yo.

AGUINIS: ¿Sigo hablando?

SARFATTI: Sí, con gusto. De ese modo descansará mi garganta.

AGUINIS: Con respeto cubrieron su espalda con una manta de algodón, porque empezaba el frío. Entre los guardias reinaba la confusión. No entendían esa tarea, que los hacía sufrir mientras cumplían extrañas órdenes. La voz de Mussolini se había debilitado, pero aún resonaba produciendo los ecos que habían cautivado a multitudes. Tras cada palabra Benito se extrañaba por la falta de sometimiento que debían manifestar los soldados. No era la realidad, sino un delirio.

SARFATTI: Desconocía esos detalles. O quise ignorarlos.

AGUINIS: Lo empujaron a una celda provista de una cama bien tendida, con sábanas, frazadas y almohadones. En un costado había una mesa con velador, mazo de papel, lápices, pañuelos. No era la repulsiva prisión donde se encerraba a los cautivos vulgares. Era el Duce. Pero el Duce estaba vencido, degradado. Sobre la mesa depositaron una bandeja con una jarra de agua, un vaso y galletitas. Lo liberaron de las esposas y lo observaron con timidez. Se sentía cansado por la contractura de sus músculos, por su fastidio. O lo ridículo de esa situación. Italia no era un país completamente ocupado. Mantenía a un rey en el trono. El enano y cobarde rey que le había obedecido durante décadas y ahora se meaba en sus pantalones de buena tela. En el extremo de los colmos había ordenado enviarlo a una prisión. Pronto debería enderezarse el mundo. Y así sucedió.

SARFATTI: ¿De veras? ¿Cómo es eso de que se enderezó el mundo?

AGUINIS: El oficial austríaco Otto Skorzeny se hizo cargo de ese campamento y ordenó la inmediata excarcelación del Duce, a quien proveyeron de ropas elegantes, propias de su jerarquía. Skorzeny, luego de la guerra, llegó a la Argentina, donde mantuvo buenas relaciones con el gobierno de Juan Perón. Dicen que esas relaciones comenzaron cuando le narró que había librado a Mussolini en el monte Gran Sasso.

A continuación Mussolini tuvo fuerzas para organizar un gobierno títere, sostenido por Hitler, junto al lago di Garda. Circulaban los mensajes clandestinos, grupos encapuchados atravesaban los bosques. Por momentos silbaban disparos, que pronto retornaban al silencio. Sobre el final de la guerra, saltando por caminos polvorientos y a través de mansiones vacías, Claretta se le unió en esa jaula de oro. Su encuentro fue un terremoto. Y Rachele, la esposa del Duce, se enteró de que Claretta ganaba el combate porque consiguió ser abrazada finalmente por él. En esas jornadas trágicas, con bombardeos y asesinatos, desesperación y falta de esperanza, la madre de sus hijos tomó una dramática resolución digna de la lírica italiana: decidió ir a ver a la amante y hablar con ella.

SARFATTI: ¿Qué se dijeron?

AGUINIS: Es casi un misterio. Parece que Rachele lo sintetizó luego en una breve charla con su marido: "Lo que más me hiere, lo que más me abruma, es que esa chica realmente te quiere. Lo he visto en sus ojos. Está enamorada de ti y el problema es que tú también estás enamorado de ella. Yo creía que era algo pasajero, un tema puramente sexual, pero es mucho más. Es como un puñal clavado en mi corazón.

No puedo soportarlo". Entonces Mussolini prometió a su mujer que rompería con Claretta. Mentiras. Lo hizo como un vulgar líder populista. Falso como todos ellos. Las mentiras a las que son tan proclives.

El Duce sabía que la guerra estaba perdida. Tenía decidido huir a la cercana Suiza con un grupo de alemanes: si lo apresaban, y con él a Claretta, morirían los dos. Pero de alguna forma quería salvar a su amante. Le explicó que un coche la llevaría a Milán, que allí la esperaba un avión para trasladarla, junto con su familia, a España; él ya había hablado con Francisco Franco: "Los tratarán bien a todos", aseguró.

Claretta se negó. Quería estar junto a él "y morir contigo si tu destino es morir". Una frase que encierra más poesía que todos sus diarios. Mussolini le rogó que se salvase, era joven, era bella, inteligente: "Te queda mucha vida por delante. La mía se acaba".

Me di cuenta de que Margherita necesitaba aire, entonces me levanté y abrí la ventana. Ella alzó una copa de agua y la sorbió con lentitud. Entrecerró los párpados. Además de aire, necesitaba digerir los datos que puse en sus oídos. Se le ordenaban recuerdos, convicciones y combates. El líder del populismo terminaba en una derrota. No era lo que permitía su temperamento dominador, mentiroso, fluctuante, acomodaticio. Claretta era la dolorosa e invencible realidad. Caminé en torno a la mesita, aguardando que el aroma de las flores y la brisa que ingresaba brindasen el reposo necesario. Tras unos minutos volvimos a retomar nuestra posición en sendos sillones, corroboré que me prestaba atención y formulé una nueva pregunta.

DOCE

Aguinis: ¿Siguió su relación con Nicholas Murray Butler?

Sarfatti: Por supuesto. Más estrecha aún. Era un confidente lúcido, ecuánime, además de un político muy activo en el acercamiento de las naciones. Eso le valió el premio Nobel de la Paz. Siempre decía tener un trocito de esperanza en Mussolini, porque no era idéntico a Hitler, aunque se parecían cada vez más. Había sido muy crítico de la imbécil guerra en Etiopía. Pensaba que su derrota le haría reflexionar y se inclinaría hacia América, hacia la democracia. Yo pensaba lo mismo. Ambos seguíamos siendo ingenuos, porque no pensábamos en la extrema fascinación del poder. Pero mis crecientes diferencias con Benito ya no se tenían en cuenta. Por todas partes, en Estados Unidos, Uruguay, Argentina, seguían considerándome una fascista incorregible. Por ejemplo, la gira de conferencias sobre asuntos vinculados al arte que iba a realizar por propuesta por Butler fue cancelada. Esto ocurrió pese a que mi amigo aclaraba que yo había sido separada del repudiado fascismo. Pero la biografía que había escrito sobre el Duce tuvo demasiado éxito, traducciones y comentarios.

AGUINIS: Un volcánico argumento en su contra.

SARFATTI: Así es. Regresando a Mussolini, pese a sus errores y devoción por el poder, tuvo reflexiones sabias que no las debería marginar. ¿Eran producto de sus altibajos de humor? Lo reconozco avinagrada. Por ejemplo, me hizo pensar en la fuerza del "no". Eso sacudía mi amor. Lo digo con esfuerzo. Me explico... Él no tuvo educación formal. Tampoco yo. En mis años juveniles bailé en una borrachera de cultura; él, en cambio, de experiencias dolorosas. En compensación, absorbió como esponja infinidad de lecturas que memorizaba de forma inusual. Cuando le pregunté sobre el origen de semejantes ideas, respondió que se las había brindado un rey. ¿Cuál rey? El liderazgo. Eran el producto de gobernar infinidad de seres distintos, pero enlazados por el "no". Lo primero que debe aprender alguien destinado a conducir multitudes, es el corto, filoso, penetrante y sencillo vocablo "no". Esa palabra no abre el pórtico de forma milagrosa como "sésamo". Por el contrario, lo cierra y demuestra que no hay acceso posible al favoritismo. El ochenta por ciento de lo que se pide suele ser injusto. Resbala hacia un peligroso abuso del poder y da la impresión de que lo incorrecto es posible. Quienes gobiernan y apenas advierten que el "no" debe ser utilizado, gobiernan mal. Las consecuencias pronto se hacen evidentes. ¿Me explico bien? Benito insistía en el valor del "no".

Sus reflexiones fueron sinceras. Las pronunció antes de trepar hacia los Alpes del poder supremo. Seguro que las olvidaría. Cuando me trasmitió semejantes ideas, ejemplificó con su mujer y otras mujeres, cuyos nombres mantuvo escondidos tras los muros de su boca. Les repetía un categórico "no". También mencionó a sus hijos. Suponía que los orientaba en una dirección excelente. Pero le escaseó el éxito. Si hubiera continuado con la sinceridad y la objetividad, agregaría que él mismo dejó de utilizar el "no". *No* asaltar a las mujeres bellas que se introducían en su despacho, *no* conceder los permisos injustificados que le arrancaban sus hijos, *no* cerrar los ojos ante la corrupción de sus colaboradores y de sus propios ministros que le daban en recompensa un obeso porcentaje. *No* frenar el sadismo de los Camisas Negras. *No* poner orden en las demandas de trabajadores y empresarios, porque suponía que se convertirían en sus enemigos. Dejó de utilizar el "no". Quería ser como Vespasiano, cuando dejaba de mencionar a su máximo modelo que era Julio César. Ambos utilizaron el "no" hasta el final de sus vidas. Benito no lo podía hacer, y esa diferencia lo mortificaba.

AGUINIS: Fueron momentos que usted recuerda con placer.

SARFATTI: ¿Quién no los recordaría de ese modo? En una de mis páginas describí otros tiempos inolvidables.

Estábamos sentados en la playa, con trajes de baño y una custodia a varios metros de distancia que pretendía ser puritana. Contemplábamos el sereno oleaje del Mediterráneo y, de vez en cuando, las grises murallas de Ostia y unos tramos de la medieval Pratica di Mare. La brisa relajaba. Yo había descripto ese lugar antes de disfrutarlo, en base a mis obsesivas investigaciones sobre arte. Una hora más tarde empezó un lento cambio de colores. El azul de las aguas y el celeste del cielo mudaban hacia tonos vecinos. Los pinos pasaban hacia un verde oscuro. La brisa empezó a refrescar y dos guardias femeninas trajeron toallas. No terminamos de elegir el lugar donde preferíamos brindarnos unas vacaciones ante el inminente verano, y ese amoroso combate acababa con besos y caricias.

El rey ofreció la isla de Montecristo, a la que Alejandro Dumas hizo famosa. Pertenecía a la Corona. Supuso que le gustaría, porque estaba aislada y era buena para un descanso profundo. Recordamos trozos de esa novela. Elogiamos la trama inteligente de la obra. No fue arbitraria la fama mundial que alcanzó en poco tiempo. Pero a mi curiosidad se opuso la repentina fobia contra las islas que confesó Benito. ¿Por qué? No lo sabía, ¿derivaba de algún trauma sufrido en su adolescencia? Dijo apretándose la cabeza: "Seré allí un huésped o un prisionero". Agradeció al rey.

Entonces Baron Fassini, un rico industrial con pasado dudoso, ofreció su castillo en Nettuno, a dos horas de Roma. Un bello sitio lleno de misterios, tragedias y edificios vacíos habitados por fantasmas. Muchas sombras se filtraban por los espejos, con súbitos resplandores que adquirían forma de perros y gatos que avanzaban en absurdas parejas. Sus ojos iluminaban como faroles. El campesino Benito no dejaba de ser supersticioso. Estuvo en ese lugar unos años antes. Pero esa visita coincidió con el secuestro en Roma del diputado Matteotti. Semejante hecho lo convenció de que el castillo traía mala suerte. Volvió a manifestar su gratitud al generoso monarca y le reiteró su negativa.

El rey siguió insistiendo y le propuso el castillo Porziano. Tenía la oportunidad de practicar natación durante varias horas, porque disponía de una amplia piscina. Fuimos a investigar y ya no aparecieron objeciones. La natación le gustaba. Mientras yo me relajaba en sillones o reposeras con un libro en la mano, él se frotaba los brazos, los hombros, el pecho, el abdomen y las piernas lentamente, con un evidente disfrute de las cremas mirando al sol. Parecía decir al sol que lo admirase a él. Esas actitudes iban rebanando la original impresión que me había causado al principio. Comenzaba a preguntarme sobre las ocultas mediocridades que me negué a aceptar durante años. A medida que las distancias que lograba completar eran más cortas que las de sus acompañantes, revelaba una creciente molestia porque no era el mejor. Del agua emergía con muecas de desagrado. Por último ordenaba cesar el ejercicio. Entonces pasaba a frotarse con energía nuevamente y después lo hacía con las toallas, como si fuesen adversarias a las que también debía vencer.

AGUINIS: Extraña costumbre...

SARFATTI: Solía hacerlo. Las arrojaba lejos cuando consideraba que se habían mojado demasiado. Por lo general se envolvía con dos o más toallas secas y trataba de relajarse en una reposera. En una ocasión me invitó a conversar sobre palabras con efecto mágico.

AGUINIS: Culminaba el tramo placentero.

SARFATTI: Su personalidad mezclaba pesimismo, cinismo, desprecio, amargura y desconfianza. A veces en forma sucesiva y a veces todo a la vez. En una oportunidad dijo algo muy sabido: Karl Marx, con plagio y picardía, insistió en que las tragedias, cuando se repiten, lo hacen como comedia. Ahora es un lugar común. Benito era un actor que se esmeraba en impresionar. Sus triunfos no solo satisfacían su ego, sino que aumentaban la satisfacción cuando lograban impresionar. Con esos actos ocultaba su verdadera personalidad. ¿Cuál era? Quería ser un mago capaz de efectuar trucos maravillosos. Es un rasgo que aman los fascistas y han heredado los líderes populistas, sean vocingleros o callados. Recorra la lista hacia atrás y hacia adelante: lo comprobará.

Decía que los líderes fuertes adoptan actitudes que armonizan con las necesidades de las multitudes que gobiernan. Por ejemplo, Franklin Roosevelt era afectuoso hasta en dar la mano. Me volvía a preguntar sobre la impresión que yo guardaba de aquel té en la Casa Blanca, y si yo coincidía. Agregaba que los ingleses eran reservados y distinguidos; con una elegante superioridad escondida tras una sonrisa sutil, casi invisible. Los franceses desplegaban una cordialidad que derivaba de su bulliciosa burguesía. En Italia predominaba lo impulsivo y excitante.

Benito consideraba que le sobraban virtudes de mago y adivino. Cuando el gobernador de Roma propuso celebrar el 21 de septiembre el nacimiento de Roma con fuegos artificiales y bailes callejeros, le dijo que no lo hiciera, porque iba a llover ese día. Llovió, en efecto. Y reinó buen tiempo tres meses después, como el Duce propuso como fecha adecuada.

Otro rasgo. Una noche, agotado por la cantidad de reuniones y visitas que tuvo, su secretario privado solicitó verlo por un asunto urgente. Mussolini abrió los ojos y ordenó que le trajesen la ropa que usaba en los encuentros informales. Me desperté a su lado y le dije que ese hombre gozaba de su confidencialidad, podía recibirlo en pijama. Él insistió y citó a Vespasiano. Recordó que en plena agonía siempre se presentaba con su mejor vestimenta. "Un emperador romano debe morir de pie", solía afirmar. Conversó con su secretario en la antesala y regresó al dormitorio.

Antes de dormirse, casi delirando, viajó hacia Luis XIV. Ese rey no dudaba en vestirse delante de toda su corte. Le parecía lógico. Ocurría así porque fue coronado cuando niño y no conocía otro estatus que el de la máxima autoridad, alguien cuya más fina arruga merecía adoración. Se durmió, probablemente buscando esa arruga en los retratos de aquel francés que se identificaba con el Estado. Benito no se atrevía aún a llegar hasta semejante cumbre, pero cuando se reunía con el editor de un diario oficial o un alto funcionario del Partido Fascista, solía pedirles un café para que ellos se los sirvieran en una bandeja. Con el tiempo comenzó a evitar reuniones con funcionarios, políticos, periodistas y artistas que no fueran de muy alto nivel. Galeazzo Ciano debía filtrar la conveniencia de cada entrevista. Era como el Arca Sagrada a la que no cualquiera tiene acceso. Esto fue producto de la creciente sensación de poder que lo impregnaba. "Los intelectuales no advierten mi grandeza", sentenció una vez. En otra, "Mis seguidores son bastante estúpidos para saber todo lo que merezco".

AGUINIS: No cesaba de intensificar su narcisismo.

SARFATTI: Hacia finales de la década de 1930, la adoración a su persona había llegado al grado de la parodia. Quienes acudían a su despacho se veían obligados a recorrer los veinte metros que separaban la puerta del escritorio, antes de detenerse y hacer el saludo fascista con el brazo en alto, para luego, a la salida, realizar el proceso inverso. Seguro que a esta etapa onírica la recordó con intensidad al final de su vida, cuando padeció el arresto y la degradación que le aplicaron los guerrilleros comunistas en los bosques del norte italiano.

¿Recuerda el atentado de 1926 en el que le hirieron la nariz? Ya le mencioné las medidas que adoptaron él y su equipo de propaganda para sacarle provecho. Olvidé contarle que casi de inmediato asistió a un congreso de cirujanos, para lucir su vendaje. Gritó una frase que pronto fue reproducida en pancartas callejeras: "Si avanzo, seguidme; si retrocedo, matadme; si muero, vengadme". También ordenó a las fundiciones que construyan una estatua de bronce, nunca terminada, de gran altura, destinada a superar en belleza la cúpula de San Pedro. El cuerpo imitaba a un Hércules medio desnudo y su rostro era la viva imagen del Duce.

El narcisismo le crecía como una planta en clima favorable. Cada uno de sus autoelogios me golpeaba la cabeza, pero ya no me atrevía a descargarle mi opinión demoledora.

Reconocía su falta de amigos. Hasta en los sueños. En un viaje que compartimos hacia el sur para inspeccionar los alrededores de Nápoles, narró que su padre apareció en una pesadilla y lo criticaba con el índice en alto. Entonces Benito lo apuñaló. Como seguía de pie, lo estranguló con sus propias manos; pero a medida que lanzaba ruidosas expiraciones, se achicaba su joroba. Benito salió corriendo para rogar ayuda y nadie lo escuchaba.

¿Le sorprende mi memoria? Lo acepto. Pero tuve un permanente fervor romántico que ayuda a mi memoria. Conservo casi mil trescientas cartas que Benito me escribió. Algunas las releía como si fueran poesías. Estuve enamorada, pese a mi decepción ideológica. Yo lo amaba a él y al populismo. Recuerdo algunos párrafos: "Esta noche, antes de que te duermas, piensa en tu más devoto salvaje, que está un poco cansado y un poco preocupado, pero es todo tuyo, desde la superficie hasta las profundidades. Dame un poco de la sangre de tus labios. Tuyo, Benito".

Otra completa la anterior: "Mi amor, mis pensamientos y mi corazón están contigo. Hemos pasado juntos horas deliciosas. Te amo tanto, más de lo que tú crees. Te beso con fuerza. Te abrazo con violenta ternura".

¿Estaba también enamorado? ¿O escribía a una mujer ideal, lejana, inexistente?

AGUINIS: ¿Quién lo sabe?

SARFATTI: No lo sé. De lo que sí estoy convencida es que Benito no sospechaba que algunas ideas o iniciativas populistas de antes y después serían acrecentadas por el fascismo. Por ejemplo, los estribillos que endiosan a los líderes, como el que se incorporó a la "Giovinezza". Uno notable es la "Marcha Peronista". La conoce mejor que yo.

AGUINIS: Por supuesto.

SARFATTI: Esa letra es estimulada por una música hipnótica. Se inyecta el nombre del líder de forma reiterada. Reemplaza los latidos del corazón: ¡Perón, Perón! Nada respecto a la ideología, solo existe la frase *combatiendo al capital*, que no refleja una firme tendencia, sino una tendencia oportunista, cambiable.

AGUINIS: El peronismo fue un populismo corrosivo. Duró más que los demás y alcanzó a revelar el daño profundo que puede causar a cualquier sociedad. Desde el principio fue evidente su proclividad a la corrupción. Como ejemplo notable cito a Evita, cuyos guardarropas estaban atestados de pieles y sus cajones de joyas. No sentía culpa ni vergüenza por ello. Pero se presentaba con engañosa ropa común y se inmortalizó como protectora de los pobres. ¿Cinismo? ¿Teatro? Los funcionarios del régimen, de la cumbre al piso, se enriquecieron y esa fue la enfermedad que tuvieron cada vez que mantenían o recuperaban el poder. Sus acciones no apuntaban a disminuir la pobreza, sino a convertir a los pobres en sus soldados. Sus acciones solo consiguieron debilitar la democracia, la cultura, el mérito genuino, la mística del trabajo. Jamás lograron un crecimiento sostenido, sino la decadencia en todos los campos. La mentira y la demagogia respondían a su juego binario: más riqueza para acumular más poder y más poder para acumular más riqueza.

SARFATTI: Se vocean gratitudes y deseos sin atender las contradicciones. Típico del fascismo. Esa marcha fue cantada por gente que ni siquiera compartía el fanatismo por Perón, pero era arrolladora por su ritmo. Es un ejemplo notable. Quizá uno de los más notables.

AGUINIS: Así es.

SARFATTI: Los líderes más dotados del populismo tienen un talento especial para el espectáculo, para organizar reuniones multitudinarias, lograr que se compongan músicas marciales estridentes, pronunciar frases incendiarias, arrancar ovaciones, gritar y hacer gritar, elevarse a la dimensión de los dioses.

Un fascista puede ser un tirano, pero no todo tirano es un fascista.

Pero, como ya vimos, Mussolini era adorado por las multitudes; sin embargo, tomó decisiones económicas y financieras de manera autoritaria que pusieron al país en serios problemas.

AGUINIS: Además ya se había producido el brutal giro en la guerra contra Etiopía. Esa guerra imbécil.

SARFATTI: La absurda conquista de Etiopía para reconstruir el Imperio Romano desde la fácil África lo llevó a una sangrienta operación sin ganancia. Hasta entonces Mussolini había conseguido el respeto del mundo. Italia sonaba poderosa y bella. Pero su aspiración de ser temido era infantil. Quiso incorporar la fuerza. No tuvo en cuenta que su pueblo tenía un carácter especial. Con el tiempo el orden no fue mayor, los trenes empezaron a llegar tan retrasados como antes y a mucha gente no le gustaba trabajar demasiado y se iba a la plaza para charlar. El fascismo no produjo más poetas y artistas. Desterró por miedo a grandes cerebros. La responsabilidad histórica de Mussolini es que fue el primero en volver a oprimir a un pueblo culto, animando con ello a otros aventureros para que en sus países intentaran hacer lo mismo. Las carreteras y los canales, las líneas de navegación aéreas y marítimas de que se vanagloriaba su sistema no surgieron solo a causa de este, sino por el espíritu de la época que ha logrado parecidos resultados en las grandes democracias. Tampoco los armamentos fortalecieron a Italia.

AGUINIS: No disponía de una provisión adecuada de aviones, barcos, armas, ni de uniformes siquiera. Al contrario que Alemania, Italia nunca había invertido seriamente en una industria armamentística propia.

SARFATTI: Mussolini había prometido a su pueblo la autarquía económica, pero su país seguía dependiendo de las importaciones de carbón y fertilizantes. Además, carecía de fuerzas militares aerotransportadas para proteger sus barcos y sus puertos.

En 1939, Alemania e Italia firmaron un tratado de defensa mutua. Mussolini, con los últimos chispazos de sensatez, instó a Hitler a postergar el inicio de la Guerra Mundial. El Führer, muy excitado, no le hizo caso y empezó la sangría más infernal de la historia. Winston Churchill, menos armado que Alemania, rechazó la oferta nazi de paz. Eso ocurrió al comienzo. Entonces, para darle una lección,

Hitler ordenó a la Luftwaffe destruir la Real Fuerza Aérea británica y así posibilitar la invasión del país a través del canal de la Mancha. A lo largo de cinco meses impiadosos los alemanes aplastaron las baterías antiaéreas de los británicos. Sus salvajes ataques hicieron sonar las alarmas en las zonas industriales y costeras y hasta en el mismo centro de Londres, provocando miles de incendios y destruyendo fábricas, muelles, estaciones de ferrocarril, edificios, pubs. Incluso el palacio de Buckingham resultó dañado. Pero Churchill ni su pueblo se rindieron. Basta hojear un libro de historia para temblar con esos datos.

AGUINIS: ¿Cómo se desempeñó Vittorio Emanuele III?

SARFATTI: Durante dos décadas, Vittorio Emanuele III se plegó a Mussolini porque creía que no tenía elección y porque era un cobarde. Pero hacia el final de la guerra, cuando los Aliados vencían al Eje nazifascista, Benito cayó en la desesperación y el rey le quitó su apoyo. Hasta le satisfizo que huyese hacia el norte, que se alejase de Roma.

AGUINIS: Me informaron que conoce muy bien ese tramo de la historia.

SARFATTI: Gracias a Giorgio, un amigo de universidad que cultivó Cesare. Visitaba con frecuencia nuestra casa en Milán, era un experto en historia y política. Yo lo introduje en los servicios de Inteligencia y mantuvimos una estrecha amistad.

AGUINIS: ¿Solo amistad? Me llegó otro rumor.

SARFATTI: Los rumores oscilan entre la verdad y la mentira. Es cierto que mantuvimos mucho acercamiento. La muerte de Cesare nos aproximó demasiado, creo. No entraré en detalles, porque Cesare significa algo superior. Giorgio no se transformó en mi amante, para nada, solo un amigo muy confiable, confidente, sostenedor. Coincidíamos en nuestra decepción sobre el fascismo. Fue quien me reveló datos sobre el final de Mussolini que ni la prensa conoce.

AGUINIS: La escucho con mucha atención.

SARFATTI: Giorgio recogió detalles. Llegamos en nuestro relato al punto en que decide huir a Suiza, ¿de acuerdo? Era la primavera de 1945 y para Benito terminaba su idiota esperanza en los nazis. También la megalómana convicción de su infalibilidad, algo que tal vez absorbió de su débil catolicismo, inspirado en una antigua tradición papal. Ahora sigo con frases de Giorgio, que insistía en su última amante, Claretta Petacci. Él decía "última amante". Con un par de soldados fieles Mussolini consiguió que los aceptasen en un convoy alemán que viajaba hacia el norte. Esquivaron la cómoda ruta hacia el lago de Como que él había construido. Por allí era más fácil cruzar la frontera, pero más difícil escapar de la vigilancia antinazi. En ese camión ya había más de una docena de soldados alemanes con uniformes y armas. Apenas se introdujo Benito y sus acompañantes, el jefe de escoltas le sugirió que vistiera ropa de la Wehrmacht y un casco. La zona estaba llena de nazis y parecía más segura ante posibles asaltos de los guerrilleros comunistas que se habían infiltrado desde el oeste. Tras zigzagueos por las laderas el camión logró acercarse a las aguas de Como. No hacía falta que Giorgio me detallase las impresiones que me hacían estallar el corazón. Giorgio vio la arboleda y el eterno color azul del lago, el esplendor de las flores y un cielo que pintaba una paz imposible. Por allí habíamos caminado y nos habíamos amado. La vegetación familiar y el aumento creciente de matorrales le produjeron, seguro, una apertura dolorosa de la memoria. Allí habían nacido muchas de sus ideas y germinó el movimiento que lo elevó a una cumbre que no supo aprovechar de modo inteligente. Su vanidad lo fue destruyendo. En ese momento era un fugitivo, un candidato a la muerte. De continuo espiaba entre las uniones de las lonas para encontrar los espacios en los que había inspirado una fortaleza que se le esfumó. Los alemanes dialogaban entre ellos, menos asustados, y le hacían preguntas que no quería responder. Pese a todo, seguía siendo el Duce. Pero un Duce destronado. ¿De qué forma recuperaría el poder? ¿En Suiza recibiría la ayuda que necesitaba? Claretta lloraba tapándose los ojos. Ya habían recorrido la mitad del lago cuando escuchó un violento chirriar de frenos. Desde el exterior llegaban gritos en italiano. Eran hostiles. Ella apretó la mano de Benito. Los soldados empuñaron sus metralletas, pero el jefe les ordenó mantenerse quietos. Antes debía enterarse. Abrieron la lona posterior y entró un fulgor macabro, porque se trataba de un numeroso comando de la resistencia que los apuntaba con armas largas. Hubiera sido suicida dispararles. Las figuras gritaban con odio y exigían levantar los brazos antes de ser barridos. Claretta y Benito obedecieron enseguida, porque sus respectivos revólveres no habrían alcanzado a significar una amenaza. Descendieron de a uno. Benito se hundió el casco hasta las orejas. Consiguió no ser reconocido. Ella envolvía su pelo y su cara con un amplio pañuelo de color, temblaba pero no se distanciaba de Benito, que simulaba una firmeza que ya no era la que lucía poco antes. Los ataron y subieron a otros camiones. Se miraban interrogantes, porque había antifascistas distintos, los clementes y los muy sanguinarios. El nuevo transporte los distanció del lago. Penetraron en la espesura, el suelo era irregular, con pozos y rocas. Saltaban sobre los tablones, sin poder aferrarse con las manos de los barrotes laterales, porque las tenían atadas. Ella se esforzaba en no llorar, demostraba un coraje que Benito no le había visto y no tuvo oportunidad de admirarle. Así me lo contó Giorgio.

AGUINIS: Actuaba con valentía.

SARFATTI: Era gente a punto de morir.

AGUINIS: Lo sé.

SARFATTI: Ascendieron hacia un cuartel en la montaña, donde los bajaron de a uno, siempre apuntados. Benito miraba el piso para que no identificaran su cara, ni siquiera los ojos. Se mordía de continuo los labios para disimular el tamaño del mentón que tanto había exhibido. De todas formas, llamaba la atención que mantuviese a Claretta junto a sí, pese que frente a sus guardias la empujaba con el dorso de la mano. Ella cesaba de llorar por ratos; parece que estaba irreconocible, lo cual era un alivio. Lo que más inquietaba al conjunto eran los momentos en que varios guerrilleros se apartaban para mirarlos desde diferentes ángulos. ¿Sospechaban? Vestían uniformes nazis. Les dieron agua y los llevaron a un galpón en el que abundaban tablones donde los hicieron sentar. Les aflojaron los nudos y duplicaron la guardia de la salida. ¿Qué harían a partir de ese momento? ¿Los canjearían por prisioneros aliados? Era lo mejor que podían desear. Mussolini no se resignaba y pretendió usar algún engaño, no podía ser que se rindiese tan fácil, pensó seguramente. Era inevitable el recuerdo de su despacho, donde hacía ordenar a sus altos funcionarios que le acercaran el café en una sumisa bandeja. En la semioscuridad acarició el piso de tierra apisonada y encontró una piedra, la sopesó y quiso arrojarla con fuerza al otro extremo para generar un ruido que le permitiese escapar. Su iniciativa fue anticipada por otro prisionero, que produjo mucha sorpresa y el ingreso de varios faroles y gritos. Es lógico pensar que Benito se deshizo de la piedra y simuló aflojarse para dormir, pero la luz se fijó en su cara. Quien sostenía la lámpara lo reconoció y tras un instante de asombro gritó: "¡Es el Duce!".

Bajó la lámpara hacia la nariz y casi la quema. Enseguida uno de sus compañeros se arrojó sobre su cuerpo, como si intentase impedir que fugase. Al instante ya eran varios quienes lo apretaban, gritaban, pegaban. Lo arrancaron de su incipiente lecho y lo arrastraron hacia el exterior golpeando con los caños de sus armas el piso de tierra y las maderas de otros lechos. El griterío se generalizó, rebotaba en el techo, las paredes, los cuerpos temblorosos. Afuera lo esperaban varios reflectores, corría gente uniformada, relucían las armas. Benito seguía forcejeando para despegarse. Actuaba por reflejos, sin calcular las posibilidades, el mejor golpe, hacia dónde empujar. Pegaba y mordía, aullaba. A un costado se repetía el alarido: "¡¡¡Es el Duce!!!".

Enseguida trajeron a Claretta y la pusieron a su lado.

AGUINIS: Esta porción del relato me estremece.

SARFATTI: Por supuesto. El estupor, la alegría, la confusión, el vértigo azotaba a esa guarnición excitada.

Los ataron a postes y los miraron con repugnancia. Uno escupió. Varios comenzaron a insultarlos. El máximo poder que había regido en Italia desde el Imperio Romano estaba ahí, magullado, impotente, babeaba saliva. El jefe lo miró con desprecio, acercó su cara a esos aborrecidos ojos y pretendió mantener un interrogatorio justiciero, pese a la noche y la improvisación. Así me lo contó Giorgio.

"¿Eres el Duce? ¡Contesta carajo! ¡Contesta!"

Parece que el Duce inspiró hondo y simuló poder desalentarlo. Sin pronunciar palabra, levantó su célebre mandíbula cuadrada, asintió.

"¡Quiero que lo digas! ¡Quiero que confieses! ¿Eres la mierda del Duce?"

Le hundió el caño del arma en el estómago hasta casi perforarlo.

"¡Quiero que lo digas!"

El rostro de Mussolini empalideció más de lo que ya estaba. Entonces ataron a Claretta a un árbol cercano. Parecía comenzar la tétrica ceremonia del fusilamiento. Era una pareja impotente y muy odiada. Los faroles quietos iluminaban porciones del rostro y su desgarrada vestimenta. Los que se movían con la brisa nocturna agregaban pintadas diabólicas. Vistas desde allí podían ser identificadas con la autoría del Mefistófeles que le había ofrecido un poder que ahora arrebataba. Casi todos los guerrilleros ansiaban perforarlos a balazos. Un final merecido. Horrible. En nada proporcional a las lejanas posiciones imperiales que habían seducido a multitudes. El hervor de la sangre vengativa no dejaba filosofar sobre las oscilaciones de la existencia. Un ser omnipotente y su amante se convertían en insectos que merecían el peso de una suela. Todo debía ser ultimado enseguida.

El aire de victoria llevó a que se organizara una fila de luchadores con el arma apoyada en el hombro, a unos diez pasos de distancia. Benito observaba ese final que quizá soñó por las dotes mágicas que había heredado. Giorgio afirma que Claretta no lloraba ya, pero estaba complacida por acompañar a su amado en ese trance.

AGUINIS: ¿Me está repitiendo el informe de Giorgio?

SARFATTI: Lo más exacto que puedo. Aunque me cuesta. Y también me duele. No hubiera imitado a Claretta con tanta convicción, porque hacía rato que Benito me había desilusionado y el fascismo me producía vómitos. Pero Benito fue un hombre excepcional. Si quiero acercarme a la objetividad, debo decirlo. Fue la versión negra de los hombres excepcionales. ¿Sigo?

Después de balear a Mussolini, a Claretta y varios de sus acompañantes, los montes se estremecieron por los gritos de entusiasmo que explotaban desde las gargantas partisanas. No todas. Es probable que muchas experimentaran asombro. La muerte de Mussolini se cargó de misterio, de teorías conspirativas y de versiones que cambian según quien hable y según el interés de quien quiera, o haya querido, hacerse cargo de la decisión de fusilarlo. Todos los protagonistas de entonces han muerto. Y no han ingresado en la perplejidad que provoca la amada peste del populismo.

AGUINIS: Deme unos segundos, por favor.

SARFATTI: Los cadáveres, aún calientes, fueron cargados en una camioneta y llevados a Milán. Los arrojaron en la Plaza Loreto, sobre una explanada cercana a las vías del tren, junto a una estación de servicio de la Standard Oil a medio construir, en el sitio donde habían sido exhibidos otros cadáveres, los de los quince partisanos convertidos ya en héroes por los comunistas. "Por la sangre de la Plaza Loreto pagaremos caro", había dicho Benito al enterarse poco tiempo antes, tembloroso, del asesinato de esos partisanos. Tuvo una clarividencia extraordinaria, y eso induce a creer que ya presagiaba las características de su fin. No estaba del todo equivocado cuando se atribuía dotes mágicas. A continuación los colgaron de una barreta oxidada. Dicen que los guerrilleros encargados de esa tarea procedieron con mucha torpeza debido a que, por instantes, advertían que los pesados objetos que colgaban eran seres humanos.

A uno yo amé. Amé a su producto, que era el fascismo y el populismo. Los amé y contribuí a hacerlos crecer.

A la mañana una multitud fue reuniéndose alrededor de esos cuerpos veteados por la sangre. Murmullos, gritos, llantos, maldiciones, rezos se mezclaban en una extraña tormenta de sonidos. Les arrojaron verduras, los escupieron, los orinaron, les dispararon como si aquellos muertos pudieran morir otra vez, los patearon. La cara de Mussolini quedó desfigurada y su piel mancillada rompía para siempre el mito del fascismo. Mussolini no era indemne, no era inmortal, no era un superhombre. Podía morir, ser degradado, deformado, castigado, humillado, partido, como cualquier animal.

AGUINIS: Esos momentos tuvieron mucha difusión. Boca a boca, grito a grito. Fueron colgados de los pies, cabeza abajo, igual que reses, como cerdos después de la matanza, para abrirlos en canal y aprovechar desde sus orejas hasta sus riñones. Mussolini no era un cerdo ni una res a faenar. Era peor. Pero como reiteraron diversos escritos, era nada menos que Benito Mussolini, el personaje siniestro de Italia, fundador del fascismo, miembro de la demoníaca alianza con la Alemania de Hitler y el Japón imperial de Hirohito. Pretendía convertir a Italia en una nueva versión del idealizado Imperio de los Césares, dominar el mundo aterrado que ya vivía el quinto año de una guerra loca. Era el Mussolini que tras sus sueños desorbitados había enlodado la Italia de Dante Alighieri y el Renacimiento, de compositores de ópera sublimes y un pueblo que amaba la buena comida, los paisajes, la danza y los versos, en una infernal tragedia. Así se lo veía por doquier. Disculpe que me exprese con inoportuna poesía, pero la poesía ayuda a navegar. Además, algunas palabras me son sopladas por la memoria.

SARFATTI: En ese momento habían pasado diez semanas desde la muerte de Franklin Roosevelt y se estaba a dos meses de la rendición de Alemania. Por esa fecha el presidente Harry Truman, que sucedió a Roosevelt, se desplazó a San Francisco para dirigirse a los delegados de las recién constituidas Naciones Unidas.

Estimado entrevistador, ahora permítame un rodeo. Deberán disculparnos quienes tengan la osadía de curiosear este reportaje que, de vez en cuando, resbala del diálogo a la novela. Usted no es el primer periodista, si acepta el título de periodista en esta ocasión, en reunir los pedazos de la autopsia que hicimos. Junto al podrido cadáver de Mussolini, que se balanceaba con la brisa primaveral de la Plaza Loreto de Milán, colgaba el cadáver de Claretta Petacci, que había elegido seguir, como Eva Braun a Hitler, el previsible destino mortal de su compañero.

AGUINIS: Claretta fue su amante, sucesora en el trono de las amantes que tuvo el creador del fascismo y, además, responsable de hundirlo en el fango del horror. Cerca de Benito y Claretta, colgados también como reses de la viga de hierro de esa estación de servicio de la Standard Oil a medio construir, se mecían los cuerpos de otros jerarcas del fascismo italiano. Habían sido fusilados antes o después. Tenían un fuerte valor simbólico porque en ese mismo sitio, como se insistió en la prensa, quince partisanos habían sido atravesados por las balas debido a su heroica tarea de conseguir información vital. Esos valientes habían quedado en exhibición, indecorosos, indefensos y groseros como ahora se mostraban los cuerpos de Mussolini y su última amante, ¿verdad?

SARFATTI: Así es. Los comunistas quisieron anotarse como los primeros en efectuar la ejecución de Benito. El entonces secretario general del PC italiano, Palmiro Togliatti, de larga jefatura, dijo que había ordenado su ejecución mucho antes de ser capturados. Pero que se tuviera muy clara su identidad, nada de crímenes incorrectos. Diferenciarse de los fascistas.

AGUINIS: Exacto. Después llegaron las tropas americanas, descolgaron la espantosa muestra, enviaron los cuerpos a la morgue, registraron todo en fotografías y filmes. En la autopsia de su cerebro no se encontraron rastros de sífilis. A continuación empezó un extraño peregrinaje que dio muchas vueltas. Hubo corridas por parte de sus fanáticos seguidores y fue ocultado por los antifascistas para impedir manifestaciones de culto. Sobran pruebas de que su cadáver perdió una pierna, su esqueleto fue doblado, lo escondieron ante el altar de un convento, bajo velas, aroma de incienso y sonidos de las plegarias que odió y amó. Afirman que lo trasladaron a diversas sepulturas. Finalmente fue enterrado cerca de su aldea natal, en Emilia-Romaña. Allí descansa ahora en un gran sarcófago de piedra, ornado con símbolos fascistas, flanqueado por un gran busto de mármol. Como un presunto César. Lo redondea un extraño festival que algunos califican de macabro y otros de operístico. Italiano y ecuménico, humano y tenebroso, predecible o inevitable. Allí, en cada aniversario de su muerte se reúnen nazifascistas italianos y de otras naciones para rendirle homenaje, que es lo que se intentó evitar, o desalentar, hace ya muchas décadas. No hace falta entrar en detalles sobre las afrentas que se aplicaron a su cuerpo. Él no lo sabe.

EPÍLOGO

Este *reportaje histórico* tuvo el propósito de construir una entrevista a quien existió y pudo haber sido parte de ella. Como en las novelas históricas. En otras palabras, no es una estricta historia, ni una novela plenamente imaginada, ni un ensayo, ni un cuento desorbitado, ni un reportaje breve. Pero tiene mucho de cierto.

Ha girado en torno a Benito Mussolini, el nacimiento y desarrollo del fascismo y el populismo y, sobre todo, enfoca a Margherita Sarfatti. Agradezco a Margherita su memoria, su visión para atrás y adelante, su valentía, su ejemplar desparpajo, su cultura excepcional, su poder de adivinanza y sus conmovedores cerrojos. También su elegancia e inspiradores ojos esmeraldinos. Sus escritos me proveyeron las botas para caminar por inciertas rutas sin perder la conciencia. Decirle gracias es poco, casi un insulto.

ALIMENTO BIBLIOGRÁFICO

Aguinis, Marcos. *Populismo y el caprichoso ascenso de Mussolini*, Academia Nacional de Ciencias Morales y Políticas.

Albright, Madeleine. *Fascismo. Una advertencia*, Paidós, Buenos Aires, 2018.

Gutman, Daniel. *El amor judío de Mussolini*, Lumiere, Buenos Aires, 2006.

Liffran, Françoise. *Margherita Sarfatti. L'égérie du Duce*, Seuil, París, 2009.

Ludwig, Emil. *Coloquios con Mussolini*, J. C. Rovira Editor, Buenos Aires, 1932.

Ludwig, Emil. *Tres dictadores: Hitler, Mussolini y Stalin*, Acantilado, Barcelona, 2011.

Sarfatti, Margherita. *Giorgione, el pintor misterioso*, Poseidón, Buenos Aires, 1944.

Sarfatti, Margherita. *L'America, ricerca della felicità*, Mondadori, Roma, 1937.

Sarfatti, Margherita. *L'amore svalutato*, ERS, Roma, 1958.

Sarfatti, Margherita. *Mussolini (El hombre y el Duce)*, Editorial Juventud Argentina, Buenos Aires, 1940.

Sarfatti, Margherita. "Mussolini, como lo conocí", revista *Crítica*, Buenos Aires, 1945.

Sarfatti, Margherita. *My fault. Mussolini as I knew him*, Enigma Books, Nueva York 2015.

Sarfatti, Margherita. *Storia della pittura moderna*, Cremonese, Roma, 1930.